심신 단련

심신 단련

이슬아 산문집 2019

차례

집과 몸과 마음

더 이상 오빠는 없다   17

어색해지는 것은 두렵지 않다   24

자이언트 우먼   33

보증금이라는 문제   42

정원수   50

인간의 번거로움   57

비빌 언덕   63

반복과 연결

당신이 있어서 깊어요   73

사랑의 무한 반복   80

코피   88

손에 쥔 인생 95

쓰레기와 부모와 시 102

길을 걷다 마주치는 많은 사람들 중에 107

새로운 우리 117

우정과 요령

여자 기숙사 (上) 127

여자 기숙사 (中) 137

여자 기숙사 (下) 144

숙 선생님과 나 156

양의 있음과 없음 171

수줍은 희는 어디에 177

김이 있던 곳들 190

바깥사람 196

일과 돈

〈일간 이슬아〉는 어떻게 확장될 것인가 207

거대한 인쇄기 앞에서 219

독립 출판하는 마음 224

작가와 행사 228

작가와 출판사 232

모녀와 출판사   237

직장 동료   242

여러 개의 자신   251

고독의 매뉴얼   256

혼자가 되는 책상   263

하루에 한 번 웃긴 얘기   269

게으르고 성실한 프리랜서   275

돈 얘기   279

대표님 어떻게 지내세요   284

명랑한 이사   293

에필로그

내일의 침실   303

추천사

매일매일의 이슬아 _ 금정연   312

집과 몸과 마음

더 이상 오빠는 없다

8월의 어느 날 아침, 나는 스물여덟 번째 생일을 맞이하여 화장실 락스 청소로 하루를 시작했다. 지저분한 일일수록 기쁜 날에 슥 해버리는 게 좋다. 괜찮은 기분일 때 과슬이[1]가 미리 해놓은 청소는 서럽거나 피로하거나 게으를 미슬이[2]를 케어한다. 지금 사는 망원동 월셋집의 화장실 타일은 낡은 편이다. 락스물을 묻힌 솔로 아무리 박박 문질러 닦아도 아주 말끔해지지 않는다. 때를 지울 수는 있어도 시간에 의한 손상을 지울 수는 없다. 그래도 락스 청소를 하고 나면 화장실은 확연히 달라져 있다. 비교적 하얘진 화장실

[1] 과거의 이슬아.
[2] 미래의 이슬아.

의 문을 닫고 집 전체 바닥을 걸레로 닦았다. 그리고 탐이 화장실의 모래를 통째로 갈았다.

혼자 청소를 마치고 나니 3년 전 생일이 떠올랐다. 그 땐 스물다섯이었고 서교동의 커다란 셰어하우스에서 아는 오빠 세 명이랑 같이 살며 월세를 나눠 냈다. 오빠들은 삼십 대였고 웃겼고 한심했고 더러웠다. 공용공간인 거실과 주방의 청결은 포기한 채 나는 오로지 내 방만 완벽하게 청소하며 지냈다. 오빠들은 나를 슬쨍이라고 불렀다. 생일 기념으로 치킨집에 가자고도 했다. 그때는 비건이 아니던 때라 흔쾌히 따라나섰다. 치킨과 맥주를 시켜놓고 앉았다. 주말 저녁의 열기로 치킨집은 북적거렸다.

한 오빠가 주머니에서 주섬주섬 뭔가를 꺼냈다. 올리브영에서 산 찌찌브라였다. 내가 브래지어는 안 해도 가끔 니플 패치를 붙인다는 건 알고 있었던 모양이다. 또 다른 오빠는 봉투도 없이 책을 한 권 건넸다. 어딘가에서 훔친 책이라고 했다. 또 다른 오빠는 세상 쓸데없어 보이는 스티커 모음집을 주었다. 테이블 위로 선물이 오가는 사이 어떤 여자 세 명이 치킨집에 입장했고 우리 옆 테이블에 자리를 잡았다. 오빠들이 힐끔거렸다.

첫 번째 오빠가 말했다. "합석하고 싶다."

두 번째 오빠가 말했다. "나도."

그러자 세 번째 오빠가 갑자기 자리에서 벌떡 일어나 내 어깨에 양손을 올리고 큰 소리로 외쳤다.

"얘 오늘 생일이에요!"

나는 말했다. "나대지 마."

그러나 이미 다들 우리 쪽을 주목한 뒤였다. 옆 테이블의 여자들은 물론 치킨집의 모든 이가 고개를 돌린 채 축하의 박수를 보내기 시작했다. 환호를 하는 사람도 있었다. 취한 얼굴들이었다. 박수를 받자 첫 번째 오빠가 일어나서 말했다.

"축하해주셔서 감사합니다. 물은 저희가 쏠게요."

두 번째 오빠도 질세라 일어났다.

"단무지도 저희가 쏩니다."

옆에 앉은 여자들이 배꼽을 잡고 웃었다.

그런 기억이 불쑥 떠오르는 아침이었다. 이제 나는 혼자 지내고 오빠들과 연락도 뜸하지만 그들이 어딘가에서 누군가를 웃기며 지낼 게 눈에 선하다. 오빠들이 더럽힌 집은 전혀 안 그립지만 몇 가지 농담은 그리울 때가 있다.

최근엔 옆집 남자가 이사를 갔다. 일 년쯤 옆집 사이로 지낸 남자인데 처음 이사 왔을 때 삼십 대처럼 보여서 나도 모르게 오빠라고 불렀다가 그가 "실례지만 저보다 누나세요"라고 대답한 게 생각난다. 오빠라는 호칭은 입에

담는 것만으로도 약간 닭살이 돋는데 도대체 왜 그 말을 자발적으로 쓴 건지 스스로가 이해되지 않는다.

아무튼 절대로 오빠는 아닌 그 남자가 이사를 갔는데 수도세를 안 내고 갔다. 수도세는 8천 원이었다.

한 층을 같이 쓴 그 남자와 나는 두 달에 한 번씩 수도세를 함께 지불해왔다. 수도계량기가 하나뿐이라 청구서는 내 앞으로 도착했고 전액인 2만 원쯤을 내가 대표로 먼저 냈다. 그런 뒤에 옆집 청구서를 찍어서 남자에게 카톡으로 전송했다. 이번 달 수도요금은 이러하며 반을 나눈 금액은 이러하니 편하실 때 보내달라고 내 계좌를 적어주었다. 남자는 알겠다고 대답하고는 송금을 잊거나 늦기 일쑤였다. 옆집이라 자주 마주치니까 아예 안 보내는 일은 없었다. 세 달 늦더라도 돈을 보내긴 보냈다.

그러다 이사를 간다는 소식을 들었다. 그의 이삿날에 나는 수도국에 직접 전화를 걸어 이사 당일 기준의 수도요금을 확인했다. 공평하고 정확하게 나누기 위해서였다. 둘 중 누구도 부당하다는 느낌을 받지 않는 건 중요하기 때문이다. 요금은 1만6천 원이었다. 나는 그에게 호칭을 생략한 채로 카톡을 보냈다.

'이사하느라 분주하시죠? 수도요금을 확인해보니 8천 원을 정산하고 가시면 될 듯합니다. 그동안 감사했어요.

이사 가신 곳에서 건강하고 행복하게 지내셨으면 좋겠습니다.'

그가 답장을 보냈다.

'알겠습니다. 집 정리되는 대로 입금해드릴게요. 슬아씨 하시는 일 다 잘 되셨으면 좋겠어요. 건강하세요~'

그게 남자와의 마지막 카톡이었다.

그러나 두 달이 흐른 지금 수도요금은 아직 들어오지 않았다.

옆에 있던 하마에게 물었다. "보내달라고 카톡할까?"

하마가 내게 물었다. "얼만데?"

"8천 원."

"애매하네."

"그치."

"큰 금액은 아니니까."

"그래도 내가 자주 가는 앤트러사이트 카페의 사치스러운 커피보다도 비싼 값이야."

하마는 잠시 생각하더니 말했다.

"그럼 그 8천 원을 내가 너한테 내면 어때?"

"아니 그걸 네가 왜 내?"

"그럼 결과적으로 네가 잃은 돈은 없는 셈이잖아."

"대신 네가 돈을 잃잖아."

"길 가다가 잃어버렸다고 생각하지 뭐."

"길 가다가 돈 잃어버리면 빡치잖아."

"난 별로 안 빡쳐."

"됐어, 바보야. 나는 그 남자가 주는 게 중요해. 금액을 떠나서 약속을 안 지키니까 괘씸한 거야. 근데 훈훈하게 카톡이 마무리돼서 다시 돈 얘기를 꺼내기가 민망해. 게다가 그 남자는 마지막에 네잎클로버 이모티콘까지 보냈다고…"

"마지막 인사 뭐라고 왔어?"

"집 정리되는 대로 입금해드리겠다고 하더라고."

하마는 중요한 사실을 발견한 사람처럼 연기하며 말했다.

"앗, 혹시 아직 집이 정리가 안 된 거 아닐까?"

그렇게 말해놓고 우리는 막 웃었다.

"맞아. 아직 집을 존나 정리 중인 거야… 그러느라 수도요금을 못 보낸 거지…"

"그래. 두 달 동안… 열심히 치우고 치웠는데도 아직도 정리가 안 된 거야…"

우리는 그 사람이 아주 천천히 집을 정리하는 장면을 같이 상상했다. 거의 슬로모션처럼 느릿느릿 청소하는 사람의 모습이었다. 못 받은 수도요금은 8천 원짜리 농담이 되고 나는 여느 때처럼 내 집 곳곳을 청소했다. 옆집 남자나 삼십 대 오빠들과는 달리 지체 없이 정리했다.

2019.08.29.

어색해지는 것은 두렵지 않다

아침에는 몸무게를 잰다. 수년간 그래왔더니 이제는 체중계에 올라가기 전에도 결과를 예측할 수 있다. 침대에서 빠져나와 몇 발자국 걸어보기만 해도 몸의 무게를 그냥 알게 되는 것이다. 어떤 아침에는 배에 지방이 낀 느낌이 들지 않으니 대략 49.7kg쯤일 거라고, 또 다른 아침에는 생리 직전이니까 50.3kg 정도일 거라고 짐작한다. 북토크나 인터뷰가 잦은 시기엔 마음이 붕 떠서 밥을 제대로 못 먹으니까 예상 체중은 대략 48.8kg이다. 빵 먹으며 넷플릭스를 보다 잠든 다음 날 아침엔 50.5kg 정도일 테다.

체중계에 두 발을 딛고 서본다. 예상했던 바로 그 숫자가 표시되고 있다. 이럴 때 나는 시장의 노련한 주인들 같다. 그들은 저울질을 여러 번 하는 법이 없다. 아무렇게나 서둘러 집는 듯해도 정확히 그 무게를 저울 위에 올려놓는다. 하도 자주 무게를 재다 보니 터득하게 된 감 같은 게 어느새 내게도 생긴 거다. 심각한 기복 없이 비슷한 체중이 이어지는 날들 속에서 나는 안도한다. 탈 없이 먹고 자고 싸는구나.

체중을 잰 뒤 집안을 돌아다니며 청소기를 밀고 체조를 시작한다. 체조의 루틴은 요가와 필라테스와 국민체조와 강하나 하체 운동 비디오를 내 맘대로 섞어서 만들었다. 목, 어깨, 등, 허리, 고관절, 무릎, 발목, 손목 순으로 천천히 이완해주고 약간의 뜀박질과 근육 운동을 하는 구성이다. 여유 있는 아침엔 20분짜리 풀버전 체조를 하고, 분주한 아침에는 5분짜리 단기 속성 버전으로 몸을 푼다. 생략하면 온종일 찜찜하기 때문에 꼭 이 체조를 하고서야 아침밥을 먹는다. 이런 오전 일과는 날마다 반복된다. 오후엔 글쓰기 교사로 출근하거나 재택근무를 한다.

조심조심 살아가는 느낌이다. 무서운 게 많아서일지도 모른다. 질병과 통증, 월세, 빚, 구설수, 밤길, 엘리베이터, 사고, 재난, 전쟁, 부끄러움을 모르는 사람, 공장식 축산 시스템, 살처분 등 무서운 것들의 목록은 길다.

아는 언니는 뭔가가 무섭거나 서글플 때마다 헬스장에

갔다. 그랬더니 반년 만에 단단하고 강인한 몸이 되었다. 언니는 원래 무서운 꿈을 자주 꿨다. 주로 남자들에게 쫓기는 내용이었다. 그런데 한동안 운동을 빡세게 하며 전신의 근육을 키우자 먹는 양이 늘고 힘이 좋아지고 잔병치레가 줄었다. 꿈속의 자아도 용감해졌다. 질 나쁜 위협을 가하던 이들의 몸을 쥐어패기 시작한 것이다. 울고 도망치고 숨는 대신 뒤돌아서 그들의 얼굴을 쏘아보고 정확히 가격했다. 그리하여 요즘 꿈생활에는 유머와 섹스만이 남았다고, 언니가 말했다.

신체의 체력과 근육. 무의식의 체력과 근육. 두 가지는 함께 자라기도 한다. 몸과 정신은 끊임없이 서로 영향을 주고받으니 말이다. 언니의 이야기에 크게 감화된 나는 새해 첫 날 헬스장에 찾아갔다. 지금보다 강해지고 싶었기 때문이다. 헬스장을 고르는 기준은 딱히 없었다. 그냥 집에서 제일 가까운 데로 갔다. 그러고 보니 카페도 식당도 빵집도 가까운 곳들만을 주로 이용한다. 순전히 거리가 가까워서 사귄 애인이나 친구들도 있다.

가까운 헬스장에 입장했으나 회원은 아무도 없었다. 작은 사무실에서 졸다 나온 중년의 관장은 낮 시간이라 한가한 거라고 말했지만 저녁에도 특별히 붐빌 것 같지는 않았다. 이곳의 운동 기구들에게 영혼이 있다면 그들은 연거푸 하품 중일 듯했다. 다음 주에 영업을 종료한대도 전혀 놀랍지 않을 만한 헬스장이었다. 그렇지만 아무도 없으니 꼭 개인 트레이닝 룸 같았다. 맘 편히 추레하게 운동할 수 있어서 오히려 편할 터였다.

관장과 마주 앉아 PT 등록을 시작했다. 일반적인 시세였으나 나는 더 저렴한 가격을 원했다. 당장이라도 떠날 사람처럼 굴자 그는 아주 빠르게 20만 원을 깎아주었다. 금액을 합의한 뒤 관장은 앨범을 하나 꺼내 들었다. 이곳에 소속된 트레이너들의 사진과 약력이 실린 앨범이었다. 그는 앨범을 펼치며 이들 중 누구에게 트레이닝 받기를 원하는지 고르라고 했다.

앨범 속에는 근육질의 남자 트레이너 다섯 명이 있었다. 다들 우락부락했다. 우락부락하다는 것 말고는 아무 생각도 느낌도 들지 않았다. 관장은 그중에서도 가장 피부가 하얀 남자 트레이너를 짚더니 말했다.

"이 분이 특히 유쾌하게 잘 가르치는 분이세요."

"아… 그러세요?"

나는 다른 트레이너의 사진으로 시선을 옮겼다. 어떤 남자를 선택해야 하는지는 몰라도 최소한 피해가면 좋을 형용사는 몇 개 알고 있었다. '유쾌한'도 그중 하나였다. 남자가 남자를 유쾌하다고 소개할 경우 유쾌하다고 소개한 남자나 소개된 남자 둘 다 안 웃길 확률이 매우 높았다. 더럽게 재미없고 느끼하고 철 지난 유머를 끊임없이 던지는 경우가 다반사였다. 트레이너에게 재미 같은 건 기대하지 않기 때문에 나는 관장에게 말했다.

"가장 말수가 적은 분에게 배우고 싶어요."

차라리 그 편이 깔끔하기 때문이다. 관장은 다른 트레이너를 가리키며 이 분은 차분하게 운동을 가르치는 분이라고 설명했다. 그 분께 내일 아침부터 수업을 받기로 한 뒤 돈을 내고 집에 갔다.

그런데 몇 시간 뒤 관장으로부터 전화가 걸려왔다.

"어쩌죠, 차분한 트레이너 분이 오전 스케줄이 안 된다고 하시네요. 아까 말씀드렸던 유쾌한 트레이너 분은 오전에 시간이 괜찮으시거든요? 이 분과 운동하시면 어떨까요?"

관장의 목소리는 약간 절실하게 들렸다. 다른 헬스장을 더 알아보기도 귀찮아서 알겠다고 했다. 이튿날 아침 첫 PT를 받으러 헬스장에 들어가자 말로만 듣던 유쾌한 트레이너가 나를 맞이했다. 사진보다는 덜 우락부락했다. 인바디를 잰 뒤 짧은 대화를 나눴다.

"몸에 균형이 잘 잡히셨네요. 다른 운동 하셨었나요?"

"필라테스를 2년 했어요. 달리기도 꾸준히 했고요."

"아~ 필라테스 저도 좀 했었어요. 좋긴 한데 저는 좀 지루하더라고요. 뭐하시는 분이세요?"

"저 그냥… 프리랜서예요."

"무슨 프리랜서요?"

"글 써요."

"아~ 작가님이시구나. 제 회원님들 중에서도 작가님들 몇 분 있어요. SBS 방송작가 분도 있는데 그분은 너무 바빠서 저를 방송국 헬스장으로 초빙하기도 하셨어요. 제가 되게 다양한 직종의 사람들을 만나거든요. 여러 헬스장에서 일을 해봐가지고. 트레이닝으로 방송도 몇 번 탔고요. 여기랑 다르게 시설이 좋은 곳이 정말 많아요. 전에 근무했던 곳은 호텔식 헬스장인데 거기 참 좋았죠."

"네…"

"작가분이시면 운동하고 나서 글도 쓰시겠네요?"

"글쎄요."

"'헬스장의 자유를 만끽하다' 뭐 이런 제목으로 쓰시면 어떨까요?"

트레이너는 하하하! 하고 웃었다. 나는 가만히 있었다. 새해 다짐 중 하나가 '안 웃기면 웃지 말자'이기 때문이다. 그는 홀로 웃음을 거둔 뒤 나에게 몇 가지 운동을 시켜보았다. 스쿼트랑 런지랑 복근 운동 등이었다.

"운동 신경이 좋으시네요."

나도 이미 아는 사실이기 때문에 "네"라고 대답했다.

"근데 상체랑 팔 근육이 약하셔서 그 부분을 많이 보완해야 될 것 같아요."

"맞아요. 우선은 한 달 안에 팔굽혀펴기를 열 개 하는 게 목표고요, 반 년 뒤에는 턱걸이 하는 게 목표에요."

"그런 자세 좋아요. 목표가 있는 적극적인 자세!"

"돈을 들였으니까요."

"돈 내고도 열심히 안 하시는 분들 정말 많거든요. 우리 회원님은 가르치는 보람이 있겠네요. 하이파이브!"

그가 손을 크게 벌려 내밀었다. 아주 살짝 맞부딪쳤다. 월수금마다 헬스장에 갔다. 트레이너의 수다는 재미없었지만 운동은 재밌었다. 세 달 사이 푸시업 횟수가 쑥쑥 늘고 머신에 매다는 무게도 점차 올랐다. 근육량과 식사량도 늘고 밤에 잠이 잘 왔다. 필라테스나 달리기는 호흡이 일정해서 시종일관 피스풀한 종목인데, 헬스에서는 헙! 하고 숨을 몰아쉬며 잠깐 폭발적인 힘을 낼 때도 있었다. 내 수준에선 아직 무게를 많이 들진 못하지만 맨몸으로 20kg짜리 바벨과 10kg짜리 덤벨만 제대로 사용해도 근육이 살짝 조져지는 느낌이 들었다.

헬스장에서는 감각이 부위별로 실감났다. 나에게 등이

란 게 있구나. 허벅지 뒷근육이라는 게 있구나. 햄스트링이 있구나. 삼각근이 여기구나. 이두와 삼두가 따로 있구나. 평생 이 몸으로 살아왔는데도 어떤 부분은 처음 감각하는 것처럼 낯설었다. 요일마다 집중적으로 운동하는 부위가 다르고 그래서 근육통도 골고루 돌았다. 적당한 근육통은 달콤했다.

운동 사이사이 쉬는 시간마다 트레이너는 이야기를 늘어놓는다. 어찌된 일인지 그는 모든 것에 관해 경험이 있다. 그의 말에 의하면 그렇다. 안 해본 일이 없고 안 만나본 부류의 사람이 없다. 그런 그에게 내가 가장 자주 하는 말은 "그러시구나…"이다. 아무리 영혼 없이 대답해도 그는 계속 말을 이어나간다. 나는 말을 끊고 물어본다.

"이제 어느 부위 조질까요?"

트레이너는 스미스 머신에서 데드 리프트를 할 차례라고 대답한다. 그는 기구를 세팅한 뒤 내 뒤에 서서 자세를 봐준다. 올바르게 교정해주는 건 고맙지만 필요 이상으로 밀착하는 경향이 있다. 내 골반에는 그의 양손이, 내 엉덩이에는 그의 사타구니가 닿는다. 나는 뒤돌아보지 않고 말한다.

"혼자 하겠습니다. 안 잡아주셔도 됩니다."

"아, 예…"

그럼 우리 사이에는 어색한 간격이 벌어진다. 나는 그 상태가 딱 좋다. 어색해지는 것은 두렵지 않다.

2019.04.02.

자이언트 우먼

결국 다른 헬스장에 다니기 시작했다. 어색해지는 것은 두렵지 않지만 번거롭긴 하다. (구)트레이너는 친밀한 손길로 내 어깨를 자주 주물렀다. 딱히 시원하지도 않고 필요하지도 않아서 나는 어깨를 흔듦으로써 그의 손을 툭툭 떨쳐내곤 했다. 그걸 내 손으로 치우고 싶지는 않았다. 손이 닿는 것을 각별한 접촉으로 느낄까 봐 최대한 무심하게 어깨만 흔든 것이다. 그럼 자동으로 (구)트레이너의 안마가 중단되었다. 그는 내 어깻짓을 보고 말했다.

"어우, 움직임이 유연하네요."

편의상 그를 '구트'라고 호명하겠다. 70년대생 남자인 구트는 나에게 칭찬을 종종 건네는데 그 칭찬에는 자부심이 묻어난다. 몸에 관해서는 자신에게 권위가 있다는 느낌이 전해져온다. '몸을 잘 쓰는 나'보다 '몸을 잘 쓰는 나를 잘 알아보는 그'에게 더 방점이 찍힌 칭찬들이다. 나는 별 대꾸를 하지 않고 다음 운동이 뭔지를 묻는다. 구트의 지도 아래 지난 세 달간 다양한 운동을 했다. 근육을 늘려나가는 것이 재미있어서 나름대로 즐겁게 헬스장에 다녔다. 구트는 느끼하지만 일주일에 세 번이나 보니까 약간은 우정이 생기기도 했다. 헬스 트레이너가 아닌 누구라도 주 3회씩 꾸준히 보면 정이 들 것이다. 요청하지 않은 안마를 구트가 자주 하는 것만 빼면 괜찮았다. 유쾌한 이미지에 대한 그의 강박과 철 지난 유머를 남발하는 것만 빼면 괜찮았다. 데드리프트와 스쿼트를 할 때 그가 내 뒤에 너무 가까이 선다는 점만 빼면 괜찮았다. 자세를 교정할 때 엉덩이를 너무 만진다는 점만 빼면 괜찮았다.

　가면 갈수록 뺄 것이 너무 많다는 것을 깨달았다. 그는 엉덩이가 강조되는 자세의 운동을 특히 자주 시켰다. 체형상 어떤 자세를 해도 엉덩이가 강조되니까 기분 탓일 수도 있다. 기분 탓인지 아닌지를 돌아보는 일은 익숙하다. 대부분의 문제들은 내가 마음만 고쳐먹으면 문제가 아니다. 명확한 불쾌함은 드물다. 그보다 잦은 건 애매한 불쾌감이다. 나는 돈을 내고 운동을 배우면서까지 불쾌의 정도를 살피는 것이 몹시 번거롭게 느껴졌다. 그래서 구트와의 PT는 연장 등록을 하지 않았다.

"그동안 운동을 가르쳐주셔서 감사했습니다. 건강하세요."

인사를 하고 구트와 작별했다. 그곳은 집에서 첫 번째로 가까운 헬스장이었다.

(신)트레이너를 찾아 떠나야 했다. 별 고민 없이 집에서 두 번째로 가까운 헬스장에 갔다. 운동은 어쨌든 가까운 데서 해야 한다는 생각이었다. 새로운 헬스장의 데스크 직원과 상담을 했다. 그는 90년대생 여자였고 나에게 운동의 목적과 방향성을 물었다.

"혹시 다이어트를 목적으로 하시나요?"

"아뇨. 살은 빼고 싶지 않고요. 그냥 지금보다 힘이 더 세지고 싶습니다."

"혹시 보디빌딩을 준비할 생각이 있으세요?"

"그렇게까지는 할 생각이 없습니다."

"지금까지는 남자 트레이너 분과 운동해오셨나요?"

"네. 그런데 앞으로는 여자 트레이너 분께 배우고 싶습니다."

"그러시구나. 혹시 무슨 문제가 있으셨나요?"

"문제라기보다는, 그냥 느끼하고 귀찮았습니다."

"아…"

직원 분은 잘 알겠다는 표정을 지었다. 그리고 내게 여자 트레이너를 배정해주었다.

새로운 헬스장에서의 첫 PT 날, 적당히 우람하고 멋진 여자가 나에게 다가왔다. 자세가 곧고 온몸이 단단했다. 바로 그가 이제부터의 (신)트레이너였다. 편의상 그를 '신트'라고 호명하겠다. 신트가 물었다.

"프리스쿼트 무게 몇까지 치셨어요?"

"최대 50kg까지 들었습니다."

"꽤 하시네요. 한 세트 몇 개까지 하셨죠?"

"열 개요. 하지만 존나게 힘들었습니다."

"말투에 약간 군기가 잡혀있으시네요."

"그런가요?"

"혹시 단체 생활 하셨어요?"

"아뇨."

"그럼… 혹시 글 쓰는 분이신가요?"

"아… 네, 맞기는 한데… 어떻게 아셨죠?"

"그냥 그런 느낌이 들어서요."

"혹시 제가 너무 문어체로 말했나요?"

"네."

"다들 이렇게 말하지 않나요?"

"글쎄요."

신트는 나에게 몇 가지 운동을 시키며 자세를 테스트했다. 그리고 보완할 점을 알려주었다. 여전히 하체에 비해 상체 근육이 빈약했다. 나는 신트에게 말했다.

"선생님처럼 어깨를 멋지게 발달시키고 싶어요."

신트는 자신의 어깨를 으쓱하며 대답했다.

"근데 이건 타고나는 거라."

"아, 그렇구나."

"회원님 골반처럼요."

"고맙습니다."

"그래도 최대한 다부진 어깨로 만들어드릴게요."

그러고선 바로 운동을 시키며 엄하게 카운트를 세는 신트였다. 나는 첫 날부터 신트에게 살짝 반한 나머지 곧바로 30회 PT를 끊었다. 신트는 말이 많지 않아서 그에 관한 정보는 수업을 거듭하며 천천히 쌓여갔다. 그도 92년생이라는 사실과 전직 경호원이었다는 사실 정도를 알게되었다. 그는 내가 프리랜서 작가라는 것과 두 권의 책을 냈다는 것 정도를 안다. 가끔 문학 수업을 하러 가느라 운동을 서둘러 마친다는 것도 안다. 그보다 자세한 질문은 서로 잘 하지 않는다. 신트와 나 사이의 긴장감을 둘 중 누구도 훼손할 생각이 없어 보인다. 깍듯하게 존댓말을 쓰며 월수금 아침마다 운동을 가르치고 배운다. 다만 어떤 운동이 너무 힘들 때에는 나도 모르게 반말이 튀어나온다.

"아, 너무 아파!"

그럼 신트가 눈을 크게 뜨고 되묻는다.

"지금 뭐라고 하셨죠?"

"허벅지 너무 아프다고요."

"그럼 그만할까요?"

"아뇨. 힘든 거 좋아요."

"좋다고요?"

"네. 힘들려고 여기 오는 건데요."

신트는 그럼 웃는다. 웃다가 묻는다.

"혹시…"

"혹시 뭐요?"

"M이세요?"

"네."

우리는 막 웃는다. 그리고 다시 별말 없이 운동을 한다. 쓸데없이 만지는 일도 없다. 여자 지도자에게 운동을 배우는 것은 28년 만에 처음인데 이렇게 좋은 줄 알았으면 진작 했을 것이다.

끝나고 나서는 탈의실에서 옷을 갈아입는다. 아침시간이라 탈의실에는 중년과 노년의 여자들이 많다. 나처럼 PT를 받는 분들은 아니고 요가와 GX 단체 수업을 듣는 분들이다. 그 분들의 수다로 탈의실은 언제나 활기차다. 어느 상설매장에서 옷을 사는지 정보를 공유하고 너무 알록달록한 옷은 입지 말 것을 서로에게 조언한다. 가끔은 회비를 걷는 아줌마가 돌아다니는데 무엇을 위한 회비인지는 모르겠다. 그렇게 모은 돈을 이 여자들이 어디에 쓸지 궁금하다. 다양한 연령의 알몸들 속에서 나도 샤워를 하고 머리를 말린다.

건물 밖으로 나와서는 스티븐이 부르는 'Giant Woman'을 들으며 자전거를 타고 집에 온다. 〈스티븐 유니버스〉 시즌 1의 12화에 나온 노래다. 가사는 다음과 같다. 번역은 넷플릭스 버전을 그대로 따왔다.

All I wanna do is see you turn into a giant woman

(a giant woman)

나는 보고 싶을 뿐 너희가 변신한 거대한 여자

(거대한 여자)

All I wanna be is someone who gets to see a giant woman

나는 되고 싶을 뿐 거대한 여자가 된 너희를 본 사람

All I wanna do is help you turn into a giant woman
(a giant woman)
나는 돕고 싶을 뿐 너희가 거대한 여자로 변하는 걸
(거대한 여자)

All I wanna be is someone who gets to see a giant
woman
나는 되고 싶을 뿐, 거대한 여자가 된 너희를 본 사람

Oh, I know it'll be great and I just can't wait
정말 멋질 거야 너무나도 기대돼

To see the person you are together
합체한 너희의 모습을 보는 것

If you give it a chance you could do a huge dance
시도만 한다면 거대한 춤을 출 수도 있을 텐데

because you are a giant woman
거대한 여자니까

You might even like being together

어쩌면 너희는 같이 있는 걸 좋아하게 될지도 모르지만

and if you don't, it won't be forever
아니라면 어쩔 수 없지

But if it were me, I'd really wanna be A giant woman
(a giant woman)
만약 나라면 거대한 여자가 정말로 되고 싶어
(거대한 여자)

All I wanna do is see you turn into a giant woman
나는 그저 너희가 거대한 여자로 변하는 걸 보고 싶을
뿐이야

이 노래를 들으면 호랑이 기운이 솟는다. 이제 내 장래
희망 중 하나는 자이언트 우먼이며 그러기 위해 자이언트
우먼으로부터 운동을 꾸준히 배울 것이다. 근육을 늘리는
과정에서 자이언트 맨의 도움이 없어도 좋다는 걸 내 몸과
마음이 안다.

2019.05.13.

보증금이라는 문제

너무 아프거나 슬플 땐 망설임 없이 일을 쉬고 싶다. 갑자기 일을 멈춰도 큰일 나지 않는 삶을 상상한다. 도저히 힘을 내기 어려우면 얼마간 노동을 하지 않아도 괜찮도록 말이다. 아직 그런 삶은 도래하지 않았고, 스무 살 무렵부터 지금까지 웬만해선 멈추지 않고 일해온 나의 일상도 이변 없이 계속 흘러가고 있다. 앞으로도 그럴 것 같다. 사는데에는 비용이 드니까. 매월 집세를 내는 경우 더더욱 그렇다.

누군가 나에게 장래 희망을 묻는다면 월세 탈출이라고 대답하겠다. 월셋집 말고 전셋집에 산다면 지금보다 덜 두려운 마음으로 노동에 임할 수 있을 것이다. 전셋집으로 이사하려고 돈을 모으고 있지만 서울의 전세값은 말도 안 되게 비싸기 때문에 이 과정이 얼마나 길어질지는 모른다. 지금 사는 집의 보증금을 모으는 데에만 7년이 걸렸다.

조르바가 그랬다. 당신이 밥을 먹고 무엇을 하는지 말해달라고. 그럼 당신이 누구인지 말해주겠다고. 내가 20대 내내 밥을 먹고 줄기차게 한 것은 월세 벌기, 월세 내기, 그리고 보증금 저축이었다. 이런 고생을 할 수 있는 주된 원동력은 희망과 공포 같았다. 미래에는 더 좋은 집에 살 수 있다는 희망, 보증금을 더 모으지 않으면 계속 이런 집에 살게 될 거라는 공포. 혹은 월세를 제때 내지 않으면 이 집에서조차도 살 수 없다는 공포. 지난 7년간 그런 마음으로 이사를 네 번이나 했다.

첫 번째 집 : 북아현동, 8평, 반지하 투룸, 보증금 500만 원 / 월세 40만 원

스무 살 무렵 절친과 함께 자취를 시작했다. 둘 다 서울에 있는 대학에 합격했는데 본가는 지방이었기 때문이다. 우리는 한겨울에 코트를 입고 부동산을 여러 곳 돌았다. 그때는 어쩐지 추위를 안 타서 원피스에 코트만 입고도 거뜬히 겨울을 났다. 열심히 발품 팔아 두 사람이 살기에 적당한 투룸을 찾았다. 보증금 500만 원에 월세 40만 원짜리 반지하 월셋집이었다. 보증금도 월세도 반반씩 나눠서 내기로 했다. 친구는 보증금의 절반인 250만 원이 있었으나 나는 50만 원밖에 없었다. 할 수 없이 지방에서 작은 가게를 하는 엄마와 아빠에게 도움을 청했다. 어렵사리 100만 원을 보태주었다. 그런데도 100만 원이 모자랐다. 어떻게 할까 궁리를 하다가 주변 어른들에게 십시일반으로 도와달라고 부탁했다. 할아버지, 작은아빠, 큰이모, 작은이모, 논술 학원 선생님, 첫사랑의 엄마 등에게 전화를 걸어 10만 원씩 부쳐달라고 했다. 이 은혜는 살면서 차차 갚겠다고 말하자 어른 10명이 별다른 말없이 송금해주었다. 내 인생의 첫 보증금은 그렇게 마련했다. 친구와 함께 집 계약서를 쓴 뒤 사연 많은 500만 원을 집주인에게 입금했다. 돈을 빌려준 어른들에게는 여전히 보답하는 중이다.

살아보니 문제가 많은 반지하방이었다. 이 시절에 우리는 가난의 구체적인 모습을 공유했다. 삐뚤삐뚤한 장판, 물이 스멀스멀 새어 나오는 바닥, 각이 맞지 않는 모서리, 청소와 환기를 아무리 열심히 해도 없어지지 않는 퀴퀴한 냄새, 변기 물에 둥둥 떠 있는 쥐의 사체, 드르륵 소리가 아주 크게 나는 미닫이문, 칠이 벗겨진 옥색 페인트 같은 것들. 우리는 가난의 디테일을 누가 먼저랄 것도 없이 농담으로 넘겼지만 도저히 농담이 나오지 않는 날도 있었다. 그런 날에는 친구와 한 침대에서 껴안고 잤다. 서로 사랑하고 질투하면서 열심히 살았다. 각자의 애인과 친구들이 자주 드나들었고 매일같이 밥을 해먹었다. 나는 잡지사 막내 기자와 누드모델 일을 병행하며 대학에 다녔다. 그러나 친구가 갑자기 LH에서 분양하는 전세 주택에 당첨되어 이사하는 바람에 이 동거는 1년 만에 끝나고 말았다. 나 혼자서 월세 40만 원을 감당할 수는 없었기 때문이다.

두 번째 집 : 온수동, 12평, 2층 투룸, 보증금 700만 원 / 월세 35만 원

친구와 동거하다가 헤어지자 살 곳이 없어서 어쩔 수 없이 지방에 있는 부모님 집에 반년간 얹혀살았다. 주말마다 전라남도 여수로 글쓰기 강의를 다니게 되어 고정적인 수입이 생겼고, 만화를 연재하기 시작하면서 저축하는 금액이 늘어났다. 거기에 월세를 내지 않으니 돈이 모였다. 하지만 부모님 집에 얹혀사는 게 불편해서 하루빨리 독립하고 싶었다. 하고 싶은 일을 빠르게 하려면 서울에 있어야 했다. 재미있는 일은 죄다 서울에서만 일어나는 것 같았다. 이제는 그렇지 않다는 걸 알지만 당시엔 철썩 같이 그렇게 믿었다. 부랴부랴 보증금을 마련하고 학교 근처에 있는 집을 알아봤다. 이번에도 100만 원이 모자랐는데 엄마가 또 어렵사리 보태주었다. 부모님에게 받은 마지막 도움이었다. 보증금 700만 원을 주고 살게 된 다세대주택의 작은 마당에는 커다란 단풍나무가 흐드러졌다. 좁고 낡은 집이지만 나름대로 정취가 있었다. 이 집에서 대학을 다니며 글쓰기와 만화 연재를 계속하던 중 얼떨결에 웹툰 작가가 되었다. 만화를 연재하고 글쓰기 강의를 하며 생활비를 벌었다. 혼자 사는 게 생각보다 외롭고 무서워서 고양이를 데려와 키우기 시작했다. 냉장고에는 엄마가 보내준 반찬과 식재료가 가득했다. 이웃 사람들을 초대해서 밥을 해먹는 날이 많았다. 부엌에서 자주 시간을 보내다 보니 살림이 몸에 익기 시작했다.

세 번째 집 : 서교동, 40평, 포룸 셰어하우스, 보증금 9,000만 원 / 월세 110만 원

온수동 집의 계약 기간이 끝나갈 무렵 아는 오빠 세 명이 같이 살자고 제안했다. 방이 4개나 있는 집인데 가장 큰 방을 나에게 주겠다며 설득했다. 오빠들 중 금수저인 한 사람이 보증금을 책임지고 나를 비롯한 나머지 동수저 세 명이 월세를 나눠서 내는 방식이었다. 셰어하우스가 아니라면 마포구 한복판에 있는 큰 집에 살아볼 일은 평생 없을 것 같았다. 외롭기도 하고 보증금을 안 내도 되는 넓은 집이 욕심나기도 해서 아는 오빠 세 명이랑 동거를 시작했다. 화장실이 딸린 큰 방이 내 차지였고, 매달 45만 원을 월세로 냈다. 넓은 거실과 부엌은 공동으로 사용했다.

30대 초반의 오빠 3명과 동거하는 것은 웃기고 더러웠다. 이때의 생활 모습을 소재로 해서 '미미미마'라는 만화를 그려 연재하기도 했다. '미미미마'라는 제목은 심수봉이 부른 노래 '백만 송이 장미'에 나오는 노랫말 "미워하는 미워하는 미워하는 마음 없이"를 줄인 것으로 장르는 시트콤이었는데 여러모로 싱거운 작품이었다. 그 만화 말고도 다른 만화 두 편을 동시에 연재 중이라 주 4회 원고 마감을 해야만 했다. 매주 네 번의 만화 마감과 글 두 편의 마감, 그리고 글쓰기 강의를 1년간 계속하다 보니 예전에 비해 수입은 늘었으나 건강이 무척 나빠졌다. 과로로 인해 쓸개즙이 위로 역류하는 병이 생겼고, 수족냉증과 어깨 통증으로 자주 고통스러웠다. 그래도 일하기 위해서는 체력을 유지해야만 해서 날마다 한강 둔치에서 달리기를 했다. 그렇게 생활하며 가까스로 대학을 졸업했다. 그 와중에 치아 교정 치료를 받기도 했다. 큰맘 먹고 남동생의 치아 교정비도 할부로 내주었다. 기계처럼 많은 일을 했고 그렇게 살면 몸의 이곳저곳이 고장 난다는 것을 응급실에서 깨달았다.

네 번째 집 : 망원동, 16평, 2층 스리룸,
보증금 3,000만 원 / 월세 45만 원

몸과 마음과 영혼을 혹사해가며 일한 결과 보증금을 더 모을 수 있었다. 아무리 외로워도 혼자 사는 게 낫겠다는 생각으로 이사를 했다. 독립생활을 오랫동안 하다 보니 자취생의 짐이라기보다는 살림집 규모의 짐이 생긴 터라 나 혼자만을 위한 집이어도 너무 좁게 느껴졌다. 방 3개가 기차 칸처럼 조르르 있는 집에 짐을 풀었다. 서재와 옷방과 침실을 분리할 수 있었다. 나만의 보금자리를 얻고 한숨 돌린 뒤 얼마 지나지 않아 학자금 대출 상환 문자가 왔다. 대출받은 학자금은 2500만 원이었다. 심란한 마음으로 이제 어떻게 해야 하나 궁리하다가 '일간 이슬아'를 연재하기 시작했다. 반년간의 연재로 대출금을 다 갚았으나 건강이 나빠졌다.

그렇게 20대 후반이 되었다. 고양이는 다섯 살이 되어간다. 그동안 나는 열심히 돈을 벌고, 집세를 내고 대출금을 갚고, 책 두 권을 펴냈으나 월세 탈출은 아직도 요원해 보인다. 서울에 사는 이상 어쩔 수 없다. 이래저래 마음을 울렁거리게 하는 서울이 아직은 좋은 걸까. 서울의 풍요와 활기와 편의를 언젠가는 미련 없이 포기할 수 있을까. 언제 그럴 수 있을지 알 수 없기에 나는 어제도 오늘도 내일도 전세금을 모으며 지내고 있다.

2019.01.01

정원수

꿈에서 산불이 크게 났다. 빠른 속도로 번지고 있었다. 우리 집까지 옮겨 붙는 건 시간문제일 듯했다. 근처에서 일을 하다 말고 집을 향해 달렸다. 동네 골목엔 벌써 산에서 내려온 연기가 자욱했다. 나는 무너지는 심정으로 달리며 무엇부터 챙겨 나올지를 결정했다. 가장 급한 건 탐이었다. 스스로 탈출할 줄 모르기 때문이다. 현관문을 열자마자 탐이를 안고 이동장에 넣었다. 너무 놀랐는지 눈이 커다래지고 꼬리털도 잔뜩 부풀어 있었다. 탐이라면 가까이 다가온 화재의 위력을 나보다 더 민감하게 느낄 것이다. 괜찮을 거라고, 무사히 밖으로 나가자고 소리 내어 말했다.

때마침 하마가 헐레벌떡 도착했다. 내 집이 아니라 우리 집이라고 하는 게 나을 만큼 하마의 짐이 점점 늘던 요즘이었다. 집은 이미 연인의 서식지에 가까웠다. 망연자실할 새도 없었다. 하마도 뭘 챙겨 나와야 할지 빠르게 고민하는 듯했다. 불길을 피해 빨리 도망가야 하니 정말 중요한 것만 소지해야 했다. 결국 우리는 각자의 아이폰, 아이패드, 맥북, 애플워치를 챙겼다. 손에 들 수 있는 비싼 물건은 그것들뿐이었다.

탐이와 함께 집밖으로 탈출하는데 뒤를 돌아보니 남은 것이 너무 많았다. 애플 제품 빼고 모든 것이 아직 집에 남아 있었다. 가지런히 정리해놓은 옷들에는 의외로 미련이 들지 않았다. 다만 아빠가 만들어준 소나무 책상이 불에 탄다고 생각하니 가슴이 미어졌다. 새로 산 퀸 사이즈의 원목 침대도 너무나 아까웠다. 그리고 책들, 책들… 내 집을 내 집이게 하는 책들이 활활 타는 것은 상상만으로 괴로웠다. 접고 표시하고 밑줄 치고 메모해둔 수백 개의 흔적은 다시 같은 책을 산대도 되돌릴 수가 없었다. 하지만 그 모든 건 몸뚱이 없이는 아무 소용없기 때문에 우리는 부리나케 집을 떠났다. 집으로부터 최대한 멀리멀리 도망쳤다. 등 뒤로 집이 활활 타는 소리가 들려왔다. 어디서든 다시 시작할 수 있다고 하마에게 말했다. 내가 말해놓고도 믿을 수가 없었다.

잠에서 깨어나서는 우리 집 근처에 산이 없다는 것을 기억해냈다. 침실 문밖에서 탐이 목소리가 들려왔다. 꿈 밖에 사는 진짜 탐이었다. 침대에서 빠져나와 탐이에게 밥을 주었다. 집 어디도 불타지 않았고 모든 것이 제자리에 있었다. 그 사실이 감사해서 청소기를 꺼내들었다. 청소는 집에게 올리는 감사의식 같은 거다. 그런데 기계가 작동이 잘 안 돼서 청소기를 분해해야 했다. 살펴보니 구멍에 탐이 털들이 끼어 있었다. 이래서 먼지를 잘 못 빨아들인 거구나! 개수대에서 청소기 내부를 씻고 닦으며 숨은 먼지를 제거했다. 기계나 집이나 인간이나 항상성을 유지하려면 품이 든다.

한 명리학자는 나에게 집을 떠나면 아플 팔자라고 했다. 집을 좋아하는 건 사실이지만 사주풀이를 다 믿지는 않는다. 명리학자 선생님들이 인생을 어떻게 말하는지 듣는 것이 좋을 뿐이다. 그 분들의 말 중에 기억하고 싶은 것만 기억한다. 유독 기억나는 것은 어느 명리학자가 내게 그려준 정원수 그림이다. 내 운명의 모양은 정원수와 닮았다고 그는 말했다. 어느 집 마당에 튼튼하게 뿌리내려 무럭무럭 아름답게 자라는 정원수의 이미지를 늘 기억하라고. 집밖으로 나돌기보다는 동네에서 모든 일을 처리하며 살라고. 의도하진 않았지만 어쩌다보니 그렇게 지내고 있다. 이사 갈 돈이 없기 때문이고 월세 내며 사는 사람은 여행 가기도 어렵기 때문이다.

집 혹은 집 근처에만 서식하며 지내다보면 불쑥 이랑의 가사가 떠오른다.

'한국에서 태어나 산다는 데에 어떤 의미를 두고 계시나요.'

나는 속으로 대답한다. '그러게요.'

2019년 서울 마포구 한복판에 거주한다는 것은 정보의 속도와 촘촘함을 감수하는 일 같다. 사고 싶은 물건과 가고 싶은 장소와 보고 싶은 사람과 듣고 싶은 강연과 공연 등이 마포구에는 빽빽하게 있다. 가슴 벌렁거리게 하는 도시의 풍요와 혼란과 허영과 소외 같은 것들. 그러다 간혹 찾아오는, 이건 뭔가 크게 잘못된 것 같다는 느낌. 그러다 어느새 다가와 있는 익숙한 편안함.

얼마 전 남원에서 편지가 한 통 날아왔다. 남원 사는 언니가 보낸 편지였다. 언니가 남원으로 이사 가기 전에 우리는 합정에서 만난 적이 있다. 그는 합정이 좋기도 하고 힘들기도 하다고 말했다. 그 피로라면 나도 알 것 같았다. 도시는 늘 나보다 앞서간다. 남원에 살아보지는 않았지만, 적어도 나보다 앞서가는 동네는 아닐 거라고 짐작했다. 본가인 남원에 다시 내려가려고 짐을 싸던 언니의 표정이 홀가분했던가, 심란했던가, 둘 다였던가. 정확히 기억나지 않는다. 이제는 남원에 짐을 풀었을 언니의 편지에서는 조급함을 찾아볼 수 없었다. 내가 이 편지를 읽는 데에 쓰는 시간마저도 염려하며, 언제까지나 기다려주는 마음으로 써내려간 편지였다. 내가 원할 때 원하는 속도로 실컷 천천히 읽어가기를 당부하는 편지였다. 실시간 응답에 익숙해져가는 시대에 이런 편지를 받으니 어리둥절할 만큼 고마웠다. 내 집의 고요와 언니 집의 고요가 얼마나 비슷하고 다를지 궁금했다. 정말로 어디서든 다시 시작할 수 있는 것인지도 궁금했다.

우리 집 근처엔 산이 없지만 문득 아주 많은 나무가 보고 싶어졌다. 먼 곳에 다녀올 시간은 없어서 운동화를 신고 서울숲에 찾아갔다. 제일 가까운 숲이 거기여서 간 건데 울창한 숲은 아니었다. 웨딩 촬영하는 사람들과 사진 동호회 사람들과 셀카봉을 들고 걷는 사람들로 북적였다. 평일 낮에도 이 정도라 주말에는 올 엄두가 나지 않았다. 사람이 적은 숲에 가고 싶다고 생각하며 인공 호수 옆 벤치에 앉았다. 벤치는 은근 편해서 다리를 옆으로 쭉 뻗고 누웠다. 그대로 30분쯤 잤다. 이런 경우가 종종 있다. 정신을 차려보면 어느 길가에서 단잠을 자고 난 뒤다. 우

리 엄마 복희도 30대까지는 그런 사람이었다고 한다. 초
등학교 자녀를 둔 학부모들끼리 모여 아파트 거실에서 수
다를 떠는 와중에 어디선가 코 고는 소리가 들려 돌아보면
서른 몇 살의 복희가 어김없이 졸고 있는 식이었다.

　나도 복희처럼 아무데서나 졸다가 깨어나 나무를 보았
다. 어쨌든 나무란 정말 멋지고, 나무들은 더 멋지고, 숲은
그야말로 어메이징하다. 작게라도 마당이 있는 집에 살고
싶은데 가능할까? 마포구에서 그런 집은 매매로 10억이
넘는다. 너무한 일이다.

　언니가 사는 집엔 아마도 마당이 있을 것 같다. 그 집
은 10억보다는 저렴할 것이다. 남원이니까. 언니네 집 마
당을 내 멋대로 상상하다가 마당 없는 내 집의 화분들을
기억해냈다. 우선 내 화분들한테나 잘하자고 다짐했다.

　일요일은 화분에 물을 주는 날이다. 화분은 총 여덟 개
인데 하마는 아직도 그 종류와 위치를 못 외운 것 같다. 각
각 매우 다른 식물들인데 하마 눈에는 비슷해 보이는 것일
까? 지난 겨울에는 화분들이 새순을 틔우지 않았다. 자고
일어나면 봄동만 한 잎을 눈 깜짝할 새에 피워내던 알로카
시아도 꼭 조화처럼 성장을 멈추고 있었다. 그들은 창밖으
로 봄이 오고 나서야 다시 새순을 틔웠다. 나는 화분들을
가리키며 하마에게 감탄을 전했다.

"식물들은 집 안에서도 계절을 다 아나 봐. 실내 온도를 언제나 비슷하게 유지하는 집인데도 말이야. 너무 대단하지 않아?"

그렇지만 이런 나조차도 산불 난 꿈에서 화분 생각을 미처 못 했다. 식물들은 우선순위에서 단번에 뒤로 밀린 것이다.

무엇을 가지고 살아가는지, 무엇 속에 둘러싸여 살아가는지 알다가도 모르겠는 때마다 내 집을 둘러본다. 어째서인지 그 근거를 집에서 찾아야만 할 것 같다. 언젠가는 나무가 있는 집에 살 수 있기를 소망하며, 작은 정원을 꿈꾸며, 지금의 월셋집을 청소하고 화분에 물을 준다.

2019.05.14.

인간의 번거로움

어느 토요일 밤 하마는 한 가지 가설을 세웠다. 그건 이슬아 안드로이드 설이었다. 왜 그렇게 생각하느냐고 묻자 그가 대답했다.

"네가 하루에 처리하는 업무의 양과 종류를 생각해 봐. 비인간적이야. 안드로이드가 아니고서야 그렇게 해낼 수가 없어."

나는 심드렁하게 천정을 바라봤다. 잠이 밀려와서 이불을 목까지 올려 덮었다. 하마가 내 쪽으로 돌아눕더니 다시 말을 걸었다.

"네가 전기장판을 좋아하는 이유도 따로 있었어. 스마트폰을 무선 충전하듯 네 몸을 장판 위에 눕히면 에너지가 채워졌던 거야. 전기 에너지로 움직이는 안드로이드인 거지."

나는 눈을 감은 채로 대충 맞장구를 쳤다. "그래? 몰랐네."

"샤워할 때 뜨거운 물을 나보다 훨씬 잘 견디는 것도 그래서였어. 피부의 통점이 인간과는 다르게 설계된 거지."

"흠…"

내가 여전히 심드렁해하자 하마는 야심차게 물었다.

"너는 스스로 네 일상을 계획하고 결정한다고 생각하겠지?"

"당연하잖아."

"하지만 틀렸어. 내일 아침 네가 뭘 할지 예측해볼까?"

하마가 이 농담에 들이는 정성을 그제야 알아챈 나는 돌아누워 개를 쳐다봤다. 그는 자신 있는 얼굴로, 아주 중요한 비밀을 누설하듯 말했다.

"너는 일어나자마자 화장실에 다녀올 거야. 그리고 체중계에 올라서서 몸무게를 확인한 뒤 스트레칭과 근력 운동을 약 10분간 하겠지. 그다음엔 화분 여덟 개를 모조리 화장실로 옮겨서 물을 줄 테고, 자전거 타고 엄마 집에 가서 채소 위주의 아침을 먹을 거야."

"아… 아니 그걸 어떻게…?"

"다 먹고 나서는 TV 앞에 앉아 〈출발! 비디오 여행〉을 보게 되어 있어."

나는 무척 놀랐다는 듯한 표정으로 물었다. "소름 돋았어. 어떻게 아는 거야?"

"모든 건 프로그래밍 되어 있다고."

"그럼 내가 쓰는 글은 뭐야? 그것도 프로그램의 일부야?"

"작가는 네가 안드로이드로서 선택한 첫 번째 자아야."

"그래?"

"응."

"왜 굳이 작가를 선택했을까? 번거롭게."

"그러게."

이쯤에서 하마의 가설 검증 근거는 바닥난 것 같았다. 우리 사이엔 잠시 침묵이 흘렀다. 나는 안드로이드에게 일간 연재를 맡기는 상상에 골몰했다. 인공지능의 소설 집필 기술은 나날이 발전 중인데 그는 도대체 어떤 글을 쓸까. 나와는 달리 빈 종이 앞에서 공포와 부담에 짓눌리지 않을 가능성이 높고, 그렇다면 더 재미있는 이야기를 마구 써낼지도 모른다. 하지만 그 전에 부탁하고 싶은 건 메일 답장 업무다. 온갖 이메일과 메시지에 응답하다가 하루가 눈 깜짝할 새에 흘러가버리니 말이다. 아직 안드로이드가 없으므로 그 모든 번거로운 일들은 내 몫이다. 일에는 시간과 몸과 마음과 영혼이 쓰여서 밤에 꼭 잘 자둬야 한다. 그래야 다음날에도 일을 하기 때문이다. 업무량이 너무 많을 땐 내 심신의 용량과 한계가 불편하게 느껴진다. 사람의 몸이란 여러 종류의 에너지를 필요로 하고 온갖 것에 영향을 받으며 쉽게 탈이 난다.

"인간적이라는 건 뭘까?"

내가 묻자 하마는 오래전에 했던 게임에 관해 이야기해주었다.

"'반지의 제왕 온라인'이라는 게임이 있어. 톨킨의 원작 『반지의 제왕』을 게임화한 거야."

"하지만 『반지의 제왕』은 이미 결말이 있는 이야기잖아? 그게 게임이 될 수 있어? 플레이어가 결말을 바꿀 수 없는데도?"

"이 게임은 원작의 서사를 수호하고 싶은 사람들이 적극적으로 참여해. 그 이야기를 좋아하는 사람들이 유저가 되는 경우가 많거든. 이를테면 반지 원정대가 무사히 잘 가도록 길을 닦는 것이 퀘스트인 거지. 프로도랑 샘이 절대반지를 들고 어떤 길을 통과할 예정인데 그 길에 도적 떼가 있다고 쳐. 그럼 어떻게 해야겠어?"

"미리 퇴치해야지."

"맞아. 그래서 열심히 도적과 싸우는 거야."

"다 싸우고 나면?"

"얼마 후 프로도와 샘이 그 길을 별 탈 없이 걷는 장면이 재생돼."

"내가 톨키니스트라면 엄청 뿌듯할 것 같아. 주인공들을 돕는 데에 일조하니까. 혹시 이건 조력자들의 게임인가?"

"그렇게 볼 수도 있겠지. 원작 소설과 영화 사이 빈 시공간에, '이때 다른 주변인들은 뭘 하고 있었을까'를 상상하며 그 디테일을 게임에 채운 거야. 플레이어는 종족을 선택할 수 있는데 호빗, 엘프, 드워프, 인간으로 나뉘어."

"너는 그중 어떤 종족으로 플레이했어?"

"다 해봤는데 인간으로 플레이하는 게 흥미로웠어. 인간은 능력의 밸런스가 균등하지만, 네 개의 종족 중 '공포'에 가장 취약하다는 게 단점이야. 공포스러운 적 앞에 있으면 인간이 느끼는 공포 수치가 자동으로 올라가. 공포가 쌓이면 체력 수치가 깎여. 그러다 급기야는 지도조차 제대로 못 보기도 해."

"너무 인간 같다. 겁에 질릴 때 무능해진다는 점이. 공포 때문에 플레이가 불편하겠다."

"근데 인간 종족한테는 또 어떤 설정이 있냐면, '희망' 이라는 개념이 있어. 희망은 하늘색으로 된 수치인데, 희망을 뿜어내는 존재 가까이에 가면 올라가. 아라곤 같은 영웅 옆에 있을 때 특히."

"공포도 희망도 옮는 거구나."

"그렇지."

"번거롭고 감동적이야."

"유의미한 일들은 대체로 번거롭지. 그 게임엔 '용기' 라는 개념도 있어. 어떤 순간에 깃발을 꽂으면 용기를 발휘할 수 있게 되거든. 이때 인간은 주변 존재들에게 용기를 마구 뿜어서 영향을 미쳐. 신체 능력은 엘프나 드워프보다 딸리지만, 희망이랑 용기가 가득 찼을 때에는 막강해지는 거야."

"이 세계관 속 인간들, 눈물겹고 대단하네."

"그러게."

"그게 바로 우리들이잖아."

"너는 예외지. 안드로이드니까."

"맞다. 전기장판 좀 틀어줘. 충전해야 돼."

하마는 번거로움을 무릅쓰고 전기장판을 틀어주었다. 우리는 함께 잠들며 내일을 위한 에너지를 비축했다.

2019.04.08.

비빌 언덕

8월의 어느 금요일에 데이트를 했다. 등이 파인 홀터넥 나시를 입어도 후덥지근한 여름밤이었다. 하마의 반곱슬머리가 자연스럽게 뒤로 넘어가 있던 것과 그 이마에 맺힌 땀이 기억난다. 같이 진을 두세 잔쯤 마시고 담배를 두세 대쯤 피우고 춤을 조금 추다가 집에 돌아왔다. 에어컨을 약간만 틀어도 금세 시원해지는 작은 침실에서 맨몸으로 잠들었다.

새벽에 하마의 신음소리 때문에 눈을 떴다. 그는 가슴을 부여잡은 채 고통스럽게 쿨럭대고 있었다. 전에도 느껴본 적 있는 고통이라고 했다. 우리는 바로 택시를 불러서 응급실로 갔다. 응급실이란 아파도 참고 기다려야 하는 곳이었다. 우리보다 더 위급하고 심각한 환자들이 그곳엔 언제나 있었다. 고통과 인내 속에서 하마가 진단받은 병명은 기흉이었다. 폐 주위에 공기가 차서 폐가 구겨지는 바람에 제대로 호흡할 수 없는 상태랬다. 의사 한 명과 간호사 두명이 도구를 가져오더니 날카로운 것으로 하마의 겨드랑이 아래를 뚫고 관을 삽입했다. 그 관이 폐까지 닿는다고 했다. 그렇게나 아픈 시술을 환자의 의식이 생생히 살아 있을 때 그냥 진행한다니 충격이었다. 폐에 관을 꽂은 하마는 순식간에 3년쯤 더 나이 들어 보였다. 지난밤 우리가 데이트 같은 걸 했다는 게 믿어지지 않았다. 엘피 바 앞에서 하마가 피우던 담배. 그게 하마 인생의 마지막 연초였던 거다. 이제 그는 담배를 피우지 않는 직장인으로 지낼 것이다.

"이렇게 서른이 되는 거겠지."

고통 때문에 입술이 터진 서른의 하마가 중얼거렸다.

병실을 겨우 배정받았다. 하마의 입원과 동시에 나의 간병이 시작되었다. 가슴을 뚫어서 작은 움직임도 어려운 하마와 함께 적어도 일주일은 꼼짝없이 병원에서 지내야 했다. 필요한 짐을 챙겨오기 위해 혼자 잠깐 집에 들렀다. 집에 들른 김에 세탁기를 돌린 뒤 청소기를 밀고 탐이 털을 싹 빗기고 빨래를 널었다. 이럴 때일수록 집이 깨끗해야 좋을 것 같았다. 탐이에겐 사정을 잘 말해두었다. 하마 형이 아프다고. 내일은 이웃집의 양 누나가 와서 너를 돌봐줄 것이라고.

냉장고를 열고 나를 위한 음식들을 쌌다. 하마는 병원 밥을 먹으면 되지만 나는 알아서 챙겨 먹어야 했다. 병원 푸드코트에서 파는 음식으로는 도저히 힘이 날 것 같지 않았다. 집에 있던 현미밥과 머위 된장과 연근조림과 달 커리를 챙겼다. 복희가 여행 가기 전에 미리 해두고 락앤락에 소분해놓은 음식들이었다. 그걸 백팩에 차곡차곡 넣고 마트에 가서 쌈 채소를 샀다. 싱싱한 상추와 현미밥과 머위 된장이 있으면 나는 무슨 일이든 할 수 있기 때문이다. 후식으로 먹을 과일도 좀 챙겼다.

간소하지만 훌륭한 비건 식단을 완비해서 병원에 돌아갔을 때 하마는 고단한 얼굴로 잠들어 있었다. 당분간 하마가 할 수 있는 일이라곤 앓기와 회복하기뿐이었다. 그가 자는 동안 나는 옆에서 노트북으로 신문과 잡지에 보낼 원고들을 마감했다. 그러다 하마가 뒤척이면 필요한 것을 묻고 가져다주었다.

병원에서는 한 번에 두 가지 일을 하지 않았다. 시간이 이상하게 흐르는 곳이라 한 번에 한 가지씩만 하게 되었다. 우리는 식사시간을 조금 고대했다. 아픈 와중에도 같이 밥을 먹으면 행복하니까. 하마의 병원 밥이 도착하기 10분 전부터 나는 배선실에 들어가 상추를 씻고 밥과 반찬을 데웠다.

나처럼 상추를 씻고 반찬통을 데우는 할머니들이 그곳에 많았다. 개수대는 한 개, 전자레인지는 두 개뿐이라 서로에 손에 들린 비슷한 락앤락 통을 바라보며 순서를 기다렸다. 전자레인지 돌아가는 소리를 들으며 멀뚱히 서 있다 보면 심심했다. 할머니들과 나는 누가 먼저랄 것도 없이 말을 걸었다. 알고 보니 우리는 모두 폐와 관련 질병을 겪는 환자의 간병인이었다. 우리가 속한 15층 병동이 통째로 폐 병동이라고 했다. 병원에서 지낸 지 얼마나 되셨냐고 여쭤보자 왼쪽 할머니는 두 달, 가운데 할머니는 여섯 달, 오른쪽 할머니는 일 년도 넘었다고 대답했다. 일주일만 지내도 얼굴색이 노래지는 곳이 병원인데 말이다.

할머니들은 내게 누가 아프냐고 물었다. 나는 남자친구가 아프다고 대답했다. 남자친구 엄마는 어디 있냐고 할머니들이 물었다. 한국에 없다고 내가 대답했다. 그럼 아부지는 어디 있냐고 할머니들이 물었다. 서울에 없다고 내가 대답했다.

"그런데 그 상추랑 깻잎 어디서 사셨어요? 되게 싱싱해 보여서요."

66

내가 묻자 할머니들이 가까운 마트의 위치와 이름을 알려주었다. 그런 얘길 한참 하고 병실로 돌아가면 하마가 병원 밥을 앞에 두고 날 기다리고 있었다. 나는 환자의 식판보다 더 풍성한 메뉴들을 옆에 놓았다. 침대에 걸터앉아 같이 식사를 했다. 쌈 채소를 둘 다 맛있게 먹었다. 하고 싶은 얘기를 도란도란 하며 그릇을 비웠다. 데이트가 따로 없는 것 같기도 했다. 일주일 동안 매 끼를 그렇게 먹었다.

다 먹으면 설거지를 하러 다시 배선실로 갔다. 그럼 아까의 할머니들이 빈 그릇을 씻고 계셨다. 아픈 남편이나 자식과 함께 무언가를 먹은 뒤 치우는 뒷모습들을 보며 내 차례를 기다리는 동안 비빌 언덕에 대해 생각했다. 만약 내가 아프면 복희와 웅이는 언제든지 달려올 것이다. 내 부모는 돈이 많지 않지만 늘 다정하게 내 뒤를 살펴주는 이들이다. 그런 부모를 둔 사람은 그리 많지 않다. 하마만 해도 간병을 해줄 사람이 나 말고는 없었다. 내가 없어도 혼자서 어떻게든 했겠지만 좀 더 고단했을 것이다.

내가 하마에게 하는 짓들은 복희가 나를 돌보던 모습과 닮아 있었다. 아직 복희만큼 능숙하지는 않지만 말이다. 설거지를 마친 뒤 하마를 샤워실로 데리고 가서 몸을 씻겨주었다. 머리도 시원하게 감겨줬다. 크고 아픈 하마의 몸이 새삼스러웠다.

샤워를 마친 뒤엔 하마가 탄 휠체어를 밀고 병원을 좀 돌아다녔다. 푸드코트도 괜히 구경하고 옥상 정원에도 가보고 6층에 있는 예배실에도 들어가 보았다. 누군가가 울면서 기도를 하고 있었다. 우리는 송구스러운 마음으로 조용히 그곳을 나왔다. 우리가 신을 찾을 만큼 아프지는 않다는 것에 대해 안도하며, 그런 안도감을 미안해하며 병실로 돌아왔다.

입원 셋째 날 밤에는 우리의 친구 양이 문병을 왔다. 산뜻한 초록색 원피스를 입고 화사한 얼굴로 나타났다.

"왜 이렇게 예쁘게 하고 왔어?"

"너희 둘이 초췌할 것 같아서. 나라도 생기를 전해줘야지."

양은 하마 옆에 앉아 어쩌다 아프게 되었는지 어디가 얼마나 아픈지 등을 물었다. 병에 대해 묻는 일, 그야말로 '문병'이었다. 예쁘고 활기찬 애가 와서 쫑알대니까 정말로 기분이 환기되었다. 나는 부스스한 머리에 늘어진 티셔츠를 입은 채 양의 모습을 바라보았다. 양은 가방에서 커다란 락앤락 통 하나를 꺼내 나에게 건넸다.

"이게 뭐야?"

"이슬아 도시락."

열어보니 상추와 케일과 겨자채와 당근과 브로콜리와

병아리콩과 튀긴 두부가 들어간 샐러드가 양껏 담겨 있었다. 양이 직접 만든 참깨 드레싱도 함께였다. 안 그래도 집에서 싸온 식재료가 거의 떨어져가던 참이었는데 말이다. 양 역시 비건이라 나에게 뭐가 필요한지 너무 잘 알았다. 문병 오는 길에 간병인을 위한 채식 도시락을 싸오다니. 그 순간 내 비빌 언덕은 양인 것 같았다.

그럼 양의 비빌 언덕은 누구인가? 아마 자기 자신일 것이다. 그는 지난 몇 년간 열심히 스스로의 비빌 언덕이 되어온 듯했다. 아플 때도 혼자서 잘 아프고 잘 나았다. 사실 하마도 그런 사람일 것이다. 간병하는 애인은 있으면 좋지만 없다고 큰일 나지는 않으니까.

어쩌면 외로움에 단련되지 않은 건 나뿐인 듯했다. 평생 단련되지 않고 싶은 마음도 들었다. 좁은 간이침대에 누워 얇은 담요를 덮었다. 자려고 누운 건 아닌데 졸음이 쏟아졌다. 아직 겨우 열 시였으나 병원은 새벽 다섯 시 반부터 사람들을 깨우니까 너무 오랜 시간 뜬 눈으로 버틴 느낌이었다. 폐에 관을 꽂은 하마가 높은 침대에서 나를 내려다보았다. 아프지 않은 쪽의 팔을 뻗어 내 이마를 매만졌다. 익숙한 손에 쓰다듬어지자 나는 속수무책으로 잠들었다. 아픈 애보다 먼저 잠드는 것에 대해 해명하고 싶었다. 나는 정말 잘 먹고 잘 자야 된다고, 그래야 내일도 지치지 않고 즐겁게 병원에 머물 수 있다고 말하고 싶었는데 너무 졸려서 입이 안 열렸다. 집에서처럼 하마가 나를 재워서 병원인 걸 까먹은 채로 잤다. 우리는 적당히 서로의 언덕에 기대어 여름을 보내고 있었다.

2019.08.22.

반복과 연결

당신이 있어서 깊어요

물구나무를 서면서 할아버지를 생각했다. 그 역시 물구나무를 자주 서는 사람이다. 원목 마루 위에서 단단한 몸을 거꾸로 세운 채 숨을 몰아쉴 할아버지 모습이 눈에 선하다.

며칠 전 그의 팔순 생신이 다가오고 있단 걸 깨닫고 전화를 걸었다. 선물로 뭘 받고 싶으시냐고, 꼭 필요한 걸 사드리고 싶다고 말하자 할아버지는 괜히 돈 쓰지 말라며 사양했다. 의례적인 사양이다. 나는 재차 물었다.

"서예 도구 중에 필요한 건 없으세요? 맨날 글씨 쓰시잖아요."

"그럼 붓 하나 사다 줘."

"어떤 붓 사다 드릴까요?"

"저기 인사동 낙원상가 근처에 서원 서예 백화점이라고 있어. 거기 가면은 14호짜리 서예 붓 팔거든. 힘 좋은 걸로다가 하나 사."

"알겠어요."

"꼭 서원 서예 백화점에 가서 사야지 돼. 그래야 종류도 많고 값도 싸. 거기 가는 약도 그려서 문자로 보내주랴?"

"아니에요. 괜찮아요."

"운현궁 가는 골목에서 낙원 상가 마주 보고 오른 쪽에 보면은 그 가게가 있어."

"네이버 지도에 검색하면 다 나와요. 또 갖고 싶은 건 없으세요?"

"이왕 간 김에 금분도 하나 사."

"금분이 뭐예요?"

"뭐긴 뭐야, 금가루지."

"금가루로 뭐 하시게요?"

"먹물에다가 그걸 타가지고 글씨를 쓰면 인마, 얼마나 예쁜 줄 아니? 아주 번쩍번쩍하고 멋있어."

"그렇구나. 몰랐네. 그럼 붓이랑 금가루 꼭 사갈게요."

"손녀가 돈을 많이 버니까 부탁을 막 하게 되는구나."

"저 돈 많지 않아요. 빚 갚고 나니 얼마 없어요."

"그랬어?"

"그래도 할아버지 선물 살 돈은 있어요."

전화를 끊고 나는 호미 화방에 갔다. 서예 백화점인지 뭔지에 찾아가기가 귀찮아서다. 마포구도 온갖 미술 도구 상점이 즐비한 동네니까 굳이 인사동까지 다녀오지 않아도 될 듯했다.

하지만 호미 화방에는 14호짜리 서예붓이 없었다. 근처 화방도 마찬가지였다. 결국 할아버지가 자세히 설명했던 서원 서예 백화점에 찾아가야 했다. 봄바람이 차고 매서웠다. 백화점이라는 이름이 무색할 만큼 작은 가게라 입구를 찾기까지 한참 걸렸다. 인적 없는 상가 앞에 목련나무가 한 그루 서 있었다.

조용한 복도를 지나 문을 열자 천장에 매달린 수백 개의 붓들이 보였다. 그 아래엔 마후라를 두른 할머니 할아버지들이 계셨다. 노인들이 목에 두른 머플러는 어쩐지 꼭 마후라라고 말하게 된다. 어렸을 때 우리 할머니가 그걸 둘러매면서 꼭 마후라라고 발음했기 때문이다. 내 조부모뻘의 사람들이 그곳에 있었다. 휴일에 서예 도구를 사러 온 사람들. 수다를 떨러 온 사람들. 믹스 커피나 요구르트를 마시며 날씨 얘기를 하는 사람들.

그 사이에서 영명한 할머니 한 분이 카운터를 지켰다. 사장님이었다. 그분과 상의하며 붓을 골랐다. 아마추어용 붓은 만 오천 원이고 프로용 붓은 이만오천 원이랬다. 내 할아버지가 스스로에 대해 가지는 자부심을 기억하며 나는 프로용 붓을 샀다. 금가루는 종류가 두 가지였다. 어두운 금색과 밝은 금색. 할아버지가 쓰실 거면 밝은 금색이 더 좋을 것 같다고 사장님이 말씀하셔서 그걸로 골랐다.

금가루와 큰 붓이 든 봉투에 편지를 넣고 리본을 묶었다. 그걸 들고 답십리로 갔다. 팔순 생신날이라 총 열네 명의 가족이 모였다. 할아버지, 할머니, 엄마, 아빠, 나, 동생, 작은아빠, 작은엄마, 동갑내기 사촌 형제 두 명, 막내 작은아빠, 막내 작은엄마, 어린 사촌 자매 두 명… 이 많은 사람이 모두 함께 고깃집에 갔다. 나는 비건 지향 인생을 살아가는 중이지만 할아버지에게 채식 어쩌고 동물권 어쩌고 얘기하는 것이 피곤하여 두말없이 고깃집에 따라갔다. 그곳은 아주 어수선했고 우리 가족 또한 아주 어수선했다.

가족들은 중요하지 않은 이야기만 나누며 밥을 먹었다. 정말로 꼭 하고 싶은 말을 누구 하나라도 시작한다면 이 가족은 파탄이 날 것이다. 며느리들과 아들들과 시부모 사이에 몇 차례의 전쟁이 발발하여 이혼과 의절로 마무리될 것이다. 지난 세월 동안 서로에게 많은 상처를 주며 살아왔으니까. 오늘 팔순을 맞이한 할아버지도 마찬가지였다.

하지만 오늘은 그의 생을 축하하는 날이었다. 모두가 진심을 조금씩 외면한 결과 식사는 순탄하였다. 정확히는 며느리들이 참고 있기 때문에 별탈이 없는 듯했다. 내 또래의 사촌 형제 세 명은 농담을 주고받으며 소갈비를 5인분이나 먹었다. 엄마들과 아빠들이 앉은 테이블에도 몇 대의 갈비가 추가되었다. 조용히 밥과 된장국만 먹는 내 입가에 할아버지는 숯불갈비를 가져다주었다. 나는 속이 안 좋다며 사양했다. 할아버지에게 굳이 말하지 않는 것들은 이것 말고도 많았다. 누드모델을 몇 년간 했던 것, 담배를 피우는 것, 언제나 애인이 있었던 것, 자유한국당을 우스워하는 것 등. 고개를 돌려 할아버지의 옆모습을 보았다. 옛날보다 많이 늙어 있었다. 여든이니까 그럴 만도 했다. 그런데 한 가지 충격적인 부분이 있었다. 그의 머리칼이 온통 검었던 것이다.

"할아버지. 흰머리 다 어디 갔어요? 염색했어요?"

그는 내가 이걸 물어보기만을 기다렸다는 듯 의기양양하게 대답했다.

"몇 달 전부터 검은 머리가 막 나더라고."

"말도 안 돼."

"진짜야. 할머니한테 물어봐."

"할머니. 진짜예요?"

할머니는 쌈을 입에 넣으며 고개를 끄덕였다. 할아버지의 자랑을 여러 번 대신 증명해주느라 귀찮은 모양새였다.

"이게 말이 되는 현상이야?"

내가 묻자 사촌들은 어깨를 으쓱했다. 할아버지는 이게 모두 규칙적인 운동과 식습관 덕분이라고 덧붙였다. 아무리 그래도 그렇지 머리가 온통 희던 사람이 여든 살 무렵에 다시 검은 머리가 나다니. 알 수 없는 현상이었다. 다시 보니 그의 흑발은 딱딱하게 굳은 채로 꼿꼿하게 수직으로 서 있었다. 그가 무스를 잔뜩 발라 세웠기 때문이다. 그는 정말이지 확실하게 강조하고 싶었던 것이다.

식사를 마친 뒤에는 다시 답십리 집으로 돌아가서 떡 케이크를 꺼냈다. 열네 명이 불협화음으로 축하 노래를 불렀다. (사랑하는 우리 할아버지- 생신 축하합니다) 촛불은 일곱 살짜리 사촌 손녀가 후 불어서 껐다. 우리 집에서 촛불을 끄는 것은 언제나 어린아이들의 몫이었다. 어린이들만이 그 일에 설렘을 느끼기 때문이다. 노래를 다 부르고 촛불도 꺼서 어색해질 때쯤 나는 할아버지에게 선물을 건넸다. 붓과 금가루와 편지가 담긴 봉투였다. 할아버지는 고맙다고 말했다.

나 다음으로는 일곱 살짜리 손녀가 할아버지에게 종이 한 장을 건넸다. 오늘 아침에 쓴 편지랬다. 아주 삐뚤빼뚤한 글씨로 이런 문장이 쓰여 있었다.

'할아버지가 있어서 깊어요.'

그걸 보고 할아버지가 웃었다.

"기뻐요를 잘못 썼구나!"

가족들도 막 웃자 어린 손녀는 창피했는지 다리를 배배 꼬았다. 그러는 모습이 슬아 어릴 적과 많이 닮았다고, 할아버지는 말했다. 나도 어렸을 때 부끄럽기만 하면 다리를 배배 꼬았다고 한다. 나는 어린 사촌 동생을 한 번 껴안아봤다. 기쁘다는 말을 깊다고 잘못 쓴 그 애한테서는 아기 냄새가 났다. 나도 할아버지가 있어서 깊다고, 사랑도 미움도 연민도 재미도 여러모로 깊다고, 미래의 어느 날 걔한테 말해주고 싶었다.

2019.04.03.

사랑의 무한 반복

지난 봄 꽃나무 아래를 홀로 걷다가 외할머니를 생각했다. 그는 벌써 일흔 번째 벚꽃의 계절을 지나치고 있을 것이다. 비슷한 시절에 태어난 수많은 여자들처럼 내 할머니들의 이름 역시 '자(子)'로 끝난다. 1945년에 태어난 향자 씨와 1948년에 태어난 존자 씨. 둘 중 존자 씨에게 전화를 걸었다. 향자 씨는 분명 꽃길 걸을 시간이 있었을 테지만 존자 씨는 그럴 여유가 없었을 것 같았다. 봄을 뒤로 둔 채 아파트 청소 일을 다니고 꽃길을 종종걸음으로 지나칠 존자 씨를 상상하다가 그의 입에서 흘러나올 말들도 마구 떠올라 나는 혼자 웃었다. 존자 씨의 화법은 좀 무지막지한 데가 있다. 애정의 말들을 아낌없는 정도가 아니라 거의 폭격처럼 쏟아 붓는다. 래퍼로 치면 MC스나이퍼와 흡사하다. 존자 씨가 속사포처럼 사랑과 미안함과 고마움을 표현하는 중엔 도무지 끼어들 틈이 없다. 핸드폰 주소록에서 외할머니를 검색했다. 해가 넘어가고 있었다. 그가 퇴근하고 집에 올 시간이었다. 존자 씨는 금방 "워야~" 하고 전화를 받았다.

충청남도 공주 출신인 존자 씨에게 '워야'는 접두사처럼 쓰이지만 나는 아직도 그게 정확히 무슨 뜻인지 모르겠다. 굳이 찾자면 '오구오구', 'my baby~' 등과 비슷한 뉘앙스다.

"외할머니, 저 슬아예요."

"워야~ 사랑하는 우래기~"

"할머니 어떻게 지내시나 궁금해서 전화했어요."

"이~ 이~ 그랴~ 할머니가 참말로 고마워~ 우래기 워째~ 워매…"

뭘 어쩌느냐는 건지는 몰라도 대충 내 일상 전반에 대한 염려로 이해하면 된다. 'How are you?' 같은 의미다. 그리고 '이~'는 추임새 같은 거다. 랩에서 'yo'나 'you know'와도 비슷하다.

"잘 지냈어요. 할머니는요?"

"이~ 워야~ 나는 걱정 하덜덜 말어~ 우래기가 힘들

지. 우래기가 참말루다가 장햐~ 이~ 너무 장하구 너무
훌륭햐~ 그리고 증맬루 착햐~"

"감사해요 할머…"

"핸드폰으루다가 보니까는 위매 우래기가 시방 너무
너무 잘하고 있어야~ 할부지가 다 보여줬다야~ 손녀딸
신문 나구 했다구~ 시방 동네 사람들헌티 다 말햐~ 다
안디야~"

외할아버지의 이름은 병찬 씨다. 존자 씨의 남편이자
복희의 아빠인 그는 얼리어답터다. 1970년대에 공주 이인
면에서 전파사를 운영했다. 기계의 하드웨어와 소프트웨
어를 이해하고 다루는 능력이 동네 사람들 중 가장 뛰어났
다. 2010년대의 병찬 씨는 엔지니어로서 노인 봉사 활동
에 참여한 사진을 페이스북에 올린다. 사진 속에서 그는
화려한 재킷에 장구를 메고 있다. 재주도 홍도 끼도 이웃
에 대한 관심도 많은 남자인 것이다. 그런 남자의 아내는
한이 켜켜이 쌓였을 확률이 높다. 존자 씨도 그렇다. 그녀
는 소싯적 혼자 돈 버느라 고생한 기억이 떠오를라치면 병
찬 씨에게 험한 말을 서슴지 않는다.

"평생 그냥 밖으로 나돌구 마누라랑 자식새끼들 고생
시키구 이? 돈은 안 벌어오구 이? 봉사는 뭔 지랄 같은 봉
사여 시방?"

존자 씨는 애정의 말이나 분노의 말이나 몹시 뜨거운 온도로 내뱉는다. 하지만 태평한 병찬 씨는 부처 같은 얼굴로 존자 씨 말을 BGM처럼 흘려듣는다. 아주 불같은 여자와 미적지근한 남자가 한 집에서 살아왔다. 둘의 조합 역시 내게 미스터리로 남아있다.

병찬 씨는 페이스북에서 가끔 나에게 메시지를 보낸다. 페북 메시지 기능 중에는 '손 흔들기'라는 기능이 있는데 그 버튼을 자주 눌러준다. 내 핸드폰에는 이런 알림이 뜬다. '병찬 님이 회원님께 손을 흔들었습니다. 회원님도 손을 흔들어 대답해보세요.' 그럼 나도 손 흔들기 버튼을 누른다. 병찬 씨는 꽃 이모티콘으로 답장을 대신한다. 내게는 병찬 씨가 파준 도장이 있다. 그는 전파사에 있던 도장 기계를 아직도 쓴다. 그 기계로 내 이름을 새겨주었다. 대체로 존자 씨와 병찬 씨를 잊은 채 지내지만 중요한 약속을 맺을 때마다 기억하게 된다. 출판사 혹은 서점과의 계약서에 도장을 꾸욱 찍는 순간, 내 엄마의 부모 얼굴이 아른거리는 거다. 아무튼 지금 내 귀를 강타하는 건 전화기 너머 존자 씨의 목소리다. 손녀가 책 내고 신문 났다고 동네 사람들에게 다 알린 이야기를 들려주고 있다.

"할아버지가 기사 난 거 보여주셨나 봐요. 그래도 제가 아직 갈 길이 멀어요 할머…"

"천천히 햐~ 우래기는 어려서부터 남달랐어야~ 애기 적부터 마빡이 툭 튀나와가지구 아주 야물딱졌어야~ 그때부터 우래기가 너무 똑똑허구 너무 대견스럽구 착햐~ 너무 훌륭햐~"

이쯤 되니 내가 '너무'라는 말을 너무 남발하는 게 가족력으로 여겨진다. 존자 씨의 너무한 말들은 끝날 기미가 보이지 않는다.

"우래기가 넉넉지 않은 집에서 태어나서 고생도 많이 했어야~ 그래도 니 엄마를 닮아가지고 참말로다가 밝구 성실햐~ 복희도 어려서부터 참말로 야무지고~ 이~ 그류~"

"감사해요~ 엄마는 아마도 할머니를 닮아서 그런 거겠…"

"니 엄마가 대학만 갔어도 인생이 달랐는디… 내가 느이 엄마를 대학을 못 보내가지고… 워째…"

존자 씨는 갑자기 조금 울먹거렸다. 복희가 내 옆에 있었다면 이렇게 말했을 것이다.

"우럼마 또 시작이네."

복희 대학 못 보낸 썰은 외갓집의 명절 때마다 반복되어왔다. 존자 씨는 너무나 아쉽고 미안했던 것이다. 딸이 국문과에 합격했는데도 돈이 없어서 못 보낸 시절이 말이다. 그래서 몇 번이고 다시 말할 수밖에 없는 것이다. 하지만 복희가 대학에 못 들어간 게 이제는 삼십 년도 더 지난 일이었다. 존자 씨의 한탄에 대한 복희의 반응은 다음과 같이 변주되어 왔다.

(2011년) "엄마, 이제 내 딸이 대학에 입학하는 마당에 아직도 그 소리야?"

(2016년) "엄마, 이제 내 딸이 대학을 졸업하는 마당에 아직도 그 소리야?"

(2019년) "엄마, 이제 내 딸이 대학을 졸업해서 학자금 대출도 다 갚은 마당에 아직도 그 소리야?"

그럼에도 불구하고 존자 씨의 설움은 마치 어제 일인 양 생생하다. 세상에는 그런 능력을 가진 사람들이 있다. 과거를 코앞으로 소환해서 몇 번이고 재현하는 사람들. 존자 씨가 이 시대에 태어났다면 작가가 됐을지도 모를 일이다. 작가가 아니라면 적어도 파워트위터리안으로 지냈을 듯하다.

"내가 대학 못 보내가지구 느이 엄마두 고생을 너무 많이 했어야~ 그 시절에 니 엄마가 소주 세 병 사가지구 다락방으로 들어가는디 내 가슴이 찢어져~ 사랑하는 자식들헌티 너무 미안한 게 많어~ 우리 새끼들 참말루 착헌디~ 할머니가 못나가지구 너무 미안햐~ 그리고 사랑햐

~ 너무 훌륭하구 다들 착햐~ 다들 너무 대견스럽…"

쉴 새 없는 사랑의 말들 속에서 할머니 본인의 안부를 한마디 들으려면 어쩔 수 없이 말을 끊어야 한다.

"할머니. 일 다니는 건 안 힘드세요?"

"이? 뭐가 힘들어~ 일 댕깅께 좋아~ 놀믄 뭐햐~"

"고생스러우실까 봐 걱정이 돼요."

"워메~ 그런 말 하덜덜 말어~ 우리 손주들이 아플까 봐 걱정여~ 우래기 참말로 사랑햐~ 대견햐~ 훌륭햐~"

"할머니! 저도 사랑해요~"

"그랴~ 사랑하구 대견하구 훌륭햐!"

"할머니~ 알겠어요!"

"그류~ 이 할미가 너무너무 사랑햐~~"

"네 할머니…! 끊을게요…!"

"그랴 그랴~ 사랑하는 우래기~~ 장햐~ 사랑햐~"

"네!"

"사랑햐~ 우래기들 참말루 사랑하구 대견스럽구 훌륭하구 사랑…"

"할머니~ 이제 끊을게요~"

"그랴~ 사랑햐~ 참말루~ 사랑…"

전화를 끊고 나서도 사랑이라는 말이 귓가에 위잉위잉 맴돌았다. 내가 먼저 끊지 않았다면 존자 씨는 몇 번이나 더 사랑을 이야기했을 것이다. 나는 그에게 하려 했던 말의 반의반도 못했지만 그건 아무래도 좋았다. 이게 프리스타일 랩 배틀이었으면 나는 진작 말렸다. 그는 몇 번이고 사랑의 말을 변주하며 반복할 테고 나는 황홀하고 정신없는 패배를 매번 맞이할 것이다.

도대체 이 사랑은 무얼까. 어떻게 이렇게나 듬뿍 가능할까. 나도 존자 씨 같은 할머니가 될까. 사랑과 미안함과 고마움을 지치지도 않고 반복해서 말할 수 있을까.

다음 주면 다 져버릴 꽃길을 천천히 걸어 집에 돌아왔다. 할머니와 나란히 걸은 듯했다.

2019.04.15.

코피

1977년의 여름, 한 여자애가 땀을 삐질삐질 흘리며 충청
도의 어느 시내에 들어선다. 열한 살의 복희다. 병찬과 존
자의 첫째 딸 복희는 학교가 끝나자 양옆으로 논밭이 보이
는 흙길을 한참 걸어 시내까지 왔다. 여기엔 아부지 가게
가 있다. 복희 아부지 병찬은 공주시 이인면에서 네 평짜
리 전파사를 한다. 오늘 운이 좋다면 복희는 병찬으로부터
몇십 원을 받을지도 모른다. 그럼 튀김을 사먹을 수도 있
을 것이다.

　튀김 생각을 하며 걷는 복희의 몸에는 군살 하나 없다.
집에서 학교까지 왕복 네 시간을 매일 걷다 보니 종아리는
사시사철 날씬하게 쪽 빠졌고 뱃가죽과 등가죽은 탄력 있

게 서로를 끌어당긴다. 통통한 곳은 볼살뿐이다. 땀에 젖은 단발머리가 뺨과 이마와 뒷목에 찰싹 붙었다. 부지런히 걷는 복희 눈에 익숙한 간판이 들어온다. 좌측엔 이인 목공소. 문과 창문과 와꾸를 짜는 가게다. 우측엔 주래옥. 중국집이다. 짜장면과 짬뽕과 탕수육과 술을 판다.

그 사이에 극동 전파사가 있다.

복희는 날마다 아부지네 가게에 들르지만 한 번도 주래옥에는 못 가봤다. 특별한 날을 맞은 사람들만이 거기에 간다. 졸업식을 치르고 온 가족들처럼 말이다. 애석하게도 복희가 초등학교를 졸업하기까지는 아직 몇 년이 남았다. 복희는 센 불에 볶아지는 달고 짭조름한 짜장 양념의 냄새와 탕수육 튀기는 냄새를 그저 맡기만 하며 전파사에 들어간다.

병찬이 어디 시공을 하러갔는지 가게엔 아무도 없다. 전화를 받고 출장 공사를 하러 나간 것일 테다. 테레비나 전축을 가진 집에서 기계에 문제가 생기면 누구라도 교환수에게 전화를 걸어 72번을 말한다. 72번은 병찬의 전파사 번호다. 그는 여러 오작동의 변수를 예상한다. 부품이 산화되었을 수도 있고 단순 접촉 불량일 수도 있고 연결 문제일 수도 있다. 공구 가방을 챙겨서 자전거를 타고 방문 수리를 하러 간다.

전기공사뿐 아니라 시계포와 도장포도 겸행하는 병찬의 극동 전파사에는 온갖 기계들이 즐비하건만 그중 먹을 수 있는 것은 없다. 더위에 지친 복희는 책가방을 바닥에 내려놓는다. 숨을 고르고 막 쉬려던 참인데 일순간 복희의 정신이 깨어난다. 웬일로 전파사 안에서 아주 기가 막힌 냄새가 나고 있기 때문이다. 생전 처음 맡아보는 냄새다. 복희는 자기도 모르게 자리에서 일어난다. 킁킁대며 좁은 가게 안을 살핀다. 본능적으로 냄새를 따라간다.

못 보던 보온병과 작은 잔 두 개가 한 쪽 구석에 있다. 두 개 다 빈 잔이다. 잔의 바닥 부분에만 갈색의 물이 아주 얕게 남았다. 남았다기보다는 묻어 있는 정도도. 복희는 잔에 코를 박는다. 그러자 혼미할 정도로 좋은 냄새가 난다. 나른해지는 동시에 깨어나는 냄새다. 복희는 잔을 입에 대고 고개를 뒤로 젖혀 혓바닥을 낼름거린다. 바닥에 남은 몇 방울이 복희 입으로 흘러들어간다.

듣도 보도 못하게 행복한 맛이어서 복희는 놀란다. 이것을 마시니 꼭 마음이 깊어지는 것만 같다. 누가 마시던 잔인지도 모르는데 혓바닥으로 싹싹 핥는다.

가게 앞에 자전거 세우는 소리가 난다. 땀에 젖은 병찬이 공구 가방을 들고 전파사에 들어온다. 출장에 나섰으나 허탕을 치고 온 병찬이다. 가정집에서 전화할 때까지만 해도 안 나오던 테레비가 손으로 몇 대 치니 문제없이 나왔다는 것이다. 이미 장비를 챙겨 출발한 병찬에게 그 소식을 알리려 해도 이동 전화가 없으니 별 수 없다. 안 와도 된다는 말을 어떻게 전하겠는가. 이런 일은 허다하다. 오늘 복희에게 간식 값을 주기는 어려워졌다. 짐을 내려놓고 땀을 닦는 병찬에게 복희가 빈 잔을 들고 묻는다.

"아부지, 이게 뭐여유?"

복희 눈이 평소보다 또렷하다. 병찬은 대답한다.

"코피여."

복희가 되묻는다.

"코피?"

병찬이 끄덕인다.

"이, 코피."

그렇게 복희는 커피를 알게 된다. 하지만 병찬은 실망스러운 말을 한다.

"애들은 먹으면 안 되야."

"왜유?"

"애들헌티는 안 좋은겨."

복희는 아쉬워하며 커피 잔에 다시 코를 박는다.

그 후로 어쩌다 귀한 손님이 와서 커피 배달을 시키는 날이면 복희는 병찬 뒤에서 향에 취한 채 기다린다. 나헌

티 한 모금 안 남겨주나, 기대하며 침을 꼴깍꼴깍 삼킨다. 아침이면 '모닝 코피'를 배달하는 언니들이 상가를 돈다고 한다. 노른자를 띄운 커피라는데 아침마다 학교에 가야 하는 복희는 그걸 볼 일이 없다.

커피 한 잔을 못 마셔본 채로 복희는 스무 살이 된다. 고등학교는 서울 와서 다녔다. 1986년의 구의동이다. 추운 졸업식 날에 복희는 친구들과 삼삼오오 모여 있다. 그들의 부모들은 졸업식에 못 왔다. 대신 특별한 돈을 조금 줬다. 짜장면 사먹으라고 준 돈이다. 성인이 된 복희와 친구들은 모처럼 중국집에 가서 행복하게 짜장면을 한 그릇씩 먹는다. 교복을 입는 마지막 날일 것이다. 졸업으로 들뜬 복희의 친구들 중 한 명이 말한다.

"우리 화양리 갈래?"

복희가 망설이며 묻는다.

"화양리 어디? 나 화양리 잘 몰라."

복희는 몇 년 사이 충청도 말씨를 부단히 고쳤지만 아직 서울말이 완벽히 자연스럽지는 않다. 친구가 대답한다.

"건국대학교 안에 가자. 거기 되게 멋있어."

서울 지리가 익숙지 않은 복희는 친구를 따라 건국대학교에 간다. 캠퍼스는 아주 넓다. 큰 건물도 몇 동이나 있고 학교 안에 호수 같은 것도 있다. 그들은 교정을 실컷 구경한다. 대학생들의 옷차림도 구경한다. 그들의 대학생적인 모습에 대해 복희와 친구들은 조곤조곤 수다를 떤다. 다음 달이면 친구들은 대학에 입학할 예정이지만 복희는 아니다.

대학교 구경을 마친 그들은 근처 커피숍에 간다. 커피를 한 잔 사 마실 돈이 겨우 남아 있다. 찻집 소파에 어색하게 앉으니 곧이어 진한 블랙커피가 잔에 담겨 나온다. 옆에는 설탕통과 프림 통이 따로 있다. 복희는 고등학교 가사 시간에 커피와 설탕과 프림의 알맞은 비율에 대해 들은 적이 있다. 3:2:2 비율로 타라고 배웠다.

처음 사 먹어보는 거라 적당량을 짐작하기가 어렵다. 복희는 밥숟갈보다 훨씬 작은 티스푼을 검지와 엄지로 든다. 설탕과 프림을 양껏 넣는다. 블랙커피는 금세 황토색 커피가 된다.

한 모금 마셔보니 맛이 이상하다. 설탕도 프림도 너무 많이 탄 것이다. 그들 중 한 명만이 설탕과 프림을 적당히 탈 줄 안다. 적당한 비율로 탄 커피는 고동색과 갈색의 중간쯤이다. 잘못 탄 친구들이 그의 커피를 한 모금씩 얻어 마신다. 그 커피만 몹시 맛있다.

두 모금 마시기도 어려울 만큼 느끼한 자신의 커피를 복희는 꾸역꾸역 마신다. 한 잔 더 시킬 돈은 없으니 말이다. 속이 니글니글해진 복희는 아직 본격적으로 커피를 마시는 사람이 아니다. 경리 아가씨로 취직하기 전, 미스 장으로 불리기 전, 그리하여 셀 수 없이 많은 잔의 커피를 타기 전의 일이다. 끼니처럼 마시게 된 커피를 결국 끊기까지의 기나긴 세월이 스무 살 복희 앞에 놓여 있다.

2019.06.28.

손에 쥔 인생

쉰세 살의 복희는 자주 가던 망원시장의 생선 가게와 정육점 앞을 종종걸음으로 지나친다. 다정한 눈인사를 건네긴 해도 전처럼 고기를 사는 일은 없다. 주인들은 의아한 얼굴로 복희를 바라본다. 맨날 오던 여자가 요즘엔 왜 안 오나, 이제 다른 가게를 다니나, 하는 표정이다. 나 역시 자주 가던 식당에 안 간지 오래 되었다. 식당의 주인 언니들은 친절한 인사를 먼저 건네주신다. 나도 반갑게 인사를 한다. 이렇게 외치고 싶다. '전처럼 소고기 쌀국수를 먹으러 가지는 못하지만… 여전히 사장님들을 좋아해요!' 하지만 그런 말은 투머치니까 속으로만 생각한다.

요즘 들어 복희네 부엌은 식비가 확연히 줄었다. 채소

와 과일과 견과류와 통곡류를 먹고 싶은 만큼 양껏 먹는데
도 그렇다. 비건을 시작하고 나서 복희는 음식 양을 줄이
는 것뿐 아니라 조리 과정도 간소화하고 있다. 그런데도
날마다 먹는 집 밥은 너무나 맛있고 디저트도 풍요롭다.
주말에는 복희가 당근 케이크를 구워주었다. 버터도 우유
도 계란도 안 넣은 케이크가 이렇게나 맛있다니 감사한 일
이었다. 나는 '너무'를 연발하며 그의 음식들을 먹고 하루
하루를 살아간다.

복희에겐 존자라는 이름의 엄마가 있다. 그는 일흔두
살의 외할머니다. 그는 자신의 텃밭에서 기른 채소들을 복
희에게 정기적으로 보내준다. 쑥갓, 부추, 상추, 대파, 열
무, 깻잎, 참기름, 들기름, 곱게 빻은 고춧가루… 그것들은
더 이상 다듬을 필요가 없는 상태로 도착한다. 존자가 직
접 기른 것도 모자라 일일이 씻고 껍질 벗기고 다듬고 손
질해서 보내기 때문이다. 복희는 그것을 요리에 곧바로
쓰기만 하면 된다.

존자가 일을 하는 방식은 늘 그렇다. 그가 널어놓은 빨
래는 다림질이 필요 없다. 방금 다려놓은 것 마냥 빳빳하
게 각 잡힌 채로 널려 있다. 그가 닦은 방바닥, 그가 닦은
그릇들, 그가 행주로 훔친 식탁, 그가 빤 운동화는 더 이상
손댈 것이 없다. 쉼보르스카가 존자를 봤다면 분명 그에

대한 시를 썼을 것이다. 복희는 나에게 이렇게 말하곤 한다. 우리 엄마가 나한테 하는 것에 비하면, 내가 너한테 주는 사랑은 아무것도 아니라고.

나는 존자랑 복희 때문에 혀를 내두른다. 그 여자들만큼 할 자신은 없다. 기필코 그보다는 덜 열심히 살고 싶다. 너그럽고 따뜻한 마음씨만 물려받고 싶다. 존자는 복희에게 늘 이렇게 조언했다. "자식덜 혼내지 말어~ 절대 때리지두 말어~ 때리면 뭐햐~ 으른 되면 다 지 살 길 찾는다야~"

스마트폰 스피커 너머에서 들려오는 존자의 목소리를 가끔씩 들으며 복희와 나는 이웃으로 지낸다. 하루 두 끼를 먹고 오로지 서로를 자주 만난다. 한정적이고 반복적인 일상이지만 지루하거나 외롭지 않다. 대가족에 속해봤기 때문일지도 모른다. 열한 식구가 한집에 모여 사는 대가족의 큰며느리였을 무렵 복희는 쉴 새가 없었다.

그 시절 나의 소망은 복희와 단 둘이 라노비아에 가는 것이었다. 라노비아는 답십리 사거리 지하에 자리했던 레스토랑인데, 지금이라면 김밥천국에서나 팔 법한 돈까스 정식을 새하얀 천이 깔린 테이블에 서빙해주는 곳이었다. 촛불도 켜져 있었고 피아노 음악도 흐르고 식전빵과 수프도 나왔다. 턱시도를 입은 직원들이 돌아다니기도 했다.

복희랑 나는 일 년에 두 번 정도 라노비아에 갔다. 그런 특별한 날만큼은 복희가 열한 식구의 저녁을 차리지 않아도 되고 부엌에서 뒤치다꺼리를 할 필요도 없었다. 일곱 살 무렵의 나는 모처럼 엄마를 독점했다는 사실에 신나서 그간 쌓인 이야기들을 마구 늘어놓았다. 삼촌이 죽도록 싫다는 얘기, 할아버지는 손녀딸보다 손자들을 더 좋아한다는 얘기, 아빠가 엄마한테 신경질을 내는 소리를 듣고 나 혼자 방에서 몰래 울었다는 얘기, 강아지를 키우고 싶다는 얘기… 복희는 맞은편에 앉아 내 모든 얘기를 들어주었지만 정신은 딴 데 가 있는 듯했다. 넋이 나간 사람처럼 보이기도 했다. 자기 인생을 손에 쥐고 있지 않은 사람의 얼굴 같았다고, 이제 와서 나는 생각한다.

하루는 할아버지가 거실 소파에 누워 낮잠을 주무시고 계셨다. 어린 나는 옆에 서서 그의 커다란 콧구멍 속 코털을 구경했다. 코털은 징그럽고 우스웠다. 갑자기 장난기가 발동해서 내 머리카락을 한 올 뽑았다. 그 머리카락의 끝을 할아버지 콧구멍에 살살 넣고 간지럽혔다. 수면 중에 영문도 모르고 미간을 찌푸리던 할아버지는 어느 순간 화들짝 놀라며 잠에서 깼다. 화가 난 얼굴이었다. 나는 우물쭈물하다가 이렇게 말했다.

"엄마가 시켰어요!"

할아버지는 내 엄마 복희가 있는 안방 쪽을 바라보았다. 그가 내 말을 믿었는지 안 믿었는지는 모르겠다. 복희가 안방에서 조금 울었다는 것만 기억난다. 할아버지에게 왜 그런 거짓말을 한 것인지, 왜 복희에게 툭하면 누명을 씌운 것인지 스스로를 오랫동안 이해할 수 없었다. 복희는 내가 세상에서 제일 좋아하는 사람인데 말이다. 하지만 누군가와 관계 맺는 방식을 처음부터 배워나가는 단계였다. 나는 할아버지와 할머니와 아빠와 작은아빠를 따라 복희를 대했다. 그것은 내가 복희를 일면 함부로 대했다는 뜻이기도 하다. 먼 훗날 그런 일들이 새삼 생각나서 복희에게 미안하다고 했다. 복희는 깜짝 놀라며 물었다.

"그런 일이 있었어?"

그에게는 희뿌연 기억 속의 일이 되어버린 것이다. 잃어버린 십 년일지도 모른다. 그 십 년에 대해 복희는 존자에게 자세히 말하지 않는다. 존자가 분명 울 테니까. 대가족은 나에게 무엇을 남겼나. 삼 대에 걸친 사랑과 시트콤적 사고방식과 가부장제에 대한 애증을 남겼다. 한편 복희에게 대가족은 무엇을 남겼나. 어떤 징글징글함이 아닐까. 대가족 시대 끝 무렵의 며느리였던 복희는 2001년에 그곳에서 벗어났다. 이제 우리 집은 핵가족 중에서도 1~2인 가구로 쪼개졌다. 복희는 잠이 안 오는 밤에 유튜브로 법

륜 스님 말씀을 들으며 시부모를 향한 오래된 원망을 훌훌 떠나보낸다.

저녁에는 복희와 한강 둔치를 걷곤 한다. 아직 일교차가 큰 계절이다. 여러 사람들과 개들이 우리의 앞과 뒤와 옆을 스쳐간다. 직장에서 돌아오는 차림으로 혼자 걷는 이들도 있다. 시내의 길로 가는 게 더 빠를 텐데 일부러 한강의 길을 통해 가는 것처럼 보인다. 좀 돌아가더라도 꼭 좋은 길을 걷고 싶은 마음을 이해할 수 있다. 한강을 따라 지친 얼굴로 퇴근하는 얼굴을 보면 그의 낮 시간을 상상하게 된다. 홀로 걷는 저녁이 꼭 필요할 만큼 낮이 고단했을지도 모른다. 어떤 아저씨는 계속 뒤로만 걷는다. 넘어질 듯 안 넘어지며 오랫동안 뒤로 걷는다. 허벅지 뒷근육을 키우시는 듯하다. 남루한 크루즈 레스토랑이 정박된 길에는 중국어로 떠드는 이들이 잔뜩 모여 있다. 중국에 간 한국인 단체 관광객들과 비슷한 모습이다. 잔디밭 벤치에는 몇몇 연인들이 앉아 있다. '그래서…' '있잖아…' '그래 가지고…' 둘 사이를 오가는 접속사들을 들으며 스쳐간다.

스쳐가는 이들에 관해 복희와 이러쿵저러쿵 얘기를 한다. 우리끼리 함부로 상상을 덧붙이기도 한다. 미래에는 어떤 집에 살고 싶은지도 신나게 떠든다. 부푼 마음으로 마당과 나무를 상상한다. 실현 가능성이 낮아도 일단 말해본다. 그러다 밤꽃나무 밑을 지날 때면 화제가 갑자기 전환된다. 누가 먼저랄 것도 없이 그 얘길 꺼낸다.

"정액 냄새랑 진짜 비슷하다, 그치."

"응. 좀 심하다~"

밤꽃나무를 지나 라일락나무 밑에 다다르면 숨을 깊이 들이쉬고 내쉰다. 아무 말 없이 서강대교까지 걷기만 할 때도 있다. 한 시간쯤을 걷고 나면 어느새 해가 져 있다. 우리는 유수지 앞에서 작별 인사를 한다.

"잘 가 엄마!"

"응. 내일 봐!"

하고 헤어진다.

이어지는 밤과 새벽과 아침. 그리고 다시 만나는 복희. 지금이라고 인생이 우리의 손에 쥐어져 있나. 사실 영영 불가능하지 않나. 그저 이 날들을 흐리멍덩하게 흘려보내지 않는 것만으로도 다행일지 모른다. 또 다시 잃어버린 시절로 기억하지 않기 위해 복희와 먹고 얘기하고 걷고 만나는 순간을 이렇게 적는다.

2019.06.04.

쓰레기와 부모와 시

쓰레기가 쓰레기인 시간은 그리 길지 않았다. 내 손에서는 그랬다. 나는 쓰레기를 잠깐씩만 만져왔으므로. 더군다나 쓰레기는 불과 몇 분 전까지만 해도 아직 쓰레기가 아니었으므로. 쓰레기란 내가 원하는 물질을 깨끗하게 감싸던 것. 손과 물건 사이의 얇고 가벼운 한 겹. 어느새 불필요해진 제품. 버리고 돌아서면 사라지는 기억. 그래서 아주 잠깐이었던 무엇.

그다음 단계에 종사하는 사람들이 있다. 나 같은 사람들이 잊은 쓰레기를 손으로 만지는 이들이다. 쓰레기와 관련된 어떤 노동자들은 밤에만 일해야 한다. 누군가는 쓰레기를 수거하는 과정을 보는 것조차 불쾌해할지도 몰라서.

자기 손을 떠난 쓰레기를 곧바로 혐오스러운 남의 일로 여기곤 해서. 충분히 어두워진 시간에도 잠들지 않고 골목 구석구석을 돌며 쓰레기를 가져간다. 나는 그들의 얼굴과 이름을 모르지만 내가 떠난 자리에 그들이 다녀갈 것을 안다. 쓰레기가 쓰레기인 시간이 그들에겐 짧지 않을 것을 안다.

또 어떤 쓰레기들이 있는가. 어느 동네든 의류 수거함이 하나씩 있다. 헌옷들이 쌓이는 함이다. 입다 버린 옷이나 작아진 옷이나 망가진 옷뿐 아니라 오물이 묻은 수건이나 옷이 아닌 쓰레기도 담긴다. 그 모든 게 한데 모여 '자원'이라는 곳으로 옮겨진다. 그곳에 가면 헌옷과 쓰레기만으로 이루어진 커다란 언덕을 볼 수 있다고 한다. 그런 언덕들이 있다는 걸 몇 번이나 들었는데도 나는 들을 때마다 놀란다.

거기에 올라 일하는 사람들을 안다. 그들 중 하나는 나의 엄마 복희다. 복희는 헌옷으로 된 언덕에서 무릎을 꿇고 손을 바쁘게 움직이며 일했다. 어떤 버려진 옷은 유달리 더럽다. 어떤 쓰레기가 특히 쓰레기인 것처럼. 더 이상 입을 수 없는 것들 속에서 복희는 다시 입을 만한 것을 찾아내 사오고 깨끗이 손질하여 팔았다. 그 일을 하고 온 날에는 몸살을 앓곤 했다. 손이며 무릎이며 온몸이 욱신거린

댔다. 나는 복희가 파는 옷들을 주로 입으며 자랐다. 아름다운 옷들도 많았다. 지금까지도 나의 옷장에 남아 있는 옷들이다. 너무 많은 옷이 너무 빨리 만들어지고 너무 조금 입은 뒤 너무 쉽게 버려지는 세상이라 복희가 오를 언덕은 언제고 계속 생겨났다. 더 이상 그 일을 하지 않는 지금도 복희는 새 옷을 잘 사 입지 않는다.

쓰레기로 된 언덕은 바다 속에도 있다. 거의 모두가 모르고 지나가는 쓰레기다. 바다의 바닥까지 내려가 본 사람들만이 그 쓰레기를 안다. 나는 아직 이야기로만 들어보았다. 누군가가 잠수복을 입고 공기통을 메고 몸 여기저기에 납 벨트를 찬 채로 입수한다. 수면 아래로 깊이 내려가기 위해서다. 지상으로 연결된 호스를 통해 숨을 쉬어가며 바다 속 쓰레기를 치운다. 산업 잠수사들의 일 중 하나다. 그들은 육지에서 하는 대부분의 막일을 수중에서도 할 줄 안다. 나의 아빠 웅이의 직업도 산업 잠수사였고 그 역시 물에 들어가 많은 쓰레기를 치웠다.

바다 속에서 어떤 쓰레기를 보았느냐고 내가 묻자 웅이는 보지 않았고 만졌다고 대답했다. 물속은 아주 탁하고 어둡기 때문이다. 쓰레기는커녕 자신의 얼굴 앞에 가져다 댄 자기 손조차 보이지 않는 어둠이다. 시야가 나오지 않는 광활한 찬물 안에서 웅이는 쓰레기를 치운다. 손으로 하나하나 만져가며 치운다.

보이지 않아도 만지면 알 수 있어. 자전거구나. 드럼통이구나. 페트병이구나. 캔이구나. 비닐이구나.

손에 눈이 달렸다는 말은 잠수사들 사이의 관용구다. 웅이는 익숙한 쓰레기들을 바다 위로 올려 보낸다. 그는 생생한 악취를 맡는다. 바닷물의 냄새를. 쓰레기의 냄새를. 오염된 물의 냄새를. 나는 쓰레기 언덕에 올라보지도, 바다 속 쓰레기를 만져보지도 않았다. 그러나 쓰레기가 쓰레기인 시간이 내 부모에게 결코 짧지 않았음을 안다.

그리하여 이 쓰레기를 가장 오래 겪을 이 세계를 생각한다. 세계는 우리 모두를 품고 있기 때문이며, 썩지 않은 무수한 것들과 함께 미래로 가는 중이기 때문이다. 어떤 쓰레기는 거북이의 콧구멍에 꽂히고 바다사자의 목을 조르고 돌고래의 뱃속을 채우고 아기 새의 목구멍에 들어간다. 어떤 쓰레기는 수출되었다가 돌아오고 어떤 쓰레기는 방대한 섬이 되고 어떤 쓰레기는 내일에도 생산되어서 내 손을 잠깐 거친 뒤 잊고 싶은 곳에 쌓여갈 예정이다. 내가 배운 언어가 적힌, 익히 아는 쓰레기들이다.

모두가 버리지만 모두가 치우지는 않는 세계에서 어떻게든 해보려는 사람들이 있다. 어쩔 수 없다고 말하지 않는 이들이 있다. 쓰레기가 잠깐이 아니라는 걸 똑바로 보는 부모와 자식과 자식의 자식과 노동자와 옷가게 주인과 잠수사와 소설가와 시인과 친구들이 있다. 그리고 당신이 있다. 우리는 헤아릴 수조차 없다. 한 사람의 삶에 얼마나 많은 생이 스며드는지.

2019.07.10.

* 이 글은 2019년 〈쓰레기와 동물과 시〉 프로젝트를 위해 썼다.

길을 걷다 마주치는 많은 사람들 중에

어느 카페 앞에서 나를 기다리던 하마의 모습을 기억한다. 몇 년 전 일이다. 이젠 하마가 서 있는 자세를 눈 감고도 그릴 수 있을 만큼 익숙하지만 그땐 개랑 안 친해서 생경하였다. 그날의 하마는 잠바 주머니에 손을 푹 찔러 넣고 도수 없는 안경을 낀 채 나를 기다리고 있다. 그런 줄도 모르고 나는 맘 편히 노래를 부르며 걷다가 갤 발견하곤 황급히 입을 다문다. 하마가 안녕, 이라고 인사를 한다. 나도 안녕! 한다. 차례로 계단을 올라간다. 이 관계에서만큼은 둘 다 천진한 상태다. 둘이 같이 무슨 일을 겪을지 아직 모른다.

　한해 뒤에 그곳에 혼자 들어서게 되었다. 같이 올랐던

계단을 통과하는데 문득 마음이 아팠다. 뭔가가 크게 달라졌기 때문이다. 과거의 하마가 모르던 고생을 현재의 하마는 잘 알고 있다. 그간 고생이 많았다. 혼잣말로 '에구, 하마야!' 하고 탄식하며 계단을 다 올랐다. 고단했던 개 마음을 생각하면 슬퍼진다. 그래도 하마를 모르는 인생보다 아는 인생이 나는 좋다. 고생은 싫지만 고생이 바꿔놓은 하마의 모습은 싫어할 수 없다. 그가 불행이 바라는 모습으로 살지 않으려고 애쓴 것을 나는 안다. 스스로를 홀대하지 않기 위해 용기를 낸 것도 안다. 요즘엔 책상에 앉아 일을 하는 하마의 뒷목에서 작은 긍지를 본다. 가까이 있는 사람만 알아챌 정도로 조용하지만 분명한 힘이다.

우리는 리베카 슈거의 노래를 들으며 지난겨울을 났다. 리베카 슈거는 〈스티븐 유니버스〉를 만들었는데 그것은 너무나 아름다운 애니메이션이다. 만약 영어를 아주 잘했다면 나는 〈스티븐 유니버스〉를 더 정확하게 꼭꼭 씹어 소화한 뒤 그 작품에게 바치는 책을 썼을 것이다. 볼 때마다 어김없이 웃고 울게 된다. 그 다음엔 어마어마한 용기가 마음에 남는다.

리베카 슈거는 감독일 뿐만 아니라 이 애니메이션에 삽입되는 음악의 대부분을 만든 작곡가이기도 하다. 마음이 소란스러워서 노래를 듣기가 어려운 날들이 있다. 어

떤 정서도 받아들일 여유가 없는지 영화를 보거나 책을
읽는 것도 잘 안 된다. 그런 시기에도 〈스티븐 유니버스〉
의 OST는 왠지 들을 수 있었다. OST 중에는 'Love Like
You'라는 노래가 있다. 친구가 번역해준 것을 처음부터
끝까지 옮겨보겠다.

If I could begin to be

Half of what you think of me

I could do about anything

I could even learn how to love

네가 생각하는 나의 반만이라도

만약 내가 되어볼 수 있다면

나는 뭐든 할 수 있을 것 같아

나도 사랑하는 법을 배울 수 있을 것 같아

When I see the way you act

Wondering when I'm coming back

I could do about anything

I could even learn how to love like you

(Like you, Love like you)

내가 언제 돌아오는지 궁금해하는

네 행동을 보고 있으면

나는 뭐든 할 수 있을 것 같아

너처럼 사랑하는 법도 배울 수 있을 것 같아, 너처럼

I always thought I might be bad

Now I'm sure that it's true

'Cause I think you're so good

And I'm nothing like you

난 언제나 생각했어 난 아마 별로일 거라고

이제 나는 그게 사실이란 걸 알아

왜냐면 너는 정말 좋고

나는 하나도 너 같진 않으니까

Look at you go

I just adore you

I wish that I knew

What makes you think I'm so special

널 좀 봐

난 널 정말 좋아해

알고 싶어

너는 뭘 보고 내가 특별하다고 생각하는 걸까?

If I could begin to do

Something that does right by you

I would do about anything

I would even learn how to love

네가 맞다고 여기는 걸

만약 내가 해볼 수 있다면

난 무엇이든 하겠지

사랑하는 법도 배우겠지

When I see the way you look

Shaken by how long it took

I could do about anything

I could even learn how to love like you

내가 오기까지 얼마나 오래 걸렸는지

놀란 너의 표정을 보고 있으면

나는 뭐든 할 수 있을 것 같아

너처럼 사랑하는 법도 배울 수 있을 것 같아, 너처럼

Love like you

너처럼,

Love me like you

나를, 너처럼

　　이 노래는 '너를 사랑하는 나'말고 '나를 사랑하는 너'에게 놀란다. 네 덕분에 나는 뭐든 할 수 있을 것 같다고 말한다. 너처럼 사랑하는 법도 배울 수 있을 것 같다고. 네가 나를 사랑하듯, 나도 나를, 너처럼 사랑해볼 수 있을 것 같다고.

　　이게 어떻게 가능한지는 애니메이션을 보면서 그냥 믿어진다. 우리는 〈스티븐 유니버스〉에서 사랑과 용기를 다시 배웠다. 시즌1의 에피소드에서 내가 가장 좋아하는 장면은 주인공인 스티븐과 그의 친구 코니가 퓨전하는 장면이다. 둘은 춤을 추다가 스티보니가 된다. Steven + Cony = Stevony이다. 얼떨결에 첫 퓨전이 이루어지고 스티보니의 형상이 내 눈앞에 나타났을 때 그 모습이 너무 멋져서 나는, 진짜 존나 너무 좋다! 라는 말 말고 다른 말은 생각나지 않았다. 서로 다른 두 존재에서 각각 좋은 점만을 모아 합친 것 같았다.

그 후로 나는 틈만 나면 하마랑 퓨전하는 상상을 한다. 개와 나의 장점만을 합쳐 개쩌는 존재가 되고 싶기 때문이다. 그 존재의 이름은 아마도 '스라마'일 것 같다. 우리에게 아예 없는 것이 재료가 될 수는 없다. 모르긴 몰라도 그 존재는 엉덩이가 클 것이다. 피부는 까무잡잡할 것이다. 머리숱도 풍성하겠다. 얼굴에는 점이 많을 테고 하체 힘이 막강할 테다. 소설과 만화를 탐욕스럽게 읽어치울 것이다.

정말로 퓨전이 가능하다면 섹스 같은 건 안 할지도 모른다.

아니다.

퓨전도 하고 섹스도 할 것이다.

왜냐하면 섹스는 하나가 되는 게 아니기 때문이다. 불현듯 삽입 직전에 '너랑 하나가 되고 싶어'라고 말했던 애가 떠오른다. 다시 생각해도 너무 구려서 몸서리를 치게 된다. 아무튼 하나인 채로는 섹스를 할 수 없으니 가끔은 퓨전을 풀어도 좋을 것이다. 요즘엔 리베카 슈거 노래를 자주 듣지 않는다. 그 노래들의 도움 없이도 괜찮을 수 있다. 몇 가지 규칙적인 일과가 우리를 괜찮게 만든다. 이 연애가 언제 끝날지 모르지만 그건 대비할 수 없는 일이다. 우선은 안 끝났으니 각자의 일상을 이리저리 조정해보는 것이다.

금요일 저녁에는 식당을 예약한다. 월화수목금요일의 노동에 대한 보상이다. 자주 가는 식당에 하마가 전화를 걸어놓는다. 내가 먹을 수 있는 메뉴로 예약한다. 하마는 비건이 아니지만 나랑 먹을 때만큼은 채식을 한다. 한 명의 완벽한 비건만큼이나, 완벽하지 않더라도 고기 소비를 줄이는 사람들이 늘어나는 것도 중요하다. 우리는 밥을 천천히 먹고 와인 한두 잔을 마시면서 밀린 이야기를 나눈다.

그러다 너무 신이 나면, 너랑 춤추러 가고 싶다고 내가 말한다. 어디로? 라고 하마가 묻는다. EDM 빵빵거리는 클럽들만 머릿속에 떠오르고, 결국 우리는 고개를 절레절레 젓는다. 그냥 집에 돌아가기로 한다.

대신 집에 가는 길에 춤을 춘다. 아무리 춰도 퓨전은 못하지만 그래도 춘다. 최근 유튜브에서 보고 배운 스텝들을 열심히 보여준다. 그럼 아주 느리게 전진하게 된다. 사람이 없는 골목에서는 강수지의 노래도 부른다.

외로움이 찾아와도 그대 슬퍼하지마

답답한 내 맘이 더 아파오잖아

길을 걷다 마주치는 많은 사람들 주웅에

그댄 나에게 사랑을 건네 준 사람

집에 돌아와서는 코인 노래방보다도 좁은 화장실에서 같이 샤워를 하고 침대에 누워 동물 다큐를 본다. BBC에서 만든 시리즈인 〈우리의 지구〉다. 우리집 고양이 탐이도 옆에 와서 그걸 함께 본다. 보느라 늦게 자기도 한다. 사람이 등장하는 영상엔 별 관심이 없지만 사자가 나오면 졸다가도 눈을 커다랗게 뜨고 화면을 쫓느라 바쁘다. 같은 종을 알아보기라도 하는 걸까. 하마랑 나는 새들이 구애의 춤을 연마하는 장면을 보고 깔깔대며 웃는다.

BBC 다큐는 자연의 경이로운 부분만을 보여준다. 끔찍한 부분은 편집되고 맘 편히 볼 수 있는 장면들만이 최종 선택되어 있다. 다큐를 보는 내내 우리는 동물들을 놀라워한다. 웃기도 한다. 우리가 동물들에게 어떤 짓을 하며 살아가는지는 잊어버린다. 자명하다. 옆에서 다소곳이 앉아 텔레비전을 함께 보는 탐이에게 미안해진다. 그동안 내가 간접적으로 파괴하고 직접적으로 먹어온 동물들 역시 탐이처럼 생생했을 것이다. 탐이처럼 기뻐하고 졸려하고 배고파하고 아파하며, 아주 예민한 감각과 아주 많은 언어를 가지고 살았을 것이다. 내 몸이 그렇듯 말이다. BBC 다큐에 등장하지 않는 너무 많은 동물을 생각하다가 나는 죄책감을 느낀다. 하마는 어떨까? 물어보고 싶지만 금요일 밤의 무드를 망치고 싶지 않아서 가만히 있는다.

그러다가 스르르 눈이 감긴다. 하마가 내 안경을 조심히 벗겨주는 게 느껴진다.

고마워, 라고 말하고 싶지만 너무 졸려서 말이 나오지 않는다. 내일은 하마한테 못 다한 얘기를 해야지. '길을 걷다 마주치는 많은 사람들 중에 그댄 나에게 사랑을 건네준 사람'이니까 고마움도 죄책감도 말해야지. 내일은 새로운 우리가 되어야지. 탐이 코 고는 소리가 들려오고 나는 금세 깊은 잠에 든다.

2019.04.26.

새로운 우리

우리 사이에는 수십 가지 패턴이 있다. 지난 5년간 무수히 반복되어온 패턴이다. 늦은 저녁 익숙한 골목을 걸어서 집 앞에 다다르면 나는 2층을 올려다보며 이름을 부르곤 한다.

"탐이야."

그가 새끼고양이였을 때 '탐할 탐(貪)' 자를 써서 붙여준 이름이다. 집밖에서 탐이를 호명하고 5초만 기다리면 높은 확률로 그가 창가에 나타난다. 소파나 침대 위에서 졸다가 내 목소리를 듣고 화들짝 달려온 것이다. 탐이는 방충망에 자신의 이마를 댄 채 야옹댄다. 사실 야옹이라는 의성어는 틀렸다. 야옹 하고 우는 고양이는 거의 없다. 탐이의 경우 외옹-, 왕-, 음망-, 응갸-, 갸-, 웅외옹- 등의 울음소리를 낸다. 그런데 울음소리라는 말도 틀린 것 같다. 사람들은 동물들의 소리를 '운다'라고 대충 묶어 말하지만, 유심히 들어보면 절대로 우는 소리가 아니다. 그에겐 다양한 욕망이 있다. 욕망의 정서가 듬뿍 묻어나는 소리를 낸다.

나는 그 소리를 탐이의 말이라고 인지한다. 그에겐 아주 많은 언어가 있다. 누가 믿어주지 않아도 상관없다. 그저 사실임을 내가 잘 알고 있으므로. 그가 수시로 말을 건네주어서 나도 수시로 대답을 하게 되었다. 새로운 대화를 할 때도 있지만 이미 나눴던 대화의 패턴을 반복할 때도 잦다. 이를테면 계단을 올라 내 집의 도어락 비밀번호를 누르는 동안 현관문 안쪽에서는 어김없이 탐이가 애절한 소리를 내는데 그 소리에도 몇 가지 패턴이 있다. 뉘앙스에 집중하여 내 식대로 번역해보았다.

반나절 만에 집에 돌아왔을 때 하는 말 : "갸-!" (얼른 들어와서 밥 줘!)

한나절 만에 집에 돌아왔을 때 하는 말 : "응갸! 갸앙! 갸-! 걍!!" (미쳤어? 뭐 하다가 이제 와? 나 배고파 죽겠다고!)

물론 필연적으로 오역이다. 겨우 알 수 있는 건 탐이가 분노하거나 절실해하는 정도일 뿐이다. 온종일 집에 있던 내가 잠깐 편의점에 갔다가 돌아왔을 때에는 아무 소리도 안 낸다. 1분 만에 재활용쓰레기를 버리고 돌아왔을 때 역시 아무 말도 없다. 공백의 시간만큼 할 말이 생기는 모양이다.

충분히 배불리 먹고 잠든 경우엔 예외다. 내가 오든 말든 신경 쓰지 않고 잠을 마저 잔다. 깨우면 되게 싫어한다. 자는 중에 불 켜는 것도 싫어한다. 전구의 불빛을 가리기 위해 자신의 앞발을 눈에 가져다댄다. 그런 몸짓들이 너무나 사람 같다.

그런데 사람 같다는 건 무엇일까?

우리 집엔 다섯 개의 창문이 있다. 탐이는 날씨에 따라, 기분에 따라, 혹은 빌라 바깥에서 들려오는 흥미롭거나 수상한 소리에 따라 매번 다른 창문을 선택한다. 마음에 드는 창가에 가서 볕을 쬐며 창밖을 바라보는 것이다. 침실에 딸린 작은 창도 매우 좋아하는데 내가 문을 닫아놔서 못 들어갈 때도 있다. 그럼 침실 문 앞에 앉아 이렇게 소리 낸다.

"갸옹~"(열어줘~)

그럼 나는 원고 마감을 하다 말고 침실 문을 열어주러 간다. 열고나면 탐이는 냉큼 방 안에 입장하여 창가로 뛰어오른다. 내 어깨 높이의 창틀인데도 몹시 가뿐하게 점 프하는 모습이 정말 멋지다. 거기서 그는 1층의 존재들에 게 관심을 기울인다. 빌라를 드나드는 사람들과 길의 행인 들과 참새들과 길고양이들과 산책하는 개들과 날벌레들을 쳐다보고, 동시에 계절을 감지한다. 봄비와 장마와 가을비 와 겨울비와 눈을 하염없이 쳐다본다.

고양이가 바깥을 바라보는 게 꼭 바깥에 나가고 싶다 는 뜻은 아니라는 요지의 연구를 들어본 적이 있다. 안전 하고 높은 곳에서 바깥 상황을 관조하며 살피려는 본능이 고양이들에게 있다고 한다. 하지만 모르는 일이다. 어쩌면 영영 바깥에서 지내고 싶을 수도 있다. 너무나 그러고 싶 을지도 모른다. 오랫동안 창밖을 바라보고 난 탐이의 몸은 뜨거워져 있다. 햇빛에 데워져서.

탐이를 잠깐 잊은 채 책상에서 노트북을 바라보고 있 으면 어느새 참, 참, 참, 참 하는 소리가 내게 가까워진다. 포도 젤리 같은 탐이 발바닥이 짧은 복도 장판에 닿는 소 리다. 그는 예의 그 유연한 몸놀림으로 책상 위에 뛰어오 르고 나의 물 컵에 슬금슬금 다가온다. 슬쩍 눈치를 보고 는 자기 얼굴을 그 컵에 푹 집어넣고 꿀꺽꿀꺽 물을 마신 다. 나는 불평한다. "야~ 아까 네 물통에 새로운 물 채워 줬잖아." 하지만 탐이는 꼭 내가 마시던 물을 중간에 뺏어

먹는다. 그 컵을 개한테 넘기고 새로운 컵에 물을 따라오면 어느새 또 그 물을 뺏어먹는다. 아무래도 가장 최신의 깨끗한 물을 선호하는 듯하다.

저녁 무렵에는 퇴근한 하마가 서재에 들어와 소파에 눕는다. 하마의 어김없는 패턴이다. 탐이는 망설임 없이 하마의 가슴팍에 올라탄다. "웅웅웅!" 하는 소리를 내며 넓은 상체로 돌진한다. 이 패턴 또한 어김없다. 하마와 탐이가 날마다 반복하는 일과다. 가끔 탐이는 하마의 겨드랑이에 자신의 눈코입을 가져댄다. 그 뜨끈한 곳을 파고든다. 자기보다 몇 배 더 큰 사람의 겨드랑이에 얼굴을 묻고 한참을 자기도 한다. 저토록 안심하는 모습이 고맙고 신기하다.

밤이 오면 하마랑 내가 침대에 나란히 눕는다. 저녁에 깜빡하고 못 나눈 얘기를 나누며 잠을 청하다보면 어느새 탐이가 우리 사이에 와 있다. 푹신한 이불을 이리저리 밟다가 맘에 드는 곳에 자리를 잡고 엎드린다. 하마 목소리와 내 목소리 사이로 탐이가 푹 한숨 쉬는 소리가 끼어들기도 한다. 탐이의 한숨은 코에서 나오는데 콧김이 은근히 세다. 우리가 침대 옆 텔레비전을 틀어놓는 날이면 탐이도 덩달아 늦게 잔다. 꾸벅꾸벅 졸다가도 화면에 사자가 등장하면 휘둥그레 놀란다.

세 마리의 존재는 자신들도 모르게 잠이 드는 날이 많다. 하마랑 내가 간혹 코를 골고 잠꼬대를 하듯, 탐이도 마찬가지다. 푹 잘 때 보면 까맣고 작고 촉촉한 코에서 고로롱 고로롱 하는 소리가 난다. 잠꼬대 하는 소리는 "끙! 낑!"이다. 탐이가 누운 자리엔 회색 털이 살짝 남는다.

아침이 왔음을 알람 없이도 알게 된다. 별일 없으면 6시 50분쯤 탐이가 말을 걸기 때문이다. 이 패턴도 어김없다. 배고프다고 말하는 것이다. 일찍 출근하는 하마가 침대를 벗어나 탐이 밥을 주러 간다. 탐이는 참치캔이 먹고 싶을 땐 냉장고 앞에 앉아 있고, 사료를 먹고 싶을 땐 사료통 앞에 앉아 있다.

이 고양이에겐 그밖에도 수많은 모습들이 있다. 기지개를 켜고 하품을 하고 재채기를 한다. 뭔가를 맛있어하거나 맛없어한다. 두려운 것을 피한다. 불쾌한 냄새로부터 멀리 떨어진다. 좋아하는 사람에게 자기 몸을 기댄다. 아늑한 곳에 자리를 잡는다. 깜짝 놀라면 꼬리를 세우고 부풀린다. 커다란 소리가 나면 구석에 숨는다. 화초에 묻은 물을 핥아 먹는다. 오랫동안 하늘을 본다. 졸려 한다. 아프면 고통스러워한다.

나처럼.

그리고 내가 아는 많은 사람들처럼.

어느 날 나는 기사를 하나 읽었다. 구제역 살처분 돼지들에 관한 기사였다. 아주 깊이 판 땅 속에 믿을 수 없이 많은 돼지들을 밀어 넣고 그 위에 흙을 덮는 생매장이었다. 맨 먼저 땅 속에 떠밀린 돼지는 압사될 확률이 높았고 위쪽에 있는 돼지들은 깜깜한 흙속에서 발버둥 치다가 질식사할 확률이 높았다. 아직 흙을 덮기 전에 찍힌 사진을 보았다. 무수히 많은 돼지들의 얼굴이 거기에 있었다. 빽빽한 얼굴들이 하나하나씩 내 눈에 들어왔다. 너무 놀란 얼굴들이었다. 너무 두려운 얼굴들이었다. 나도 모르게 눈을 질끈 감았다.

저 돼지들도 탐이처럼 온갖 것을 느낄 것이다. 좋은 것에는 다가가고 싶고, 고통스러운 것으로부터는 멀리 도망가고 싶을 것이다. 탐이만큼이나 생생한 쾌고 감지 능력이 있을 것이다. 더 하면 더 했지 절대 덜 하지는 않을 감각들일 것이다.

그들은 탐이와 같은 존재들이고 탐이와 같다면 나랑도 같다.

그러니 죄다 느낀다. 탐이처럼. 나처럼.

그렇게 생각하게 된 날부터 고기를 먹지 않는다. 끔찍한 일들은 돼지에게만 일어나는 게 아니기 때문이다. 최악의 생과 고통과 죽음을 겪는 닭들, 소들, 그밖에도 무수히 많은 종들. 사람들 입맛 때문에 태어나고 살고 죽는 존재들. 유발 하라리는 공장식 축산을 두고 인류 역사상 최악의 범죄라고 말했다. 미래에는 이것을 21세기의 홀로코스트였다고 기억할지 모른다.

나의 비거니즘은 탐이에게 빚을 지고 있다. 그가 얼마나 생생한 존재인지 가까이서 오래 보지 않았다면 축산과 수산 현장에 관심을 가지기까지 오랜 시간이 걸렸을 것이다. 지금도 너무 늦게 알게 됐다고 생각하지만 탐이가 없었다면 이보다도 더 늦었을 것이다. 탐이에 대한 사랑과 그를 기른다는 것에 대한 죄책감과 그에게 느끼는 동질감이 어떤 책임을 준다. 해야 할 일과 바꿔야 할 것들이 커다랗게 놓였다. 그건 '우리'라는 개념을 다시 정립하는 일이다. 혹은 '새로운 우리'를 발명하는 일이다.

나는 잘 해보겠다고 탐이에게 약속을 한다. 만약 실패하더라도 더 낫게, 더 낫게 실패하겠다고. 탐이 뿐 아니라 나와 내가 아는 모두에게 하는 약속이다. 탐이가 익숙한 눈길로 나를 바라본다. 우리는 서로 마주보며 얼굴이 내리는 명령을 듣는다.

2019.05.22.

우정과 요령

여자 기숙사 (上)

여자 기숙사에서의 첫 날 밤에는 여기저기서 울음소리가
들렸다. 옆방에서도 앞방에서도 누군가 훌쩍이는 듯했다.
이 방과 저 방을 돌며 아이들을 살피는 사감 선생님의 발
걸음 소리가 복도에 울렸다. 우리는 모두 이제 막 중학교
1학년이 된 참이었다. 어떤 애는 엄마한테 전화 한 통만
하고 오면 안 되냐고 물었고 어떤 애는 몰래 반입해온 핸
드폰으로 초등학교 동창과 문자를 주고받았고 어떤 애는
입학 첫날 생리를 시작했고 어떤 애는 중학교 2학년 선배
들 중 누가 매력 있는지에 대해 입방아를 찧었다. 마스카
라와 아이섀도를 이미 능숙하게 사용할 줄 아는 애도 있는
가 하면 일주일치 기숙사 짐을 죄다 엄마가 대신 싸준 애

도 있었다.

나는 자기 손으로 싼 짐을 끌고 기숙사에 들어온 부류에 속했다. 내 캐리어에는 『토지』 1권이 들어 있었다. 화장에 대해서는 별로 아는 바가 없었다. 당시 유행하던 통 큰 청바지에 끈나시와 볼레로를 입고 입학했는데 그 패션은 나중에 두고두고 놀림을 받게 된다. 얼굴에 여드름은 없었지만 주근깨와 버짐이 피어났다. 내 몸은 마치 나랑 어색하게 지내는 친구 같았다. 예측할 수 없었고 딱히 좋지도 않았으며 같이 있으면 불편했다. 어느 날 갑자기 엉덩이에 살이 붙고 젖꼭지가 살짝 부풀고 손가락에는 사마귀가 나고 예상치 못하게 생리가 터졌다. 몸이 마음을 앞서가서인지 내 자세는 늘 엉성했다.

아침이 밝으면 아이들은 부은 눈으로 일어나 아침을 먹고 쇄소 교육이라는 걸 받았다. 쇄소란 무언가를 쓸고 닦고 깨끗이 하는 일을 뜻했다. 그러니까 청소 말이다. 교육을 담당한 동양고전 선생님은 말했다. 평화란 모든 게 제자리에 있는 것이라고. 생명과 물건과 몸과 마음이 있어야 할 곳에 자리하는 게 평화라고. 그건 이 작은 대안학교의 모토이기도 했다. 생명, 평화, 공동체, 연대 따위의 단어들이 매일같이 교사들의 입에서 흘러나왔다.

아이들의 대부분은 자기가 있을 곳이 여기인지 아닌지

아직 몰랐다. 입학설명회 때 부모들은 뿌듯한 얼굴로 이렇게 말하곤 했다. "저희 집은 아이의 선택으로 입학을 결정했어요." 그 말은 맞기도 하고 틀리기도 했다. 열네 살 아이들의 선택이 독립적이어 봤자 부모의 욕심과 염려를 벗어나기 힘드니까. 내 부모는 자식이 입시에 지치는 청소년기를 보내지 않기를 바라는 마음으로 대안학교를 권유했다. 시험일랑 생각하지 말고 맘껏 놀며 건강하게 살라고 했다. 머리카락을 자르기 싫었던 나는 부모의 권유를 받아들였다. 귀밑 2cm 이하 단발이 필수 규정인 일반학교와는 달리 대안학교에는 복장과 두발의 자유가 있었다. 입시는 둘째 치고 긴 머리를 잃으면 끝장이라는 생각이었다.

기숙사에서 우리는 신발 정리와 이불 정리와 책상 정리와 옷장 정리와 화장실 청소와 걸레질을 배웠다. 또한 나무 복도를 들기름으로 닦는 법을 배웠다. 들기름 냄새는 아주 고소해서 걸레질을 하다보면 금세 배가 고파졌다. 식당에서는 잔반을 남기면 혼이 났다. 자기가 먹은 그릇은 직접 설거지했으며 하루에 한 번 두 명씩 짝을 지어 음식물쓰레기가 가득 담긴 수레를 끌고 밭으로 갔다. 밭에는 닭 백 마리가 사는 양계장이 있었다. 잔반을 던져주면 닭들은 서열 순으로 좋은 자리를 차지하여 식사를 했다. 양계장 옆으로는 천 평짜리 밭이 펼쳐졌다. 전교생이 각자의 땅을 조금씩 나눠받고 옥수수, 고구마, 토마토, 고추, 상추, 오이 등을 심었다. 봄여름에 잡초가 우거지면 새벽마다 김매기를 하러 밭으로 나가야 했다. 애들은 툴툴대며 풀을 뺐다. 대충 하다가 잡초 아닌 농작물을 베면 농사 선생님께 크게 혼났다. 할당된 땅을 다 정리하기 전까지는 기숙사로 돌아갈 수 없었다. 그러니까 이 중학교의 1, 2학년들은 서로의 농사 복장이 익숙했다. 고무줄 바지에 장화를 신고 커다란 챙 모자를 쓰고 삽이나 낫이나 호미를 든 채로 밭에 있는 모습 말이다.

농사가 끝나고는 수영을 하는 날이 많았다. 가난한 학교라 수영장 같은 건 없었으나 대신 바로 앞에 계곡이 흘렀다. 계곡의 중앙에는 거북바위가 있었는데 전혀 거북이 같지 않은 바위임에도 어쩐지 그렇게 불렸다. 거북바위까지 헤엄쳐 가면 물이 깊어져서 바닥에 발이 닿지 않았다. 손으로 바위를 짚고 발을 위로 디디며 겨우 바위를 탔다. 먼저 올라가 있던 중학교 2학년 오빠들이 위에서 손을 내밀어주곤 했다. 상의를 탈의한 오빠들도 있었다. 그 손을 잡고 꼭대기로 올라가면 다이빙하는 일만이 남는다. 물속에 뛰어내리면 몸이 쫄딱 젖고 머리는 엉망이 되고 입술은 보라색으로 변했지만 계속해서 오빠들의 손을 잡고 바위에 올라 물속에 뛰어내리기를 반복하는 여자애들이 숱

했다.

청소를 하거나 농사를 짓거나 계곡에서 헤엄을 치지 않는 시간에는 좌식 교실에서 수업을 들었다. 자신이 선호하는 수업을 선택하고 시간표를 직접 만들었다. 농사와 요가와 예배와 아침산행은 필수 교과였지만 나머지 수업은 좋아하는 선생님을 따라 택할 수 있었다.

명랑한 애들은 송 선생님을 좋아했지만 이따금 우울하거나 괜히 진지해지는 애들은 어김없이 곽 선생님을 좋아했다. 송과 곽은 둘 다 이십 대 중후반의 교사였는데 공통점이라곤 여자라는 사실밖에 없는 듯했다. 찰랑거리는 밤색 단발머리의 송 선생님은 강아지 상이었고, 거친 먹색 모발의 곽 선생님은 몽골 유목민의 첫째 딸 같은 얼굴이었다. 송 선생님은 언제나 눈에 물기가 촉촉했으며 목소리는 나긋나긋하였다. 그녀가 가르치는 과목은 과학이었다. 그녀는 수업 중에 무한도전, 유재석, 노홍철, 1박 2일, 패밀리가 떴다 등을 주제로 딴 얘기를 하며 중학생 아이들을 웃게 했다. 홑꺼풀인 곽 선생님의 눈빛은 매섭고 건조한 편이었다. 그녀는 둔탁한 저음으로 청소년기란 얼마나 끔찍한 시절인지 스치듯 이야기하기도 했다. 그 말만으로도 살짝 구원받는 영혼들이 반에는 서너 명 정도 있었다.

곽 선생님이 맡은 과목은 글쓰기였다. 그 시절은 곽 선생님을 구경하다가 흘러가버린 느낌이 든다. 곽 선생님에게서 눈을 뗄 수 없던 첫 번째 이유는 그녀가 입는 옷 때문이었다. 다른 선생님들이 낡고 수수한 셔츠나 저렴한 생활한복을 입고 출근할 때 곽 선생님만 집시스타일의 치렁치렁한 상하의로 멋을 내고 학교에 왔다. 남중생들로 하여금 놀리지 않고는 배길 수 없게 만드는 패션이었다. 남자애들은 그녀를 에워싸고 깐죽대며 물었다. "와… 곽쌤, 그런 이상한 옷은 도대체 어디서 사요?" "왜 성게 모양 머리끈으로 머리를 묶는 거예요?" 그럴 때면 내 나이가 부끄러웠다. 내 나이의 인간들이 그녀에게 형편없어 보이지 않길 너무나 바랐다. 그러나 곽 선생님은 남자애들의 말에 일말의 아랑곳도 하지 않음으로써 나의 우려를 무색하게 했다. 남자애들이 두어 마디만 놀려도 금방 눈물이 차오르던 나랑은 다른 어른이었던 것이다. 곽 선생님을 울리는 것은 무엇이고 누구일까. 아직 알 수 없었다.

　나는 주로 두 명의 여자애와 같이 다녔는데 한 명은 안경으로 불렸고 다른 한 명은 다람쥐로 불렸다. 안경과 다람쥐 그리고 나는 아침 산행을 할 때마다 남자애들보다 먼저 정상에 도착할 만큼 체력이 좋았고 매일 밤 기숙사 책상에 앉아 모든 숙제를 다 끝내놓고 잘 만큼 부지런했다. 우리가 가장 기다리는 요일은 금요일이었다. 곽 선생님의 글쓰기 수업 때문이었다. 그녀가 첫 수업시간에 우리에게 나눠준 종이의 맨 위에는 이런 제목이 적혀 있었다.

'당신의 세계관에 관한 일곱 가지 질문들'

반에 있는 중학교 1학년 중 누구도 세계관이라는 단어의 뜻을 알지 못했으므로 여기저기서 질문이 터져 나왔다. "곽쌤! 세계관이 뭐에요?" "곽쌤! 곽쌤! 세계관이 무슨 뜻이에요?" "곽쌔애애앰! 세계관이 무슨 말이에요?" 중학생의 특징 중 하나는 여러 명이 똑같은 질문을 몇 번이고 다시 한다는 점이었다. 곽 선생님은 우리에게 나눠준 종이를 들고 중저음의 목소리로 말했다. "너희들이 이 세상에 대해 가지는 생각을 물어보는 질문지야." 나는 얼른 그 아래 적힌 질문들로 눈길을 돌렸다.

1. 당신은 누구인가? 어디에서 왔는가? 2. 어디로 가고 있는가? 3. 당신은 무엇을 믿는가? 4. 당신이 소중히 여기는 물건에 대해 알려 달라. 5. 당신은 최근 무엇을 미워했는가? 6. 무엇이 당신을 울게 하는가? 7. 당신이 좋아하는 시를 적어 달라.

그 질문들을 읽는데 가슴이 너무 뛰었다. 십사 년을 살아오는 동안 누구도 나에게 이렇게 고급스러운 것들을 물어본 적이 없었기 때문이다. 그녀가 내게 준비한 질문이 너무나 황송해서 나는 모든 것을 다 바쳐 대답하고 싶은 심정이 되었다. 뾰족하게 깎아놓은 연필을 꺼내 1번 문항부터 적어 내려가고 있을 때였다. 옆에서 한 남자애가 물었다. "근데 곽쌤, 세계관이 뭐에요?" 나는 고개를 돌려 그 남자앨 째려보았다. 이 중대한 수업에서 저렇게 한심한 애랑 함께 있어야 한다는 게 수치스러웠다. 그날 나는 질문 하나에 거의 스무 줄의 대답을 쓰느라 수업이 끝나도록 글을 못 완성했다. 옆에 있던 안경이랑 다람쥐도 마찬가지였다. 우리 셋만 나중에 교무실에 가서 따로 글을 냈다.

다음 시간에 곽 선생님은 지난주에 걷은 몇 장의 질문지 중 한두 개를 뽑아서 우리에게 언급하기 시작했다. 나는 곽 선생님이 혹시 내 글을 뽑아줄까 봐 너무 떨렸다. 그가 내 공책을 집어 들어준다면 너무 좋아서 입에 경련이 날 것 같았다. 거의 고통에 가까운 긴장이었다. 그러나 곽 선생님이 뽑아서 언급한 것은 내 글이 아니었다. 안경과 다람쥐의 것도 아닌 임이라는 여자애의 글이었다. 임은 늘 교실 구석에 앉아 있었고 옆에 아무도 없었다. 약하고 침울하고 소심해보였다. 청소년들은 본능처럼 그런 애를 따돌리는 경향이 있었다. 그런 애 대신 목소리가 크고 잘 웃고 카리스마가 있는 애한테 잘 보이려 애썼다. 그 편이 더 즐겁고 안전해보였다.

곽 선생님이 낮은 목소리로 읽어준 임의 글은 문장도

단어도 엉망진창으로 틀린 글이었는데 너무 외로운 이야기여서 나는 난데없이 터지려는 눈물을 참느라 혼났다. 불쌍하다는 말로는 다 설명할 수 없었다. 그 애의 슬픔이 뿜어내는 광채에 놀란 것이었다. 혹시 글쓰기의 세계에서는 가진 것보다 잃은 것이 더 중요한가. 어른이 되어 읽은 신형철 평론가의 문장처럼 "나의 없음을 당신에게 주는" 것이 글쓰기일지도 몰랐다. 그날부터 나는 내 결핍을 샅샅이 찾아다녔다. 나의 크고 작은 불행, 나의 처연함, 나의 어려움, 내가 받은 상처 따위를 이리 보고 저리 봤다. 그러고는 밤마다 기숙사 책상에 다리를 틀고 앉아 일기를 썼다. 자기 연민과 결핍에 도취된 일기들이었다.

하지만 기숙사는 절대로 내가 그런 청승을 계속 하도록 내버려두지 않았다. 다행히도 그리고 불행히도 혼자일 수가 없었기 때문이다. 여자애들이 떠들고 웃고 싸우고 삐지고 울고 뛰고 자빠지고 언니들과 오빠들에 대해 말하는 소리가 복도를 꽉 채우고 있었다. 수업을 모두 마치고 방에 돌아와도 나만의 우아한 고독이 확보되지 않았다. 24시간 내내 돌아가는 이 단체 생활은 서로를 미치고 팔짝 뛰게 했다. 그리하여 나의 일기에는 자꾸 여러 여중생들의 목소리가 등장하기 시작했다. 읽는 것만으로도 시끄러운 일기를 완성하는 날도 많았다. 아무래도 작가 같은 것이 되어야 하지 않을까 생각했다. 작가가 되지 않기엔 이 여자 기숙사에서는 너무 많은 일이 일어났으며 나는 사람들의 표정과 말을 너무 잘 기억했기 때문이다.

2019.08.19.

여자 기숙사 (中)

주말에 뭘 했든 월요일이면 어김없이 학교로 돌아와야 했다. 등교가 아니라 귀교였다. 금요일까지는 꼼짝없이 기숙사에 사니까 매일 통학하는 일반학교 학생들보다 평일과 주말의 경계가 확실했다. 그래서인지 다들 월요병을 앓는 얼굴로 교문에 들어섰다. 월요일은 서울에서 시골로 오는 날이자 부모와 멀어지고 친구들에게 밀착되는 날이자 공동체의 규칙 속으로 입장하는 날인 것이다. 교무실에 각자의 폴더폰이나 슬라이드폰을 반납한 뒤 남자는 남자 기숙사로 여자는 여자 기숙사로 들어갔다. 각각 남사와 여사로 불렸다.

　여사는 남사만큼 더럽진 않았다. 청소년 남자들의 소

굴에서 나는 끔찍한 악취를 따라잡기란 어려워보였다. 그렇지만 여사의 더러움에도 놀라운 디테일들이 있었다. 말하자면 꼼꼼한 더러움이었다. 남자애들보다 소지품의 종류와 양이 많기 때문일 수도 있다. 변덕스럽게 여러 벌 입어본 뒤 사방에 늘어놓은 옷들, 책상과 바닥 위를 굴러다니는 스킨과 로션과 선크림과 비비크림과 볼터치와 립스틱들, 뚜껑을 잃어버린 매니큐어들, 아직 빨지 않은 색색의 양말들, 구석에 처박아둔 생리대와 생리팬티와 면 생리대, 몰래 꿍쳐둔 간식. 그 모든 물건들이 각 방을 현란하게 채웠다. 목욕용품도 종류가 많았다. 자신의 취향에 맞는 샴푸와 린스와 리무버와 바디워시와 바디로션을 소지했다.

하지만 이 학교는 친환경 생필품을 쓰는 것이 교칙이었다. 교칙에 따르면 우리는 천연 EM 샴푸 혹은 빨랫비누로만 몸을 씻어야 했다. 계면활성제가 들어간 목욕용품은 금지였다. 시중에서 파는 모든 샴푸, 린스, 바디워시에 그것이 함유되어 있으니 우리가 좋아하는 목욕용품은 사감 선생님 몰래 사용했다. 미쟝센 린스를 쓰다 걸린 어떤 여자애는 항의를 하기도 했다. 빨랫비누로 머리를 감으면 머리카락이 빗자루처럼 된다는 절박한 호소였다. 교사들의 입장은 완고했다. 친환경과 건강이라는 중대한 가치에 비해 뻣뻣한 머릿결 정도는 너무 시시한 이유였던 것이다. 쓰다 걸린 일반 샴푸는 예외 없이 회수되어 사감 선생님 방에 쌓여갔다. 여자애들은 엘라스틴과 케라시스 등의 제품을 몰래 쓰는 일에 갈수록 도가 텄다.

공동 샤워실은 두 개뿐이라 나는 붐비지 않는 시간에 몸을 씻기 위해 일찍 일어나곤 했다. 그때 같이 일어나주는 친구가 다람쥐였다. 우리는 동이 트기 전 싸늘한 샤워실에서 같이 샤워를 하며 얘기했다. 비슷하게 까무잡잡한 피부에 대해, 나의 굵은 머리카락과 걔의 가느다란 머리카락에 대해. 나의 주근깨와 걔의 아토피에 대해. 혹은 같은 방 쓰는 친구의 겨드랑이 털에 대해. 우리들의 나비 같고 데칼코마니 같은 음모의 모양에 대해. 걸을 때마다 보이는 종아리 알에 대해. 그런 얘기는 해도 해도 끝이 없었다. 여사의 모든 애들이 하루가 다르게 몸이 변하던 시절이니까. 다람쥐와 여유로운 샤워를 끝내고 나면 그제야 사감 선생님의 기상 알람을 듣고 일어난 애들이 졸린 눈으로 샤워실에 잔뜩 들이닥쳤다. 나는 그때나 지금이나 일찍 일어나 빨리 씻고 간단히 준비했다. 자기 몸을 단장하느라 집합시간에 늦는 건 수치스러웠다. 지각하지 않고도 말끔하기 위해 아침에 입을 옷을 전날에 미리 생각해두고 잤다.

이 학교에서 내가 처음 사귄 남자애의 별명은 고래였

다. 포경수술 직후에 입학을 해버리는 바람에 그렇게 되었다. 실밥을 푼 지 한참이 지났는데도 고래로 불렸다. 심지어 졸업할 때까지도 고래였다. 청소년기의 별명은 전혀 논리적이지 않아도 왠지 모르게 계속된다. 어떤 애의 별명은 조지였는데 왜 조지냐고 물어보면 다들 딱히 이유를 모르는 식이었다. 아무튼 고래는 1학년 1학기 때 내게 편지로 고백을 했다. 열네 살의 고래는 미간이 넓었고 어깨가 떡 벌어지고 있었고 입이 험했다. 벌써 몇몇 여자애들이 교내 연애를 시작한 참이었으므로 나도 서둘러 수락을 했다.

고래랑 사귄 이후에 생긴 일은 다음과 같다. 농사를 마친 내가 다이빙을 하러 계곡에 들어가 거북바위로 헤엄친다. 오빠들은 내 손을 잡아주지 않는다. 고래랑 사귄다는 소문이 두 기숙사에 돌았기 때문이다. 오빠들은 남자들 사이의 의리를 수행한다는 얼굴로 내 손만은 안 잡는다. 몇 번의 시시한 다이빙 이후 나는 물에서 나와 운동장에 올라간다. 거기에서 고래는 커다란 수건을 든 채 나를 기다리고 있다. 내가 젖은 옷을 짜며 걸어가면 걔가 내 어깨에 수건을 턱 걸쳐주고는 뒤도 안 돌아보고 남사로 돌아간다. 나는 고맙다고 말할 타이밍을 놓친 채 여사로 돌아간다. 여사의 여러 인물이 이 일을 회자한다.

"아까 고래가 이슬아한테 수건 갖다 줬다며?"

"아까 고래가 이슬아한테 수건 갖다 주면서 어깨동무 했다며?"

"아까 고래가 이슬아한테 수건 갖다 주면서 안아줬다 며?"

"아까 고래가 수건으로 이슬아 닦아줬다며?"

소문은 무성해지고 걷잡을 수 없게 된다. 나는 소문을 정정하는 데 실패한 뒤 밤에 혼자 공동 샤워실에 가서 향기로운 바디샤워로 그 수건을 세탁하여 창가에 널어놓고 다음날 고래한테 돌려준다.

사귄 지 일주일 뒤에 고래는 나에게 편지를 한 통 줬다. 사실 우리는 사귄 뒤로 거의 아무 말도 안 했다. 사귀는 사람끼리 뭘 해야 하는지 잘 몰랐기 때문이다. 편지를 여사로 가져와서 읽어보니 거기엔 성시경의 발라드 가사가 적혀 있었다. 한 번 읽고 서랍에 넣은 뒤 다시는 꺼내지 않았다. 한 번도 겨우 읽은 것이었다. 뭔가가 괴롭게 직감되었다. 연애란 상대방의 구린 언어를 견디는 일이로구나. 물론 나도 성시경의 어떤 노래들을 좋아했지만 그 가사로 내 마음을 대신 전할 정도는 아니었다. 당시 한국 발라드에 걸맞은 사랑을 하려면 고래랑 나 둘 중 한 명이 죽거나 다쳐야 했다. 아니면 유학이라도 가야했다. 어떤 식으로든 거창하게 운명적이거나 비극적이어야 했다.

하지만 우리는 그냥 중학생이었다. 그것도 대안적인 기숙사 학교의 중1이었으며 우리의 교칙 목록에는 '일몰 후 남녀 동행 금지'가 있었다.

몇 주 뒤 나는 일몰 직전에 고래를 산으로 불러서 그만 사귀자고 말했다. 왜 산이었냐면 그냥 산이 몹시 가까이에 있는데다가 거기엔 소문을 만들 애들이 없어서였다. 별 것 도 안 하고 헤어지게 된 고래와 나는 터덜터덜 하산하여 각자의 기숙사로 돌아갔다. 다음날 아침 식당에서는 고래 가 간밤에 조금 울었다는 소문이 돌았다. 어디선가 고래가 씨발 아니거든 하고 반박하는 소리가 들렸다.

해가 진 뒤 기숙사에서는 모두가 묵학을 해야 했다. 침 묵하며 자신의 공부를 하는 시간이었다. 이 시간에 나는 주로 동양고전 과제를 하거나 깨알 같은 일기를 썼는데 이따금씩 창밖에서 변성기 남자의 고함 소리가 들려오곤 했다.

"야! 김민주!"

그럼 김민주뿐 아니라 묵학을 하던 모든 여자애들의 귀가 쫑긋 세워졌다. 다들 헐레벌떡 일어나 창문을 열고 기숙사 마당을 바라보면 훤칠한 중학교 2학년 선배가 결 의에 찬 얼굴로 서 있었다. 대박, 미친, 쩐다, 하며 다들 술 렁거리는 사이 선배는 2층의 김민주에게 외쳤다. "나 너

좋아해! 우리 사귈래?" 김민주가 양손으로 얼굴을 가리는 사이 다른 창문으로 고개를 내민 여자애들은 원숭이 같은 소리로 환호하며 크게 웃었다. 인기가 많은 오빠일 경우 그 순간 웃지 못하는 한두 명도 생겨났다.

물론 이 모든 놀음에 아무 관심 없는 애도 있었다. 멋진 오빠 말고 멋진 언니 때문에 가슴이 욱신거리는 애도 있었다. 멋진 오빠나 언니는 됐고 그저 야식을 못 먹어서 출출한 애도 있었다. 우리는 대부분 누구를 좋아하는 마음에 대해 서툴렀다. 그런 마음을 느끼는 게 아직 첫 번째이거나 두 번째인 시절이었다. 유기농 급식과 천연 샴푸와 들기름 걸레질과 농사 장화와 텃밭과 양계장과 울창한 뒷산에 둘러싸인 채 그 모든 일이 동시다발적으로 벌어졌다.

2019.08.20.

여자 기숙사 (下)

기숙사란 필연적으로 보수적인 시공간이었다. 청소년들을 24시간 내내 사고 없이 책임지기 위해 완고한 교칙으로 돌보고 통제했다. 예외는 잘 두지 않았다. 교칙 하나가 바뀌려면 아주 지난한 논의와 합의를 거쳤다. 그게 공동체 생활이라고 교사들은 말했다.

월요일 밤이면 기숙사 전체 회의가 열렸다. 각자 다른 잠옷을 입고 회의에 참석했다. 서른 명 전원이 모여 앉아야 시작되었다. 한 명이라도 안 오면 그 애가 등장할 때까지 기다렸기 때문에 다들 군인처럼 소집에 민감해졌다. 모두의 따가운 눈총을 받고도 태연할 여중생은 흔치 않았다. 이 학교는 학생들을 꼭 원 모양으로 앉게 했다. 동그랗게 둘러앉은 사람들은 언뜻 평등하고 평화로운 모습처럼 보였다. 투표로 선발된 사생장 언니가 회의를 진행했다. 여러 무리와 두루두루 잘 지내는 사람이 사생장 자리를 꿰차지만 그렇다고 대단한 권력이 생기는 건 아니었다. 옆에는 엄한 표정으로 가부좌를 틀고 앉은 사감 선생님이 계셨다. 그녀의 설명이나 허락 없이는 중대한 결정을 내리지 못했다. 중학생들에게 결정권을 다 내어주면 기숙사가 엉망이 될 게 뻔했다. 물론 어떤 일들은 교사가 껴도 전혀 나아지지 않지만 말이다.

선배들은 신입생들에 대해 불만을 토로했다. 애들이 청소 개념이 없다, 빨래 시간을 잘 지키지 않는다, 샤워를 너무 오래 한다… 선배를 지적할 배짱이 없는 후배들은 교사회를 향해 불만을 토로했다. 간식을 너무 적게 줘서 밤에 잠이 안 온다, 온수와 난방이 제대로 안 돌아간다, 기숙사가 낡아서 벌레가 자주 나온다, 묵학 시간을 한 시간으로 단축해달라… 말하자면 애로사항이 접수되는 자리인 것이다. 분실 물품이 공지되고 도난 사건이 접수되는 곳이기도 했다. 사감 선생님은 모든 이야기를 들은 뒤 수용 가능한 결정들을 적어서 다음날 교사회의에 제출했다.

룸메이트는 한 달에 한 번씩 바뀌었다. 방 배정 제비뽑기를 하는 날이면 여사 전체가 술렁거렸다. 2인실과 3인실과 4인실 중 어느 방을 누구와 쓸지 랜덤으로 정했다. 까탈스러운 민 언니랑 룸메이트가 될 경우 방청소에 관해 긴장을 풀 수 없었다. 윤 언니의 룸메이트는 자신의 MP3를 언니에게 빌려주느라 음악 들을 기회가 없었다. 오 언니의 룸메이트는 원하든 원치 않든 온종일 제이팝을 들어야 했고, 로 언니의 룸메이트는 자기도 모르게 가슴이 설레었다. 동급생 봄이랑 한 방을 쓰면 밤마다 담을 넘어 학교를 탈출한 뒤 야식을 사먹고 온 무용담을 쌓을 수 있었다. 누리와 룸메이트가 되면 주말에 남자 선배들이랑 서울에서 따로 만나는 약속에 함께 낄 확률이 높았다.

누구랑 한 방이 되느냐에 따라 이 우정 사회에서의 지위가 확확 바뀌었다. 한 달간의 삶의 질이 결정되는 제비뽑기라 어떤 애는 눈을 질끈 감고 제비를 뽑았고 어떤 애는 기도를 한 뒤 제비를 뽑았다. 뽑기 결과에 따라 사감 선생님이 칠판에 방배정표를 써나갔다. 각 방별로 이름이 채워질 때마다 희비가 교차했다. 좋아하는 사람끼리 모인 애들은 기쁨을 감추지 않았다. 실망한 애들은 짐짓 담담한 척해도 표정에 다 드러났다. 나는 다람쥐랑 한 방을 쓰고 싶었지만 그런 행운은 잘 일어나지 않았다.

같은 방이 되었을 때 유독 조용해지는 두 개의 이름이 있었다. 임과 준이었다. 그들에겐 단짝이 없었다. 회의 때에도 아무 말 하지 않는 두 사람이었다. 임과 준은 말이 어눌하고 몸짓이 굼떴으며 언제나 주눅 든 모습이었다. 그들이 장애인이라는 걸 입학식 때부터 다들 알아챘다. 이 학교에는 장애인 특별 전형이라는 게 있어서 학년마다 두세 명의 장애인을 꼭 함께 입학시켰다. 장애인 학생과 비장애인 학생이 서로를 배우고 우정을 만들어가기를 장려하는 제도였다. 하지만 청소년은 뒤쳐지는 사람을 본능적으로 알아본 뒤 피하거나 놀리는 존재들이기도 했다. 임과 준의 장애를 정확히 아는 애는 아무도 없었다. 어떤 종류의 발달장애라는 소문만 돌았다. 대부분의 아이들은 장애에 무지한 채 살아왔어도 아무 불편함이 없었다. 사지는 멀쩡해 보이는데 어딘가 이상하고 답답한 임과 준에 대해서는 짜증을 내면 그만이었다.

기숙사에는 수많은 교칙이 있었으나, 어떤 교칙도 장애인과 친구가 되라고 강요할 수는 없었다.

그리하여 임과 준은 속수무책으로 아웃사이더가 되었다. 그렇다고 둘이 친해지지는 않았다. 임은 어깨를 구부정하게 수그린 채 교실 왼쪽 구석에 앉았고 준은 입가에 말라붙은 침을 닦으며 오른쪽 구석에 앉았다. 남자애들은 임의 음침함과 준의 마른 침을 허구한 날 놀려댔다. 그들은 똥이나 방귀라는 말만 들어도 자지러지게 웃는 아기들

처럼 장애라는 말에 반응했다. 그곳의 중학생들에게 장애
란 참을 수 없이 이상하고 웃긴 무엇이었다. 남자애들은
누군가 이상한 행동을 하면 "야, 이 장애야!"라고 외쳤다.
남자 기숙사에도 왕이라는 이름의 장애인이 있었다. 왕
은 1호선 지하철 노선도를 처음부터 끝까지 암송하고 다
녔다. 청량리, 제기동, 신설동, 동묘앞, 동대문, 종로5가…
그럼 교실의 있는 모두가 웃었다. 나 역시 그게 웃겼는데
어쩐지 웃으면 안 될 것 같아서 입을 꾹 다무는 답답한 모
범생이었다. 임과 준은 지하철 노선도 같은 걸 낭송하지는
않았고 그냥 조용히 지냈다. 여자애들은 임과 준을 대놓고
놀리지 않았지만 웬만해선 가까이 가지도 않았다.

　　나는 다람쥐와 샤워를 하고 고래 같은 남자애랑 사귀
다 말고 거북바위에서 다이빙을 하고 일기를 열심히 쓰고
선생님들 말을 잘 들으며 학교에 적응해갔다. 어느 날부터
임과 준은 나에게 다가와 말을 걸기 시작했다. 더듬거리
는 말투로 숙제에 대해 묻거나 간식을 미리 가져다주거나
옷이 예쁘다는 칭찬을 했다. 나는 숙제를 알려주고 간식
을 고맙게 받고 어디서 산 옷인지 말해주었다. 임과 준은
직감했을지 모른다. 이슬아는 자신을 거절하지 않을 거라
고. 적어도 노골적으로 상처주지는 않을 거라고. 서로에게
서 그런 기류를 알아채는 것 역시 인간의 본능 중 하나다.

그들의 직감은 맞았다. 나는 친절이 익숙했으며 임과 준을 무시할 배짱이 없었다.

임은 내 방에 자주 놀러왔다. 임의 룸메이트들이 자기 끼리 할 얘기가 있다며 잠시 나가있으라고 말했기 때문이 다. 노크도 안 하고 불쑥 들어올 만큼 막역한 다람쥐와는 달리 임은 언제나 공손하게 내 방 문을 똑똑똑 세 번 두드 렸다. "슬아야. 들어가도 돼?" 나는 책상에 앉은 채 그러 라고 말했다. 임은 낡은 기숙사 벽에 기대앉아 내 뒷모습 을 보며 이런저런 얘길 꺼냈다. 누가 자기를 어떻게 놀렸 는지, 선생님이 자신을 어떤 식으로 답답하게 여겼는지 하 소연했다. 나는 "그랬구나" 하고 잠자코 들었다. 몇 가지 조언을 덧붙이기도 했다. 그러면 임은 더듬거리며 고맙다 고 말했다. 재미없는 이야기를 들어줘서 고맙다고. 나는 분명 친절했지만 그 친절은 관대한 상사 같은 친절이었다. 권위를 쥔 친절이자 상대를 내려다보는 친절 말이다.

내 방에 자주 드나드는 임을 발견하자 준도 질세라 나 를 찾아왔다. 준의 룸메이트들 역시 그에게 나가있으라 고 말했을 게 분명했다. 준이 노크를 하면 먼저 와 있던 임 은 싫은 티를 팍팍 냈다. 하지만 준으로서도 비빌 방이라 곤 내 방뿐이라 물러설 수 없는 듯했다. 둘은 서로를 싫어 하는 채로 내 방에 어색하게 모인 뒤 번갈아가며 하소연을 했다. 하루 종일 듣는 놀림에 대해서 말이다. 오래된 기숙사 전등 아래에서 나는 여자 장애인 중학생이 듣는 웬만한 멸칭을 죄다 알게 되었다. 그건 정말이지 나쁜 말인 것 같았다. 그래도 내가 나서서 뭐라고 할 수는 없었다. 임과 준을 놀리는 애들과도 잘 지내야했기 때문이다. 그 사이에서 도태되지 않으려고 자리싸움을 하는 중이기도 했다.

잔반 당번이 되는 점심에는 어김없이 수레를 끌고 양계장에 갔다. 닭들 사이에 음식물쓰레기를 던져놓으면 힘이 센 애들이 좋은 자리를 차지하고 먹었다. 처음엔 몰랐는데 자꾸 보다보니 제대로 못 먹는 닭들이 꼭 있었다. 개네들은 구석을 맴돌다가 보잘 것 없는 채소 껍질만 겨우 주워 먹었다. 인간이나 닭들이나 왜 굳이 무리를 이루고 사는 건지 궁금했다. 함께 지내는 건 이렇게 힘든데.

나에 대한 임과 준의 애정은 날이 갈수록 깊어져서 급기야 둘은 나를 두고 경쟁을 하기에 이르렀다. 경쟁의 장르는 편지가 된 것 같았다. 둘은 하루도 안 빼먹고 내게 편지를 써줬다. 교실에서도 주고 복도에서도 주고 운동장에서도 줬다. 둘에게서 도착한 편지들이 내 방 서랍에 쌓여갔다. 유치원생이 쓴 듯한 글씨와 앞뒤가 맞지 않는 문장은 비슷했지만 편지의 분위기는 서로 판이했다. 임이 준에 비해 훨씬 우울했다. 스스로의 모습이 너무 싫다고 썼다.

그래도 노력 중이라고 했다. 자기가 자기여서 너무 고단해 보였다. 한편 준은 그보다 훨씬 명랑한 문장을 썼다. 슬아 네가 너무 좋다고 오늘 하루도 파이팅이라고 말했다. 준은 임보다 덜 불행해보였다. 행복도 불행도 언어와 함께 실체를 획득했다. 인간은 불행의 디테일을 설명할 수 있을 때 비로소 정확히 불행해지는 존재 같았다.

편지 공세가 계속되던 어느 날이었다. 모두가 모인 교실이었는데 그날따라 임과 준이 각각 다른 방향에서 내 책상에 동시에 찾아와 편지를 내밀었다. 그 모습을 본 한 여자애가 웃음을 터뜨리며 말했다.

"쟤네들 좀 봐."

그러자 모두가 우리 셋을 보았다. 옆에 있던 애가 말했다.

"이슬아랑 임이랑 준이랑 절친 됐네."

다들 크게 웃었다.

나는 수치심으로 얼굴이 뜨거워졌다. 그들이 말한 절친은 우스꽝스러운 의미였다. 내가 부끄러워하는 순간 더욱 손쓸 수 없이 초라해지는 그런 말이었다. 배꼽을 잡고 웃는 애들 중에는 내가 더 친해지고 싶어 하는 친구도 있었다. 곤란해하는 나를 보고 임과 준은 서둘러 자기 자리로 돌아갔다.

그날 저녁 내 방에 찾아온 임과 준에게 나는 물었다.

"혹시 앞으로는 편지를 나랑 있을 때만 줄 수 있어?"

둘은 고개를 끄덕였다. 나는 궁색하게 덧붙였다.

"꼭 애들이 보는 곳에서 줄 필요는 없는 것 같아."

그 후로 둘은 정말 조용히 편지를 주었다. 나를 꾸준히 좋아하되 눈에 띄는 친구가 되지 않도록 주의했다.

기숙사에서 애들이 안 보는 틈을 타 몰래 편지를 건넸을 임과 준의 모습을 지금도 생각한다. 편지를 부디 조용히 달라고 요구하는 열네 살의 내 모습도 뒤따라 반복 재생된다. 그런 일은 자꾸만 기억이 난다. 어떤 부끄러운 짓은 다른 누구도 아닌 나에게 치명적인 상처를 남긴다.

지금의 나라면 결코 그렇게 하지 않을 것이다. 이제는 임과 준을 내 절친이라고 놀려도 수치스러워하지 않을 자신이 있다. 내가 좋아하는 친구들과의 만남에 임과 준을 함께 데려갈 것이다. 하지만 15년 전에는 그렇게 할 수 없었다.

아이들 전체가 임과 준을 따돌리는 문제가 심각해지자 교사들이 학생들을 모아놓고 회유하는 자리를 만들었다. 어떤 교사는 임과 준의 이름을 정확히 지칭하는 대신 '약한 친구'라고 에둘러 말했다. 약한 친구들에게 폭력적인 말을 하면 안 된다고 가르쳤다.

나는 약하다는 말에 약했다. 이제는 안다. 약하다는 말은 강하다는 말 만큼이나 소중히 내뱉어야 한다는 걸 말이다. 다시 15년 전으로 돌아간다면 미간을 찡그리며 선생님께 물을 것이다. 왜 약한 친구라고 말하느냐고. 임과 준을 계속 초라한 자리에 두는 게 더 무례하다고. 하지만 교사들도 당시엔 15년만큼 어렸다. 그들은 생명과 평화와 공동체의 가치를 섬기고 생활한복을 입었지만 장애인 친구를 둔 경험은 없는 듯했다. 장애에 무지한 건 나나 교사들이나 마찬가지였다.

또 다른 교사는 나를 교무실로 따로 불러 다정하게 말했다. 임과 준을 챙겨줘서 고맙다고. 너는 이 공동체의 허브 같은 존재라고. 그 말은 하나도 기쁘지 않았다. 임과 준에게 나밖에 없다는 느낌이 무겁고 두려웠다. 교사들도 진입해본 적 없는 우정이 아닌가. 나의 중학시절은 그 우정을 배우다가 나가떨어지는 과정이었다. 혼자서는 어떻게도 해볼 수 없다고 누구라도 붙잡고 호소하고 싶었다.

임은 2년 만에 학교를 그만두었다. 학교를 다녔다기보다는 견뎠다고 말해야 할 것 같았다. 내가 임이라면 2년도 못 버텼을 것이다. 나는 임을 무시하고 조롱한 친구들이 미웠다. 하지만 임이 학교를 그만둔 건 아무래도 내 탓 같았다. 나는 임을 기대하게 한 사람이었다. 그런 사람만이 아주 아픈 외로움을 줄 수도 있었다.

하루는 임의 엄마로부터 전화가 걸려 와서 병원에 찾아간 적이 있다. 잘 모르는 구간의 지하철을 타고 멀리 떨어진 동네까지 갔다. 깜깜한 병원에서 임은 휠체어를 탄 채 나를 맞이했다. 와줘서 고맙다고 더듬거리며 말했다. 학교 밖에서 임을 단둘이 만나니까 마음이 조금 편했다. 절친이라고 놀릴 애들이 없어서 나는 처음으로 마음 놓고 임을 껴안아보았다. 걔의 몸이 너무 마르고 뻣뻣해서 나도 모르게 눈물이 났다. 이렇게 초라하지 말라고 말하고 싶었다. 나빠도 되니까 초라하지만 말라고.

임이 사라져도 기숙사 회의는 전과 같았다. 임은 목소리를 내지 않는 사람이었으니까. 임과 달리 준은 무던하게 학교를 계속 다녔다. 우리는 여전히 유기농 급식을 먹고 농사를 짓고 학교에 불만을 말하고 방 배정에 기뻐하고 실망하며 무럭무럭 자랐다. 나는 연민 없이 다른 친구들과 우정을 쌓아나갔다. 어떤 오빠에게 금세 반해서 몸살을 앓기도 했다. 친구들 한 명 한 명에 대한 에세이를 써서 책으로 엮기도 했다. 비장애인 학생들도 온갖 이유로 슬프고 불행했다. 기숙사를 벗어나는 마지막 날까지 다들 최선을 다해 우정에 임하며 십 대를 보냈을 것이다.

훗날 대학생이 되었을 때 나는 안도했다. 혼자 다녀도

괜찮아서. 대학은 혼자 밥을 먹고 수업을 듣고 교정을 걷고 도서관에 가는 이들을 딱히 동정하지 않는 곳이었다. 무리 속에 속하지 않아도 조바심이 들지 않았다. 나는 최대한 멀리 달아나고 싶었다. 여자 기숙사로부터. 공동체 생활로부터. 나만을 친구로 삼은 장애인 친구로부터. 모범생 콤플렉스로부터. 대안 교육으로부터. 꽤 멀리 도망쳤다고 생각했다.

그런데 글쓰기 교사가 되어 십 대들을 만나다가 이따금씩 가슴이 너무 아파서 놀란다. 그들의 졸업식을 구경하는 날엔 난데없는 눈물이 펑펑 쏟아지기도 한다. 그럴 때면 커튼 뒤에 숨어서 부끄럽고 비겁한 나의 청소년기를 기억한다. 스물여덟 살에 목격하는 열여덟 살은 너무 생생하여 꼭 어제 일인 것만 같다.

2019.08.21.

숙 선생님과 나

자다 일어난 머리를 수습하지 않은 여자가 영어선생님으로 부임했다. 중학생 때의 일이다. 부스스한 그의 머리는 멀리서 보면 회색으로 보였고 가까이서 보면 흰머리와 검은머리가 번갈아 나있었다. 폭풍 뒤 억새풀마냥 이리저리 누운 그 머리칼들. 물 조금 묻혀서 한 번이라도 빗으면 그나마 깔끔해질 텐데, 그 한 번의 빗질을 안 한 채로 교정에 들어서는 선생님이었다. 용모단정 같은 건 안중에도 없는 듯했다. 그의 행색에서는 여성적이라고 합의되던 어떤 꾸밈도 찾기 어려웠다. 이부자리를 벗어나자마자 곧바로 교무실로 직행한 듯한 날도 잦았다. 그렇다고 졸려 보인 것은 아니다. 어떤 과정을 아무렇지도 않게 생략하고 출근했을 뿐이다. 이제와 생각해보니 앞서가는 자다.

　그는 숙쌤이라고 불렸다. 이름이 '숙'자로 끝났기 때문이다. 남자애들은 그를 두고 숙 할머니라고 놀렸다. 숙쌤은 58년 개띠였고 우리 학교에서 교장 선생님 다다음으로 나이가 많았다. 목소리는 아주 걸걸했고 꼭 호통 치듯 말했다. 하지만 분노가 느껴지지는 않았다. 원래 말투가 그런 거였다. 학생들은 그가 입만 열면 웃었다. 뭐가 웃긴지 정확히 말할 수는 없었으나 호통 같은 음성이 들려올 때마다 참지 못하고 계속 웃었다. 숙쌤은 미간을 찌푸리고 "리슨, 리슨!"하며 막 소리치다가 금세 자기도 따라 웃었다.

　우리는 숙쌤이 어디서 뭐하다 온 사람인지 궁금했다. 교대랄지, 사범대랄지, 임용교시랄지 그런 정규 코스를 거치지 않은 사람도 대안학교에서는 교사가 될 수 있었다. 대안교육과 청소년에 대해 꿈과 희망과 야심을 품고 오는 선생님도 있는 반면, 마지막 선택지로 떠밀린 사람처럼 이곳에 오는 선생님도 있었다. 숙쌤이 이 학교의 영어교사가 되기 전까지 오십 년간 어떻게 살아왔는지는 쭉 미스터리였다. 다만 아주 파란만장했을 거라고 짐작할 뿐이었다. 그는 농담과 상소리를 언제든지 툭툭 내뱉었다. 쉬는 시간 이후에는 담배 냄새를 풍기며 교실에 들어왔다.

　수업에서 숙쌤은 동사의 3단 변화를 가르쳤다. 그는

칠판에 이렇게 썼다.

get - got - gotten

그러고서 외쳤다.

"자, 겟! 갓! 가튼! 따라해! 무조건 외워!"

학생들은 심드렁하게 따라했다.

"겟…갓…가튼…"

그러자 숙쌤은 이렇게 덧붙였다.

"외우기 힘들면 이렇게 외워! 겟, 갓, 가튼! 개가튼!
개같은! 개-같은!"

침을 칵 퉤에 하고 뱉는대도 이상하지 않을 만한 말
투였다. 우리는 선생님이 어쩌다 한 번씩 욕을 하면 너
무 좋아하는 청소년들이었고 신나게 웃으며 'get - got -
gotten(개같은)'을 노트에 적었다.

시간이 흘러 2009년, 숙쌤과 우리는 다 같이 해외이동
수업을 가게 되었다. 우리들이 십 대 후반이고 숙쌤이 오
십대 중반일 무렵이었다. 두 달간 인도와 네팔을 배낭여행
하는 코스였는데 그 생경한 여행을 나는 대체로 까먹고 지
낸다. 인도 여행자들이 써서 올리는 낭만이나 긍정이나 불
평으로 도배된 여행기들도 질색이다. 가본 적도 상관도 없
는 땅처럼 느끼다가 문득 기억해내는 것이다. 나 역시 거
기에 다녀왔던 것을 말이다. 인도 여행자들이 흔히 쓸 법

한 글도 일기장에 썼을 것이다. 맥그로드 간즈에서 티베트 남자애를 만나 급한 사랑에 빠진 일화와 타지마할에서 성추행을 당했던 일화와 인도와 네팔의 국경지대에 관한 묘사가 그 안에 담겨있을 테고, 길거리를 나뒹구는 똥과 오물은 여행의 중반부부터 기록하지 않았을 것이다. 디폴트인 것에 대해서는 굳이 쓸 필요가 없으니까.

숙쌤은 그 여행이 좋았을까? 잘 모르겠다. 번거로웠을 것만은 분명하다. 열다섯 명의 청소년들을 겨우 두 명의 교사가 인솔하는 배낭여행이라니. 내가 선생님이라면 부담스러워서 못했을 일이다. 어쨌거나 숙쌤은 우리의 지도교사로 함께 여행길에 올랐다. 통역을 담당하기도 했다. 역시나 미간을 찌푸린 채 말하는 공격적인 회화였다. 숙쌤이 현지인과 영어 대화를 나눌 때면 우리 중 누군가가 슬쩍 옆에 가서 화 내지 말라고 말리곤 했다. 그럼 숙쌤은 "나 화 안냈어!" 하고 목을 가다듬으며 살짝 뒤로 물러섰다. 의외로 잘 안 우겼고, 의견을 곧바로 정정했다.

그때 숙쌤의 헤어스타일은 스포츠머리였다. 그렇게나 짧게 깎은 여자를 본 건 우리들 인생에서 숙쌤이 처음이었다. 머리가 짧아지니 그의 작고 까무잡잡한 얼굴이 훤히 드러났다. 흰머리도 주름도 기미도 사마귀도 뻐드렁니도 표정도 훨씬 잘 보였다. 남자애들은 숙쌤이 얼마나 못생겼는지 말하며 웃었는데 숙쌤은 "저놈 시끼들…" 하며 욕지꺼리를 내뱉으며 자기 배낭을 지고 걸었다.

히말라야 산장에서 내가 샤워를 하고 나온 저녁이었다. 깊은 산중이라 따뜻한 물이 안 나와서 오들오들 떨며 샤워를 했다. 그러다 옷을 입고 따뜻한 부엌에 다가가자 입술에 피가 돌았다. 난롯가에서 불을 쬐던 숙쌤이 내 입술을 보고 말했다.

"쟤. 은근 색기 있네."

어떤 남자애가 물었다. "색기가 뭐예요?"

숙쌤이 대답했다. "섹시하다는 거지 뭐."

난 그 말이 싫은 건지 좋은 건지 헷갈렸다. 선생님한테 들으니까 기분이 이상해서 일기장에도 적어놓았다.

'오늘 산장에서 숙쌤이 나한테 색기 있다고 했다.'

다시 생각해보니 그 문장에는 약간의 뿌듯함이 담겨 있다.

하루는 말도 안 되게 더러운 기차를 48시간 동안 타고 이동 중이었다. 암모니아 냄새가 진동하는 기차였다. 복도 구석에는 튀김가루와 바퀴벌레와 똥과 오줌이 꼭 있었다. 그 와중에도 코를 골며 숙면을 취하는 사람들이 많았고, 나는 어쩌다 숙쌤의 옆 자리에 앉아 가이드북을 읽었다. 창밖으로 북인도의 들과 소와 움집의 풍경이 속절없이 지나가고 있었다. 창틀에 기댄 숙쌤이 나에게 대뜸 이렇게 말했다.

"너무 모범적이려고 하지 마~"

호통 치지 않을 때의 숙쌤은 말끝을 장난스럽게 늘리곤 했다. 열여덟 살의 내가 쉰 중반의 숙쌤에게 되물었다.

"제가 그래 보여요?"

"응, 엄청~"

그가 망설임 없이 엄청이라고 해서 나는 살짝 분했다. 숙쌤이 덧붙였다.

"대안학교 학생으로서 너무 충실하게 지내잖아~ 대안교육의 모범적인 학생~ 그런 거 촌스러워~ 착한애 콤플렉스도~"

촌스럽다는 말이 나의 자존심을 푹 찔렀다. 집도 학교도 시골에 있어서 나는 도시적이고 쿨한 것을 동경하며 지냈기 때문이다. 게다가 숙쌤처럼 위선 없는 사람의 눈에 그간 나의 위선이 얼마나 빤히 보였을지 생각하니까 수치스럽고 분했다. 나도 숙쌤에게 부끄러움을 주고 싶었다.

'당신 얼굴 진짜 이상하고 머리도 엉망이고 뻐드렁니도 최악이고 더 촌스러워요!'

하지만 정말로 대안학교의 모범생이어서 그런 말은 죽었다 깨어나도 못 했다. 기차에서는 여전히 지린내가 진동

했고 나는 나 자신과 숙쌤을 번갈아 미워하며 기차에 실려 갔다. 숙쌤은 다른 선생님들이 하던 방식으로 나를 칭찬하거나 비판하지 않았다. 무엇이 그의 마음에 들거나 안 드는지를 종잡을 수가 없었다. 분명한 건 그가 나를 지루해했다는 거다. 그 사실이 너무 싫었던 나머지, 나는 대안학교 출신으로 안 보이려고 무진장 애쓰며 이십 대 초반을 보내게 된다.

어쨌거나 내가 아직 십 대였을 무렵엔 따분한 자리에서 하품을 하며 고개를 돌려보면 숙쌤은 이미 그곳을 떠나고 없었다. 지루한 예배와 길어지는 회의와 끝이 안 보이는 연설. 그런 걸 끝까지 듣고 앉아 있는 사람이 아니었다. 학생들 중 누군가가 말했다.

"숙쌤 또 쨌다."

쨌고 어디에 가서 뭘 하는 것일까? 담배를 피우려나. 뒷짐을 지고 걸으려나. 학교 간식으로 나온 가래떡을 주섬주섬 챙겨 먹으려나. 비슷한 이유로 예배를 쨌고 나온 애한테 농담을 걸려나. 혹은 안경을 머리 위로 올려 쓰고 핸드폰을 최대한 멀리 든 채로 글자를 알아보기 위해 인상을 찡그리려나. 답장 메시지를 느릿느릿 적어가려나. 나는 그런 걸 궁금해하면서도 끝까지 자리에 앉아 있는 학생이었다.

지루하기만 하면 금세 사라져버리던 숙쌤의 뒷모습이 며칠 전 숙쌤의 49재에서 기억나버렸다. 49재는 경상북도 상주시의 작은 절에서 진행됐다. 멀리서 치르는 식이라 많은 이들이 오지는 못했다. 숙쌤은 조촐한 장례를 원했을 것이다. 그를 못생긴 할머니라고 놀리던 남자애들 중 두 명이 올 블랙 차림으로 멋을 내고 왔다. 그 애들이 나만큼이나 숙쌤을 좋아했다는 걸 숙쌤도 분명 알았을 것이다. 숙쌤과 각별한 사이였던 여자애들도 주말 하루를 내어 서울에서 상주까지 내려왔다. 몇몇 학부모와 동료 교사도 왔지만 많은 숫자는 아니었다. 이른 아침부터 긴 시간 차를 타고 오느라 다들 얼굴이 노래져 있었다. 절을 둘러싼 공기가 맑아서 금방 숨통이 트이기도 했다. 앞산과 옆산과 뒷산에 벚꽃이 만발했다.

모두가 두꺼운 방석에 앉고 스님이 들어오면서 49재가 시작되었다. 절에서 하는 장례 의식이 다들 익숙지 않아서 언제 끝날지 아무도 짐작을 못했다. 누군가가 두 시간쯤 걸릴 거라고 넌지시 알려주어서 나머지가 조금 놀랐다. 두 시간 씩이나…? 하고 웅성거렸다.

그의 예상은 보기 좋게 빗나갔다. 숙쌤의 49재 예불은 장장 네 시간동안 진행되었던 것이다. 말하자면 감독판 49재이자 무삭제판 49재였다. 예불을 진행하신 스님은 49재라는 장르에 있어서 거의 인간문화재였다. 두 시간짜리 콘서트를 게스트도 없이 힘차게 소화하는 이문세보다도 대단한 사람이었다. 네 시간 동안 끊임없이 리듬을 타며 불경을 외웠다.

첫 30분 동안에는 여기저기서 울음소리가 들려왔다. 숙쌤에 대한 각자 다른 기억을 되살리며 소매로 눈물을 닦았다. 그러다 한 시간이 넘어가자 우는 사람은 없고 하나 둘 허리를 두드리기 시작했다. 바닥에 앉아 있는 것이 슬슬 힘들어진 것이다. 하지만 스님의 불경 소리는 끝날 기미가 보이지 않았다. 중간에 일어나 절을 몇 번 하고 나무아미타불이라고 맞장구를 쳐봐도 시간은 느리게 흘렀다. 아무리 경건한 마음으로 찾아온 사람도 허리와 다리 통증으로부터 자유롭지 않았다.

두 시간째에 나는 저린 다리를 주무르다가 헛웃음이 나왔다. 이 장례식을 가장 먼저 박차고 일어날 사람은 바로 숙쌤이었기 때문이다.

예전 인도 여행 중에 우리는 운 좋게도 달라이 라마를 영접한 적이 있다. 맥그로드 간즈에 머물 때 마침 달라이 라마도 그곳에 온 거다. 소식을 들은 마을 사람들과 여행자들 모두 사원에 모여 달라이 라마가 등장하기를 기다렸다. 멀리서라도 그 얼굴의 빛을 보기를, 눈을 찰나라도 마주치기를 바라면서 말이다. 마침내 그는 정말로 등장했고 사원의 중심에 앉아 알 수 없는 언어로 긴 연설을 시작했다. 그게 무슨 말인지 몰랐지만 달라이 라마여서 다들 꾹 참고 들으며 자리를 지켰다. 그런데 뒤를 돌아보니 숙쌤은 어디론가 사라지고 없었다. 또 토긴 것이다.

달라이 라마 연설도 째던 사람이 이 49재를 끝까지 견딜 리가 없었다. 그렇다면 도대체 숙쌤의 장례는 어째서 이렇게나 긴가. 결론은 하나였다. 이렇게 길 줄은, 숙쌤도 몰랐던 것이다. 부조금을 안 받고 싶고 조촐하고 싶고 불교 신자이기도 해서 선택했을 텐데, 돌아가셨으니 이제 뭐 어쩔 수도 없다. 남은 사람들은 울지도 웃지도 않으며 불편한 바닥에서 가부좌를 틀고 앉아 시간이 빨리 가기를 견뎠다. 네 시간은 너무 길어서 숙쌤과의 일들을 죄다 회상하고도 남았다. 기억이 제멋대로 밀려왔다.

과거의 어느 날 나는 조랑말 위에 실려 있다. 말은 나를 태우고 산길을 내려가는 중이다. 앞이 잘 보이지 않는다. 그곳은 해발 3500m 지점의 히말라야 산맥인데 나는 등산 중에 고산병을 앓고 있다. 숨이 잘 쉬어지지 않고, 급기야 눈도 잘 안 보여서 선생님들은 나를 내려 보내기로 한다. 이러다 슬아가 큰일 날 것 같다고, 당장 낮은 지대로 내려 보내자고 합의한다. 내가 상태가 안 좋아 걷지를 못하자 숙쌤은 세르파에게 조랑말 한 마리를 구해오라고 한다. 그리고 내가 그 말 위에 실린다. 말 등에 엎드리자 말 냄새가 코에 훅 들어오고 말 털이 볼을 간지럽힌다. 드문드문 앞을 보자 말목 너머로 키 작은 늙은 여자가 걸어가고 있다. 숙쌤이다. 나머지 학생들과 선생님은 목표지점까지 등반을 완수할 테고, 환자가 된 나를 데리고 하산하는 건 숙쌤의 몫이 된 거다. 숙쌤의 굽은 등을 보며 나는 생각한다. 말에 타야할 건 저 여자 아닌가? 하지만 이내 숨이 잘 안 쉬어진다. 다시 눈이 감긴다.

또 다른 날에 나는 남인도의 한 병원에 누워있다. 옆에서는 숙쌤이 왔다 갔다 한다. 내 이마를 짚어 열을 재고, 접수처의 간호사에게 뭔가를 따져 묻는다. 산에서 내려온 지 며칠 지났는데도 내 상태가 갈수록 안 좋아져서다. 고열과 설사와 구토가 계속된다. 고산병 말고 다른 문제가 있는 게 분명한데 별 검사를 다 해봐도 원인을 모르는 채다. "인도가 의학 강국이라고 누가 그랬어. 이놈의 나라 정말 답답하네!" 숙쌤이 혼자 투덜댄다. 초조해 보인다. 내가 고열 속에서 잠깐 눈을 감았다 뜨면 담배 냄새를 풍기는 숙쌤이 옆에 와 있다. 나는 숙쌤에게 소곤댄다.

"쌤."

"왜? 뭐 필요해?"

"아뇨. 그게 아니라…"

"응? 뭐?"

"아프니까… 냄새를 잘 못 견디겠어요. 쌤 담배 냄새 맡으니까 토할 것 같아요."

그러다 나는 진짜로 토를 한다. 숙쌤이 토를 치운다. 그리하여 숙쌤은 몇 시간이나 담배를 참는다. 하지만 숙쌤에게서는 여전히 강한 체취가 난다. 그건 내가 익히 아는 할머니들의 냄새다. 앓는 와중에도 나는 궁금해진다. 혹시 오십 살이 넘으면 다들 할머니 냄새를 풍기는 건가. 아님 그냥 숙쌤이 그런 건가.

또 어느 날, 나는 어느새 한국에 있다. 아산병원이다. 인도에서 귀국하자마자 검사를 해보니 나의 병명은 장티푸스다. 한국에서는 80년대 이후에는 거의 발생하지 않은 병인데 인도에서 균을 얻어온 거다. 전염병이기 때문에 나는 격리된다. 나와 함께 인도 여행을 했던 친구들은 모두 보건소에 소환되어 면봉으로 항문을 쑤셔서 장티푸스 검사를 받게 된다. 숙쌤도 예외는 아니다. 그는 병문안을 와서 우리 엄마 복희에게 말한다. 인도에서 얼마나 고난이었는지 모른다고, 자기도 애쓴다고 애썼는데 애를 이렇게 아픈 채로 데려와서 미안하다고 한다. 복희는 아니라고, 괜찮다고, 애써주셔서 고맙다고 한다. 그런 얘기를 들으며 나는 다시 고열 속에서 잠에 든다.

또 어떤 과거에서는 복희와 숙쌤이 술을 마신다. 둘이 이런저런 얘기를 한다. 그러다 숙쌤은 복희에게 담배를 권한다. 건네받고 한 모금 피운 복희가 쿨럭쿨럭 기침을 했던가, 안 했던가. 아무튼 숙쌤은 비흡연자 학부모에게 담배를 권하며 어떤 밤을 보내고 있다.

고등학교를 졸업할 무렵의 어떤 겨울날에는 숙쌤의 친구라는 사람을 만난다. 마음공부를 하는 사람이라는데, 우리가 보기엔 그저 수상하게 생긴 대머리 중년 남자다. 그는 학생들에게 땅에서 붕 뜬 이야기만을 한참 늘어놓는다. 숙쌤이랑 다른 종류로 이상하지만 어쨌든 이상하다는 건 매한가지다. 쉬는 시간에 나는 숙쌤한테 묻는다.

"쌤. 저 아저씨랑 사귀는 거예요?"

그는 아무렇지 않게 대답한다.

"아냐~ 나 따먹은 놈은 따로 있어."

"숙쌤을 따먹었다고요?"

"아닌가? 내가 그 형을 따먹은 건가~"

그는 호호~ 하며 멀어져간다.

숙쌤의 소식이 풍문으로 들려온다. 내가 대학생이던 시절이다. 학교를 그만뒀다는 소문. 절에 드나든다는 소문. 혼자 여행을 갔다는 소문. 문재인 대통령의 당선이 확정되던 날 광화문에서 풍물패 중 한 명으로 공연을 했다는 소문. 마음공부를 하러 돌아다닌다는 소문. 판소리를 배워 창을 한다는 소문. 모두 숙쌤이라면 그랬을 법한 일들이다.

시간이 많이 흐른 어느 날 나는 복희와 함께 병원에 있다. 앞에는 환자복을 입은 숙쌤이 보인다. 길고 심한 고통으로 숙쌤의 몸은 쪼그라들어있다. 그 몸을 보고 우리는 울음을 참느라 혼난다. 숙쌤은 웃으며 말한다.

"백 세 시대는 뭔 백 세 시대야! 암이 이렇게 흔한데~ 난 얼마 안 남은 것 같애~"

복희는 아니라고, 어서 나아서 연애도 하고 그래야지 무슨 소리냐고 글썽이며 말한다. 숙쌤은 연애를 굳이 뭘 또 하냐며 심드렁해한다.

그리고 다시 2019년의 상주다. 나는 꿈같은 기억 속에서 졸다가 깼다. 옆 친구들의 얼굴도 나처럼 때꾼하다.

해우소 옆에서 몇 가지 종이를 태우는 것으로 장장 네 시간짜리 장례가 끝이 났다. 사람들은 모두 어마어마한 장례였다고 혀를 내두르며 스트레칭을 했다. 모두가 허리를 두드리고 기지개를 펴며 끝나는 장례였다. 숙쌤은 우리들에게 이렇게 말할 것 같았다.

"아이구! 미안합니다! 미안해! 나도 이렇게 길 줄 몰랐어~ 진짜 몰랐다니까! 어여 가! 어서 집에 가서 발 뻗고 자~"

아마도 그게 예순 한 살에 죽은 숙쌤의 마지막 대사일 듯했다. 우리는 이 장례의 장르를 코미디로 기억할 것이다. 스물여덟 살의 나와 쉰세 살의 복희는 저 멀리 산에 핀 꽃나무들을 바라보며 고속도로를 달려 서울로 돌아왔다. 다음 날 복희는 허리몸살이 났다. 내 허리는 뜀박질을 한 판 하고 왔더니 괜찮았다. 어쨌든 우리 모두 숙쌤의 나이를 향해 쉬지 않고 가는 중이었다.

2019.04.23.

양의 있음과 없음

폴란드 시인 쉼보르스카의 말을 빌리자면, 나는 사랑하지 않는 사람들에게 많은 빚을 지며 살아간다. 좋아하기는 하지만 섹슈얼하게 사랑하지는 않는 사람. 사랑을 이유로 독점하고 싶은 욕망이 생기지는 않는 사람. 쉼보르스카는 이들에 대해 아래와 같이 썼다. 친구라는 단어는 어디에도 없지만 나는 이것이 무엇보다도 친구에 관한 시라고 느꼈다.

그들이 다른 누군가와 더 가깝다는 사실을 인정하며
안도를 느낀다. (…)

그것은 사랑이 가져다줄 수도

빼앗아갈 수도 없는 소중한 것이다.

나는 창문과 대문을 서성이며

그들을 기다리지 않아도 된다.

마치 해시계처럼

무한한 인내심으로

항상 너그럽게 그들을 이해한다.

사랑이 결코 이해 못하는 것을.

언제나 관대하게 용서한다.

사랑이 결코 용서 못하는 것을.

첫 만남부터 편지를 주고받을 때까지

영원의 시간이 필요한 것도 아니고,

단지 며칠이나 몇 주일만 기다리면 된다.

그들과 함께하는 여행은 언제나 성공적이다.

음악회에 가도 끝까지 집중할 수 있고,

대성당을 구경할 때도 속속들이 살펴볼 수 있다.

주위의 모든 풍경도 또렷하게 잘 보인다. (…)

만일 내가 삼차원의 세계에서 살고 있다면,

서정적이지도 수사적이지도 않은 공간에서

움직이는 지평선. 실존하는 세상에서 살고 있다면
그것은 모두 그들의 덕택이다.

그들 자신도 모른다.
맨주먹 안에 실은 얼마나 많은 것을 움켜쥐고 있는지.
(⋯)

내 친구 중에는 양이라는 애가 있다. 나는 양 앞에서
숱한 원고를 마감해왔다. 걔가 뭘 하든 아랑곳 않고 일에
만 또렷하게 집중할 수 있었다. 지금 이 글도 양의 집에서
쓰는 중이다. 내 맥북은 수리를 맡겨놔서 걔 컴퓨터를 빌
렸다. 양은 딴 데 보는 내 모습이 익숙하다고 말했다. 그게
너무 익숙한지 내가 뭘 하든 아랑곳 않고 자기 할 말을 한
다. 나는 노트북 화면이나 개수대나 책장에 시선을 두고
손을 움직이며 양의 이야기에 간간이 맞장구를 치곤 한다.
마주보지 않은 채 심드렁한 이야기를 나눈 적이 많다.

알고 지낸 지 10년째라 우리는 서로의 전 애인들 얼굴
을 기억한다. 몰래 한 연애나 원나잇을 제외하고 짧게든
길게든 공식적으로 만난 애인들은 거의 다 헤아릴 수 있
다. 가끔 옛날 생각을 하다가 둘 중 하나가 이렇게 묻는다.

"야, 도대체 너 그때 걔 왜 좋아했냐?"

다른 하나가 사돈 남 말 하지 말라는 얼굴로 되묻는다.

"너야말로 그런 애랑 왜 사귄 거냐?"

그러다가 우리 역시 누군가에게 그런 과거일 수 있음을 기억해낸 뒤 딴 얘기를 하며 걷는 것이다. 양이 말했다.

"옛날엔 기성복 사 입는 것처럼 연애할 수 있었는데 이제는 못 그러겠어. 맞춤 제작 의류 같은 연애 아니면 못 하겠어."

하지만 그런 연애는 세상에 없단 걸 개도 알고 나도 안다. 그리하여 또 다시 양의 자조가 시작되는 것이다. 자신의 애인 없음, 매력 없음, 별일 없음, 내세울 만한 뭔가 없음… 물론 친구 없음도 포함이다. 듣던 내가 반문한다.

"그럼 난 뭔데?"

"너는 친구긴 하지만 두 달에 한 번밖에 안 만나주잖아."

그것은 틀렸다. 두 달에 한 번이 아니라 2주에 한 번이다. 과장 좀 하지 말라고 내가 신경질을 낼라 치면 개는 재빨리 다른 얘길 한다.

"아무튼 내 인생을 이루는 기본 원자가 너무 부실하다는 거야."

자조는 계속해서 이어진다. 양의 신세 한탄과 인생에 대한 회의와 스스로에 대한 비관은 디테일만 조금씩 변주

되며 몇 년간 계속되었다. 마치 과거 개그 콘서트의 장수 코너처럼, 양은 지칠 줄 모르고 같은 콘셉트를 반복하는 코미디언이다. 개가 자신에게 뭐가 없는지를 실컷 말하면 나는 반대로 개가 뭘 가졌는지를 실컷 상기시켜주는 그런 대화의 무한 반복이다.

그러다 한 달에 한 번쯤 싸우는 거다. 양이 자기 자신만을 불쌍해하느라 여념이 없을 때 나는 화를 낸다. 화의 내용을 요약하자면 이것이다. '너만 불쌍해? 나도 불쌍해! 그런데 우리 둘 다 가진 거 엄청 많아!' 그럼 양은 엄청 빠르게 사과를 한다.

나에겐 몇 개의 물통들이 있었다. 원래는 대형 서점에 납품하려고 제작한 물통인데 고마운 이들에게 선물하기 위해 소량만 빼둔 것이었다. 하루는 양이 내게 그 물통 중 하나를 달라고 했다. 나는 양을 좋아하니까 하나 주기로 했다. 그런데 양이 다른 사람에게도 하나 선물하겠다며 두 개를 달라고 했다. 그래서 나는 큰 맘 먹고 두 개를 주기로 했다. 귀하게 남겨둔 물통이 얼마 남지 않았기 때문이다. 두 개의 물통을 받으러 우리집에 찾아온 양이 현관문에서 물었다.

"하나만 더 주면 안 되냐?"

나는 안 된다고 했다. 양은 알았다고 했다. 현관문이 닫혔다. 그리고 몇 분 뒤 양에게서 카톡이 왔다.

'더 달라고 해서 미안해.'

이렇게나 사과가 빠르다.

그는 가끔 염치가 없고 물욕이 많은 인간이지만 친구의 말을 놀랍도록 잘 듣는 인간이기도 하다. 나는 비건 지향 생활을 시작하고 나서 양에게 비건에 관한 책을 선물했다. 나를 비건이 되도록 만든 책이었다. 양은 하루 만에 그걸 읽고는 말했다.

"별 수 있겠냐."

그러더니 자기도 비건 지향 생활을 턱 시작해버렸다. 이런 사람은 생각보다 흔치 않다. 걔는 많은 일에서 이렇게 생각하는 것 같다.

'아무래도 나보다는 네가 맞겠지.'

나는 양의 상습적인 자조가 지겹고 피곤하지만, 걔가 자기를 너무 못 믿어서 차라리 남을 믿어버리는 순간은 어쩐지 감동적이다. 그리고 책임감이 생기는 것이다. 내가 형편없어서는 안 되겠다고. 왜냐하면 양이 나를 미더워하니까.

아직도 우리는 서로의 친구로 남는 법을 배워가는 중이다. 나를 사랑하지는 않는 양에게 많은 빚을 지며 살아간다.

2019.05.15.

수줍은 희는 어디에

수줍은 사람들은 어디에 있는가. 여기에도 있고 저기에도 있다. 하지만 그들은 움츠러든 채로 무리 속에서 조용히 움직이기 때문에 유심히 보지 않으면 그냥 지나치기 쉽다.

그런데 어떤 수줍은 사람은 너무 수줍어하는 나머지 더 눈에 띄기도 한다. 희는 그런 사람들 중 하나였다.

누가 희에게 갑자기 말을 시킨다면 그가 어떤 표정을 지을지 눈에 선하다. 그의 당황에는 투명한 데가 있다. 그는 수줍은 사람을 연기하는 게 아니다. 아마 수줍은 사람 말고 대범한 사람이 되어가고 싶을 것이다. 하지만 희는 정말로 어찌할 바를 모르는 사람처럼 쑥스러워한다. 나는 희가 당황하거나 망설이거나 놀라는 모습을 수없이 목격했다. 친구가 된 지 수년째인 내 앞에서도 가끔 낯을 가렸다. "어떻게 지냈어?"라는 간단한 물음에도 "음… 어…" 하고 뜸을 들인다. 그는 내 친구들 중 가장 느리게 대답하는 사람이다. 빨리 대답하지 못하는 자신에 대해 초조해하고, 초조해하는 자신을 느끼며 더 초조해하고, 초조해하는 자신을 바라보는 남들을 보며 더욱 더 초조해하는 것 같다.

그때 희는 꼭 가쁜 숨을 몰아쉰다. 그 숨소리를 들으면 나는 장난을 치지 않고는 못 배기겠다. "왜 이렇게 야하게 숨 쉬는데?" 하고 놀리게 된다. 그럼 희는 당황하고 웃는다. 그러느라 대답은 더 지연되고 나는 희가 대답을 할 때까지 그의 숨소리를 따라하며 놀린다. 원래의 질문을 희도 나도 까먹어버릴 때까지 놀린다.

언젠가 여탕에 들어가서 본 희의 몸은 살짝 코피가 터질 정도로 아름다웠는데, 희의 초조한 마음과 그 탄탄하고 풍만한 몸은 따로 노는 것 같았다. 자신의 미에 능숙하지 않은 사람을 보면 왜 장난을 치고 싶어지는 걸까. 옆구리를 찌르거나 뒤에서 확 안아버리거나 갑자기 볼을 쓰다듬으며 놀래키고 싶다. 스스로가 얼마나 아름다운지 잘 알고 충분히 활용하는 사람들이라면 결코 놀라지 않을 몸장난을 희에게는 치고 싶은 것이다.

그러나 또 다른 친구인 양이 등장하자 내 할 일이 줄어들었다. 짓궂음으로 치면 나보다 양이 더 심하기 때문이다. 양은 쑥스러워하는 사람을 씹고 뜯고 맛보고 즐길 줄안다. 희가 발끈할 때까지, 그리하여 희의 뜨거운 목소리가 입 밖으로 튀어나올 때까지 계속해서 놀릴 배짱이 양에게는 있다. 그리하여 양은 다른 친구들이 아직 못 본 희의짜증이나 분노도 목격해봤다고 한다. 두 사람이 새로운 우정으로 진입했다는 뜻일지도 모른다. 친절하지도 우아하지도 않은 얼굴을 서로 드러냈을 때 비로소 전개되는 우정의 영역에 말이다.

오래 전, 수줍음의 귀재인 희와 함께 1년 동안 라디오를 만든 적이 있다. 쓰기와 떠들기를 잘하는 여자애들이모인 팀이었다. 그 중 희의 장기는 떠들기 말고 쓰기에 훨씬 가까웠으므로 패널보다는 낭독자로서 자주 등장했다. 희가 낭독을 시작하는 순간이면 누구든 언제나 깜짝 놀라고 말았다. 평소의 수줍음은 온데간데없이 위풍당당하게자신의 글을 힘주어 읽었기 때문이다. 희의 입에서 흘러나오는 문장은 세계명작고전의 한 대목처럼 들렸다. 말하자면 정말 중요한 이야기 같았다. 여러 나라에서 살았던 자신과 가족과 풍경에 관한 글들을 뜨겁고 부드러운 목소리로 낭독해주었다. 준비된 원고를 쥔 희는 두려울 게 없어

보였다. 우리 중 가장 어렸으나 가장 막강한 사람처럼 보이기도 했다.

그러다 대본 없는 토크를 녹음하는 시간이 오면 희는 다시 쑥스러운 사람이 되었다. 쑥스럽지 않은 사람들은 쑥스러운 사람을 잊기 쉽다. 재밌는 주제로 삼십 분 넘게 떠든 뒤 잠시 숨을 돌릴 때 알아채는 것이다. 그동안 한 사람은 별말이 없었음을 말이다. 희는 누구보다 주의 깊게 듣는 사람이었다. 그가 하나의 이야기를 곱씹고 소화하는 사이 다른 이들은 어느새 다른 주제로 폴짝 넘어가서 신나게 조잘대기 일쑤였다. 희는 웃거나 놀라거나 가쁜 숨을 들이쉬고 감탄하며 들었지만 대화의 흐름을 자기 것으로 하지는 않았다.

희의 침묵을 알아챈 진행자가 질문을 건네면 희는 꼭 쩔쩔맸다. "음… 어… 어떡하지… 아… 음…" 희에게는 '음…'의 시간이 꼭 필요한 듯했다. 할 말이 없어서가 아니었다. 무궁무진한 할 말과 질문과 감탄이 있어도 그게 즉시 대답이 되지는 않는 듯했다. 누구에게나 생각과 말 사이에 어떤 변환기가 있는데 희의 변환기에는 기름칠이 덜된 것 같았다. '음…'의 시간이 지나면 희는 겨우 느릿느릿 대답을 시작했다. 그 목소리가 꽤나 떨리는데다가 가쁜 숨도 함께 묻어나왔기 때문에 친구들을 다시 짓궂게 만들었다. 너 때문에 흥분된다고 다들 희에게 말했다. 그럼 희는 다시 쩔쩔매고 목소리는 더 떨리고 숨도 더 가빠지고 나머지는 깔깔대는 그런 패턴의 반복이었다.

나중에 녹음본을 편집할 때 나는 희의 침묵 구간을 자주 잘라냈다. 그 잦은 망설임과 들숨과 날숨을 모두 들을 인내심이 친구들에게는 있을지 몰라도 청취자들에게는 없을 확률이 높기 때문이다. 하지만 지금 방송을 다시 만든다면 나는 소리들을 다 살려놓고 싶다. 대화에 마가 뜨는 순간은 그것대로 얼마나 재밌고 소중한지 이제는 알기 때문이다.

대화에 관해서라면 나는 민첩한 편이었다. 핑퐁팽퐁의 리듬을 웬만하면 놓치지 않았고 달변가 옆에서도 내 발언의 최소 분량을 챙길 줄 알았다. 반면 그 무렵의 희는 눌변인 편이었고 왠지 집에 돌아가는 길에 혼자서 마음속으로 대화를 복기할 것 같았다. 하고 싶은데 타이밍을 놓쳐서 못한 말. 타이밍이 돌아왔을 때 이상하게 해버린 말. 바보 같았던 말. 혹은 내가 하고 싶었던 말을 더 빠르고 똑똑하게 대신 내뱉던 남의 말. 그런 대화의 복기를 하다가 멍해져서 차를 놓칠지도 몰랐다.

'소심한 사람들의 괴력'에 관한 이야기를 기억한다. 2007년 「씨네21」의 김혜리 기자님이 쓴 김병욱 감독 인터뷰에서 읽은 내용이다. 그 멋진 프롤로그의 한 문단을 옮겨 적어보겠다.

언제부턴가 나는 소심한 사람들의 괴력을 눈치 채게 되었다. 대범한 사람들이 세계를 들썩들썩 움직이는 동안 소심한 사람들은 주섬주섬 세상을 해석한다. 살아남기 위해 예민해질 도리밖에 없는 초식동물처럼 그들은 누가 힘을 가졌는지 계절이 언제쯤 변하는지 민첩하고 정확하게 읽어낸다. 미미한 자극에 큰 충격을 받고 사소한 현상에 노심초사하는 그들의 인생은 남보다 느리게 흐른다. (…) 그들은 더디게 살기 때문에 삶을 사는 동시에 재구성한다. 목소리 큰 당신이 휘어잡았다고 생각하는 어젯밤 술자리에서 벽지처럼 있는 듯 없는 듯 듣기만 하던 동료가 있었던가. 그가 잠들기 전 떠올린 스토리 속에서 당신은 놀림감이었는지도 모른다. 이것이 세계의 평형을 유지하는 매커니즘 중 하나라고 판명돼도 나는 놀라지 않을 것이다. (…)

희의 생각 많은 귀갓길을 상상할 때마다 이 글을 떠올리곤 했다. 수줍은 희. 때맞춰 떠들지 못하는 희. 대화의 분량을 못 챙기는 희. 그런데 잊을 만하면 한 번씩 탁월한 이야기를 써내는 희! 걔 때문에 나는 달변이 쓰는 글 말고 눌변이 쓰는 글에 더 유심해지게 되었다. 제때 떠드는 사람들은 결코 쓰지 않을 문장이 그들의 글에 있었다. 말로써 휘발되지 않은 것들과 말해놓고도 부족한 것들과 다시 말해야 할 것들이 이야기가 되었다. 수줍음 때문에 그저 듣는 데에 도가 터버린 희의 글 속에서 발 빠른 사람들의 수다는 뒤늦게 빛을 발하거나 몹시 우스꽝스러워졌다. 잠자코 듣다가 그런 걸 쓰는 희는 정말이지 마지막에 우아해지는 사람이 아닐까. 그러나 어느 날의 통화에서 희는 한숨을 쉬며 이렇게 말했다.

"나는 멋진 삶을 사는 요령이 너무 없는 것 같아."

전화기 너머로 예의 그 숨소리가 들려왔다. 가늘고 가쁜 들숨과 날숨. 그러나 아랫배에는 어떤 묵직한 열정이 들끓고 있는 듯했다. 멋진 삶을 사는 요령이라니. 희는 정말로 답답해보였다. 요령 없는 자신에 대해. 멋진 삶에 도달하려면 한참 멀어 보이는 자신에 대해.

그건 그렇고 도대체 멋진 삶이란 게 뭔가. 알다가도 모를 일이었다. 희의 목소리를 잊은 채로 또 한참을 지냈다. 희보다 크고 또렷하게 말하는 사람이 주변에 차고 넘쳤기 때문이다.

얼마 전 목동 사는 친구 황의 집에 다들 모였다. 우리 중 가장 나이가 많은 황은 중요한 일엔 얼마든지 능숙하며 중요하지 않은 일엔 맘 편히 미숙하다. 웬만해선 전전긍긍하지 않는 황의 식탁에 다섯 명이 둘러앉았다. 희도 물론 함께였다.

오랜만에 만난 우리는 장장 세 시간을 떠들었다. 가장 신나게 오래 떠든 것은 양과 나였다. 둘에겐 흥미진진한 근황이 언제나 한두 개쯤 있었다. 그런 게 없으면 자신이 얼마나 재미없게 지냈는지를 흥미진진하게 말하기라도 했다. 다음으로는 도이와 게가 적당히 떠들었고 황은 별 호들갑 없이 묻고 듣고 웃다가 자두를 몇 개 먹었다. 그 와중에 희는 여느 때처럼 주의 깊게 듣는 중이었다. 생생하게 웃거나 탄식하거나 인상을 쓰거나 고개를 끄덕이며 들었다. 대화를 자기 턴으로 가져올 생각이 없어 보이기도 했다. 희에게만 핀 조명을 비추는 이야기 시간 같은 건 없는 채로 세 시간이 훌쩍 흘렀다. 어느새 헤어질 시간이었다.

침 튀는 수다로 여러 감정을 속 시원히 해소한 나와 친구들은 신발장으로 향했다. 헤어지는 시간을 질질 끌지 않는 내가 가장 먼저 신발에 발을 넣었다. 그 다음으로는 양과 게와 도이가 신발 신을 채비를 했다. 황은 배웅하는 집주인의 포즈로 우리를 바라보았다. 그때 신발장으로 굼뜨게 향하던 희가 중얼거렸다.

"치마 가져왔는데…"

마치 모기의 비행처럼 작은 목소리였다. 못 알아들은 내가 다시 물었다.

"뭐라고?"

"나 훌라 치마 가져왔는데…"

내 귀를 의심했다.

"훌라?"

"응. 훌라 배운 거 보여주려고…"

모두 희를 바라보았다.

"우리한테 보여준다고?"

"응… 요즘 배우고 있어서."

희가 치마를 가져왔다는 사실도 몰랐고 그게 훌라를 추기 위한 치마라는 사실은 더더욱 몰랐고 애당초 그가 훌라를 배운다는 사실조차 몰랐던 나는 걔를 꽉 껴안으며 다그쳤다.

"그 얘길 도대체 왜 이제야 하는 거야?"

"아… 아까 얘기하려고 했는데…"

우리는 가장 재밌는 얘기를 하마터면 놓칠 뻔한 사람들처럼 신던 신발을 냉큼 벗고 다시 집에 들어갔다. 가방에서 주섬주섬 치마를 꺼내는 걸 보니 정말로 춤을 보여줄 모양이었다. 훌라를 추겠다고 말할 용기는 없어도 훌라를

185

출 용기는 어쩐지 있는 것이었다.

이번에는 부엌이 아닌 큰방으로 모였다. 황의 서재와 책상과 그리고 2인용 온수매트가 있는 방이었다. 희는 한쪽에서 치마를 입었다. 훌라를 배운 자라면 모름지기 꼭 입어야 한다는 듯이. 마치 그 치마를 입지 않으면 훌라 춤을 출 수 없다는 듯이. 그 치마는 우리의 글쓰기 스승인 어딘이 언젠가 사준 것이랬다. 주황색과 빨간색과 연두색이 섞인 현란한 치마였다. 허리에서 골반으로 내려오는 굴곡이 심한 희가 그 치마를 입자 엉덩이가 더 풍만해보였다.

양은 구경꾼의 자세로 의자에 앉았다. 나는 그런 양의 무릎 위에 엉덩이를 대고 앉았다. 양이 내 허리를 꽉 껴안아 주었다. 춤 구경은 언제든지 두 팔 벌려 환영이었다. 게는 문간에 기대어 서 있었고 황은 별 호들갑 없이 노래를 틀어주었다. 하와이안 기타 반주가 흘러나왔다.

치마를 입은 희가 큰방의 이부자리 가운데를 밟고 섰다. 거기 말고는 춤 출 자리가 없었다. 큰방이라는 건 그 집에서 제일 크다는 뜻이지 진짜로 크다는 건 아니니까. 희의 맨발 밑으로는 황의 온수매트와 여름 이불이 깔려 있었다. 황과 그의 예비 신랑이 잠을 자는 자리 위에서 희가 살랑살랑 춤을 추기 시작했다. 정말이지 살랑 살랑이었다. 손끝을 잔물결처럼 움직이며 스텝을 밟다가 허리를 돌렸다. 작은 목소리로 노래도 따라 부르며 췄다.

Whenever you're watching a hula girl dance
You gotta be careful, you're tempting romance

Don't keep your eyes on her hips
Her naughty hula hips
Keep your eyes on the hands

엉덩이 말고 손을 보라고 노래하는 훌라송이었다. 딴데 보지 말고 시선을 손에 두라고 자꾸만 주의를 주었다. 하지만 희의 몸 여기저기가 유연하게 돌아가고 있었다. 희가 춤을 추는 내내 나는 걔 엉덩이도 보고 허리도 보고 발가락도 보고 입꼬리랑 가슴이랑 목에 있는 점이랑 두 눈동자도 다 봤다.

희는 여전히 수줍은 사람이지만 훌라를 보여주지 않고는 집에 돌아가지 않을 사람이기도 했다. 그 춤은 말을 곧잘 더듬던 누군가가 갑자기 낯선 외국어를 유창하게 구사할 때처럼 놀라웠다. 말보다도 훨씬 근사한 거였다. 말 따위는 별 것 아닌 것처럼 느껴졌다. 아랫배에 뜨끈한 기운을 품은 사람만이 그렇게 출 수 있을 것이다. 허리와 가슴과 골반을 쉼 없이 놀리는 안무가 무색하게도 노래는 자꾸 손을 보라고, 그저 손만 보라고 말하며 끝이 났다.

"너무 아름답다!"

양과 내가 희에게 거듭 말했다. 제때 말할 수밖에 없는 말이었다. 아무리 수줍은 사람도 이 타이밍엔 아름답다는 말을 망설이지 않았을 것이다. 나는 희에게 묻고 싶었다. 어쩜 그럴 수 있냐고. 어떻게 이 오래된 친구들 앞에서 아무도 시키지 않은 훌라를 갑자기 출 수 있냐고. 친구의 이불 위에서 5분 동안 주인공이 될 용기를 어떻게 낼 수 있냐고. 하지만 물어봤자 또 "음… 어…." 하면서 뜸이나 들이겠지. 희는 멋쩍게 웃으며 치마를 벗었다. 우리에게 이 춤보다 더 재밌는 말 같은 건 남아 있지 않아서 다시 가방을 메고 신발을 신었다. 신발장에서 양과 나는 다짐했다.

"야! 우리도 배운 걸 보여주는 사람이 되자."

"그래! 배운 걸 배운 만큼 보여주는 사람이 되자."

"친구들이 안 시켜도 자랑을 하는 사람이 되는 거야."

"하지만 나는 보여줄 재주라곤 물구나무서기밖에 없어."

"나는 물구나무서기조차 못 하잖아."

그런 말을 주고받는 우리에게 멋진 삶을 사는 요령이라곤 없어 보였다. 그 요령은 희만 가진 것 같았다. 수줍은 희의 괴력 중 하나는 훌라인 것이었다. 다 같이 황의 집을 나섰다. 황이 아까와 같은 모습으로 두 번째 배웅을 했다. 황은 다음 주면 예비 신랑과 함께 신혼집으로 이사를 갈 것이다. 우리가 황의 집을 나서는 건 그날이 마지막이었다. 조잘조잘 떠들며 지하철역으로 향하는 양과 내 옆에서 희도 걸었다.

수줍은 희는 어디에 있는가. 여기에도 있고 저기에도 있었다. 가끔은 있는 듯 없는 듯하였으나 어떤 오후에는 훌라로 모두의 시선을 자신에게 모으기도 했다. 이부자리 위에서 엉덩이와 허리와 손가락과 고개를 놀리며 훌라를 추던 희를 나는 오래 기억할 것이다. 서로 다른 용기를 가지고 살아가는 우리들 뒤로 달이 떠오르고 있었다.

2019.07.17.

김이 있던 곳들

마음에 불순물이 낀 밤이면 김을 생각한다. 김은 나의 오래된 친구지만 얼굴을 본 지는 오래되었다. 요즘 어디서 지내려나. 걔는 일 년에도 몇 번씩 거처를 옮기니까 종잡을 수가 없다. 경상도에도 전라도에도 제주도에도 경기도에도 서울에도 머물 곳이 있다고 했는데 지금은 어디에 짐을 풀었을지 궁금하다. 머리가 얼마나 자랐을지도 궁금하고 요즘 어떤 옷들을 입고 다니는지도 궁금하고 탱탱한 가슴이 여전한지 아닌지도 궁금하다.

몇 년 전 뉴스를 보다가 경주의 지진 소식을 들었다. 작은 지진이랬다. 그 무렵 김이 경주 근처에서 지낸다는 얘기를 들은 것도 같았다. 걔네 집은 괜찮으려나. 걱정이 되었지만 다음 뉴스의 내용이 더 충격적이어서 지진과 김을 금세 까먹고 말았다. 물론 지금은 그 다음 뉴스의 내용마저 잊어버렸지만 말이다. 그러고서 이튿날 아침 청소기를 돌리던 중 머릿속에 퍼뜩 지진과 김이 다시 떠오른 게 아닌가. 나는 오랜만에 김에게 전화를 걸었다.

"야."

"왜."

"괜찮아?"

"뭐가?"

"어제 너 있는 곳에 지진 났다며."

"진짜?"

"뉴스에서 그러던데. 몰랐어?"

"몰랐네."

"어젯밤에 났다고 하더라고."

"그래? 나 섹스 하느라 몰랐나봐."

"그랬구나."

"그랬지."

"그래. 알겠어."

"응."

전화를 끊고서 지진 같은 섹스를 상상했다. 섹스를 어떻게 해야 지진이 난 것도 모를 수 있을까. 지진에 버금가는, 혹은 지진보다 더한 섹스가 내 인생에 있었던가. 아니면 김이 그저 방진 설계가 잘된 집에 살고 있는 건가. 몇 마디 안 나눈 통화였지만 이것만은 확실했다. 김, 너는 잘 지내고 있구나!

청소기를 마저 돌리며 김의 하루를 짐작해보았다. 허리를 곧게 펴고 입술을 단호하게 다문 채로 어떻게 살아가고 있을지를. 그러고 보니 걔는 불편한 회식 자리에서도 싫은 짓은 안 한다고 했는데. 남자 상사의 빈 잔을 채워주거나 쥐포를 뜯어서 건네는 일들 말이다. 나라면 분위기상 괜히 했을 법한 짓들을 김은 딱 거절하고는 태연한 얼굴로 딴 얘기를 시작했다.

중학생 때는 김과 내가 비슷하게 용감한 줄 알았다. 위험한 짓을 같이 했기 때문이다. 하루는 걔랑 인라인 스케이트를 신은 채로 경춘로를 달렸다. 차가 쌩쌩 다니는 고속도로였다. 제대로 된 인도가 없는데도 굳이 그 길로 갔다. 자동차들은 아주 빠른 속도로 우리 옆을 스쳐 지났다. 주행 중인 자동차가 그렇게나 시끄러운지 그날 처음 알았다. 상식적인 사람이라면 차도 바로 옆길에서 인라인 스케이트를 타지는 않을 텐데. 우리는 어쩐지 아주 크게 웃으며 그 길을 달렸다. 배가 아프도록 웃었다. 너무 많이 웃어서 몸속이 텅 빈 것 같을 때까지 웃었다. 하지만 터널을 지날 때만큼은 웃음기가 싹 가셨다. 몇 배나 커진 자동차 소리가 터널 안을 휘몰아치고 있었기 때문이다. 터널은 어둠과 먼지와 소음으로 꽉 찬 장소였다. 아찔한 속도로 달리는 차들이 등 뒤에서 다가오고 순식간에 멀어져갔다. 입과 귀를 틀어막고 최대한 빨리 인라인 스케이트를 굴렸다. 동그랗고 밝은 출구를 향해서 냅다 뛰었다. 터널을 빠져나왔을 때 김과 나는 안도의 팔짱을 꼈다. 우리 사이에 비슷한 공포가 지나갔음을 말 안 해도 알았다. 그 이후로 인라인 스케이트를 안 탔다. 대신 오토바이를 탔다.

고등학생 때 하루는 오토바이를 몰고 걔네 집에 갔다. 시동을 끄고 마당에 주차를 하면 김의 가족이 십 년 가까이 키워온 작은 개가 현관 앞에서 몸을 흔들었다. 거실에서부터 김의 냄새를 맡을 수 있었다. 김의 냄새는 곧 걔네 집의 냄새였다. 따뜻하면서도 구리면서도 달큰하면서도 이상한 냄새. 김의 방에서 가장 확실하게 났다. 김은 이불을 덮고 천장을 바라보는 중이었다. 천장에 소형 텔레비전이 달려 있었기 때문이다. 걔네 아빠가 설치해준 것이랬다. 그러한 편리와 쾌락의 모양은 참으로 김과 어울렸다. 나도 이불속에 들어가 개 몸을 껴안고 나른하게 텔레비전을 봤다. 이 집에서 온통 네 냄새가 난다고 내가 말하자, 김은 어처구니없다는 듯이 대꾸했다.

"야, 너 온 다음부터 네 냄새야말로 완전 많이 나거든?"

"내 냄새가 뭔데?"

"너희 집 나무 냄새랑 네 살 냄새랑 김치찌개 냄새."

김의 후각은 나보다도 훨씬 뛰어나서 내 몸에 묻은 냄새만으로도 뭘 먹고 왔는지 알아맞힐 수 있었다. 명탐정에게 범죄를 들키는 기분이었으나 같은 곳에서 놀다보면 어느새 서로의 냄새를 감지하기가 어려워지곤 했다. 코는 금방 둔해지는 부위니까. 십 대 내내 붙어 있느라 너무 익숙해진 나머지 우리는 각자가 가진 진한 체취를 까먹기도 했다.

성인이 되고 나서는 일 년에 한 번씩 김을 만났다. 바쁘게 지내다가 여름이 오면 수영복을 챙겨 함께 바다에 갔다. 오랜만에 만나면 새삼 서로의 냄새를 확실하게 맡을 수 있었다. 싸구려 모텔에 둘의 짐을 풀고 물놀이를 하러 나갔다. 다이빙하고 헤엄치고 물 위에 누워 하늘을 바라보며 둥둥 뜬 채로 한낮을 보내다가 모래 위에 누워 몸을 그을렸다. 얼굴에 모자를 덮은 채로 밀린 얘기들을 주고받았다. 김과는 마주보지 않고 나란히 앉거나 누워서 말하는 게 더 좋았다. 김의 집과 일터와 애인은 나보다 자주 바뀌었다. 내가 같은 자리에서 익숙한 일을 반복하며 살아가는 반면 김은 여기에서 저기로 가볍게 움직이며 지내는 것처럼 보였다. 쨍한 햇볕 아래에서 우리의 몸이 익어갔다.

"어느새 여름 친구가 되었네."

"맞아. 옛날에는 사계절 친구였는데."

해가 지면 까무잡잡해진 몸으로 숙소에 들어와 같이 욕조에 들어갔다. 좁은 욕조를 반씩 차지한 채로 머리를 감고 담배를 피웠다. 김과 나는 매년 서로의 몸에 어떤 변화가 생겼는지 알아챘다. 제주 애월읍의 모기장 안에서도, 상주 민박집의 공동욕실에서도, 강원도 양양의 캠핑카 안에서도 그런 건 금방 알아볼 수 있었다. 그렇게 하루나 이틀을 놀다 헤어지면 반 년 넘게 연락하지 않아도 좋았다. 가끔 보고 싶지만 그냥 그립도록 놔뒀다. 그리움을 그리움으로 두고 싶었다. 매일의 너절한 마음들은 입 밖에 내지 않고 내버려두었다가 어느새 까먹어버린 뒤, 다시 김을 만나면 정말로 중요하고 재밌고 슬픈 이야기들만 꺼내고 싶었다.

오늘도 청소기를 돌리며 오랜만에 김을 생각했다. 같이 갔던 장소들이 많아서 걔가 어디에 있대도 그 모습을 금방 그릴 수 있을 것 같았다.

2019.04.01

바깥사람

외출 준비에 들이는 시간은 그리 길지 않다. 어떤 약속에
나가기 위해 샤워를 하고 현관문을 열 때까지 이십 분이면
충분한 것 같다. 가끔은 십 분 만에 말쑥해지기도 한다. 씻
고 에센스랑 선크림을 찹찹 바른다. 청바지에 티 혹은 원
피스만 한 벌 휙 걸치고 립스틱 슥슥 하면 끝이다. 웬만한
남자보다 더 빨리 집을 나설 수 있다. 간편한 단장이 몸에
익은 뒤로는 다시 예전처럼 날마다 화장을 할 엄두가 나지
않는다. 귀찮을 뿐 아니라 아무것도 안 묻힌 내 얼굴이 좋
아졌기 때문이다. 그래도 몇 가지 립스틱을 즐거운 기분으
로 바르고 그날의 마음에 따라 향수를 세심하게 고른 뒤
집을 나선다. 집사람에서 바깥사람이 되는 과정이다.

빙봉이라는 여자는 지하철 화장실에서 자주 세수를 한댔다. 사실 그는 세수뿐 아니라 많은 일을 지하철에서 한다. 책을 읽고 장문의 글을 수십 편 완성하고 중요한 연락들을 주고받는다. 그러다 답답해지거나 정신을 맑게 하고 싶거나 눈물 자국을 지울 때 역에 내려 화장실로 가는 것이다. 양손에 찬물을 받아 얼굴로 끼얹는 그 여자를 생각한다. 언제든 물을 묻힐 수 있는 얼굴. 어느 역에서의 세수든 아무래도 좋은 얼굴. 집에서나 바깥에서나 크게 다르지 않은 얼굴. 핸드 드라이어 앞에서 가볍게 바람을 쐬며 물기를 날려 보내는 얼굴. 그 얼굴의 자유와 생기를 생각하면 기분이 좋다. 나도 여차하면 지하철에서 세수를 해도 상관없는 사람이고 싶다.

아무것도 들지 않은 채로 걷는 사람이고 싶기도 하다. 손에 든 게 없으면 양팔을 가볍게 흔들며 산책할 수 있다. 저녁마다 어깨를 곧게 펴고 먼 곳을 바라보고 오래 걷는 인생을 살고 싶다.

어떤 오후에 만난 범이라는 남자는 나에게 걸어올 때 양 손이 비어 있었다. 아이폰과 신용카드 정도만이 바지 앞주머니에 담긴 듯했다. 범은 두 팔과 두 다리를 편안하게 움직이며 걷다가 잠시 벤치에 앉았다. 그리고 뒷주머니에서 손수건을 꺼냈다. 손수건을 챙겨 다니는 사람을 오랜

만에 봐서 나는 약간 놀랐다. 그는 이마에 조금 난 땀을 손수건으로 닦았다. 습한 여름의 낮이었다. 내 이마에도 땀이 조금 맺혀 있었는데 나는 여태껏 손수건을 소지품으로 들고 다녀본 적 없는 사람이었다. 손수건의 우아함을 너무 뒤늦게 안 것 같았다. 가볍고 얇은데다가 쓰레기도 안 만들고 모양도 멋진데. 그런 생각을 하는 사이 범의 손수건은 반듯하게 접혀서 다시 바지 뒷주머니로 들어갔다.

아무것도 안 들고 걷는 게 가장 좋지만 최소한의 것을 챙겨야 한다면 나 역시 핸드폰과 카드와 손수건만을 소지한 채로 집을 나서고 싶어졌다. 정신이 맑아지고 싶을 땐 아무데서나 물세수를 하고 손수건으로 얼굴의 물기를 닦을 수도 있을 것이다. 여름의 디테일이기도 하지 않나. 단출한 옷차림, 간단한 소지품, 홀가분한 마음.

그러나 전혀 그렇지 않은 외출도 많았다. 외출 전에 입는 옷과 가방에 챙기는 것들은 결국 그 하루의 가능성에 대한 기대와 염려이므로, 아침마다 나는 점심과 저녁을 예측하며 옷을 골라 입는다. 꼭 필요한 물건뿐 아니라 왠지 필요할 듯한 물건도 가방에 챙긴다. 여기서 기대와 염려를 잘 다스리지 못하면 몸도 짐도 무거워진다.

노트북을 챙기면 밖에서도 많은 일을 할 거라는 기대. 책을 두 권 넣으면 더 질 좋은 원고를 완성할 거라는 기대.

비가 올지도 모른다는 염려, 저녁에 급작스러운 데이트 약속이 잡힐지도 모른다는 기대. 그 데이트 직전에 변덕스레 옷을 갈아입고 싶을지도 모른다는 염려. 바깥에서 밤을 보내는 것에 대한 기대와 염려. 그렇게 여분의 옷과 속옷과 칫솔과 치간 칫솔과 에센스와 선크림과 향수와 우산과 물통과 어떤 낯선 장소에서도 내 맘을 안정시켜줄 얇은 시집이 추가되고, 잘 보내고 싶은 하루일수록 가방 속은 어수선해진다.

그러니까 대비할 수 있는 일들은 최대한 대비하고 싶었다. 예컨대 오늘 만날 상대가 지금은 그다지 좋지 않지만 저녁에는 어쩐지 막 좋아진다면? 집에 가고 싶은 마음보다 그에 대한 호기심이 더 커진다면? 내 마음을 안심시켜줄 물건들이 가방에 있을 경우 이런 상황의 변수를 덜 겁낼 것만 같다. 사랑을 시작한 사람들은 작은 가능성에도 성실해지지만 동시에 여러 물건에 연연하게 되기도 한다. 하지만 그 물건들 때문에 닫히는 다른 가능성들도 있다. 빈손과 양팔을 가볍게 흔들면서 오래 걸을 가능성. 무심하고 느긋한 사람이 될 가능성. 별다른 아쉬움 없이 집에 돌아올 가능성.

여름이 오면 가능성으로 꽉 찬 가방을 비우고 편안한 차림으로 약속 장소에 가곤 한다. 가볍게 걸으며 어떤 시한 편을 생각한다. 1914년 6월 12일에 쓰인 시다. 리카르두 레이스라는 시인의 글이고 그는 페루난두 페소아의 다른 이름 중 하나다. 『시는 내가 홀로 있는 방식』에 수록된 「다른 송시들」이라는 시를 이곳에 옮겨본다.

"이리로 와서 내 곁에 앉아, 리디아"

이리로 와서 내 곁에 앉아, 리디아, 강변에.

조용히 그 물길을 바라보면서 깨닫자

인생이 흘러감을 그리고 우리가 손깍지를 끼지 않았음을,

    (우리, 깍지를 끼자)

그러고 나서 생각하자, 어른스런 아이들로서, 인생이

흘러가고 멈추지 않음을, 아무것도 남기지 않고 다시는

    돌아오지 않음을,

멀고 먼 바다로 향하는 것을, 운명 가까이

    신들보다 더 멀리.

깍지를 풀자, 우리 지칠 필요는 없으니.

우리가 즐기든, 즐기지 않든, 우리는 강처럼 흘러간다.

고요히 흐를 줄 아는 편이 낫지

    커다란 불안들 없이.

사랑들 없이, 증오들 없이, 목소리를 높이는 열정들 없이도,

두 눈을 쉼 없이 굴리게 하는 질투들 없이도,

조심함 없이도. 그게 있다 해도 강은 항상 흐를 테고,

　　언제나 바다를 향해 갈 테니.

평온하게 서로를 사랑하자, 우리가 원했다면

키스하고 포옹하고 어루만질 수도 있음을 생각하면서,

하지만 그보다 나은 건 서로의 곁에 앉아서

　　강이 흐르는 걸 듣고, 또 바라보는 거란 걸.

우리 꽃을 따자, 너는 받아서 무르팍에

놓아둬, 향기가 그 순간을 감미롭게 하도록 -

(…) 내 기억이 너를 타오르게 하거나 상처 주거나 감동시키

는 일 없이,

왜냐하면 한 번도 깍지를 낀 적도, 키스한 적도 없고,

　　어린아이들 이상은 아니었으니까.

(…) 너를 기억하며 내가 고통스러울 일은 없을 거야.

너는 내 기억에서 달콤할 거야. 너를 이렇게 기억할 때면 -

강변에서,

무릎에 꽃을 둔 슬픈 이교도.

(1914년 6월 12일)

이 시를 생각하며 걸으면 느긋해지고 용감해진다. 강

변에 앉은 어떤 두 사람의 모습이 그려져서일지도 모른다. 아직 깍지를 끼지 않은 두 사람. 그러다 깍지를 낀 두 사람. 그러고 나서 생각하는 두 사람. 다시 깍지를 푸는 두 사람. 지칠 필요는 없다고 말하는 두 사람. 즐기든 즐기지 않든 자신들이 강처럼 흘러감을 기억해내는 두 사람. 깍지를 푼 채로 강이 흐르는 걸 듣고 바라보고 무르팍에 꽃을 놓아두는 두 사람.

그런 둘을 상상하면 내 마음은 좋아지고 부끄러워지곤 했다. 대부분의 관계에서 나는 자주 치트키를 썼기 때문이다. 어떤 만남에서든 지름길이 있다면 꼭 그 길을 선택했고, 돌려 말하지 않는 문답과 빠른 탐구력을 아무렇지도 않게 남발해왔다. 할까 말까의 기로에서는 늘 하는 쪽을 골랐다. 여러 가능성에 스스럼없이 손을 뻗은 뒤 빨리 감탄하거나 빨리 실망했다. 그런 하루에 대비하느라 차림도 가방도 가벼울 수 없는 날들이 있었다.

바리바리 싼 가능성의 가방을 메고는 이런 시 속의 한 사람 같은 건 되기 어려울 것이다. 이 시 같은 만남을 겪으려면 어떤 바깥사람이 되어야할지 조금은 알겠다. 어디서든 찬물로 세수를 하고 손수건을 꺼내 얼굴의 물기를 닦는 사람들. 어디로든 가고 어디에나 털썩 주저앉을 수 있는 사람들. 인생이 아무것도 남기지 않고 다시는 돌아오지 않음을 잊지 않는 사람들. 커다란 사랑과 증오와 열정과 불안과 조심 없이도 계속 흐르는 사람들.

그런 바깥사람들을 기억하며 외출 준비를 한다. 이십 분 만에 간단하게 끝낸다. 챙기려던 것을 대부분 내려놓는다. 여러 전전긍긍을 집에 두고 현관을 나선다. 이런저런 역사를 품은 몸, 어리석고 지혜로운 이 몸을 믿으며 걷는다. 몸은 하루의 무수한 가능성들을 어떻게든 맞이하고 감당할 것이다. 마찬가지로 그런 몸을 가진 누군가가 내 쪽으로 걸어오리란 걸 안다. 한참 같이 앉아 있다가 엉덩이를 툭툭 털고 다시 각자 집사람이 될 것도 안다.

2019.07.20.

일과 돈

〈일간 이슬아〉는 어떻게 확장될 것인가

개인주의자의 생계유지

나는 웬만하면 혼자 일하고 싶다. 혼자 하든 여럿이 하든 돈벌이란 힘든 일이지만 대개의 경우 혼자 힘든 쪽이 더 깔끔하기 때문이다. 좋아하는 사람들과는 함께 쉬고 싶을 뿐 함께 일하고 싶지 않다. 부모와는 아침을 같이 먹고 싶고 애인이랑은 넷플릭스를 시청하고 싶고 친구들과는 마음 놓고 수다를 떨고 싶지, 같이 돈을 벌고 싶지는 않은 것이다. 경제적 운명 공동체는 여러 위험과 부담을 공유하게 된다. 조직의 시너지도 있지만 조직의 모멸감과 끔찍함도 있다. 너무 싫은 사람과 부대끼며 일해야 하는 상황은 최대한 피하고 싶다. 좋아하는 사람끼리 함께 일하다 서로를 미워하는 상황도 피하고 싶다. 물론 미웠던 사람이 다시 좋아지는 회복의 기회가 업무 중에 있을지도 모른다. 좋아하던 사람을 어쩌면 더 좋아하게 될 수도 있다. 하지만 팍팍한 세상에서 그런 아름다운 동료애를 일구기란 결코 쉽지 않다. 다정한 사람들끼리 만나도 어려운 일이다.

프리랜서로 지내온 5년 동안 주로 혼자 감당하고 책임질 수 있는 사이즈의 일을 벌여왔다. 벌이가 충분치 않을 때에는 여럿이 함께 하는 일에도 참여했지만 주업은 뭐니 뭐니 해도 혼자 하는 연재 노동이었다. 혹시 사람들 사이에서 여태껏 내 인성이 조금이라도 좋게 평가되었다면 아마 혼자 일해온 덕분일 것이다. 협업을 자주 했다면 깍쟁이로 소문났을 게 분명하다. 사실 식당에서도 꼭 개인당 온전히 한 그릇이 보장되는 메뉴를 선호한다. 수저와 침이 한 그릇에 섞이는 것이 싫고 내가 얼마만큼 먹었는지 정확히 측정되지 않는 것도 싫은 것이다. 나는 양이 적은데 여럿이 한 음식을 나눠먹으면 꼭 과식을 하게 된다. 내 양을 충분히 확보하지 못할까 봐 조급하게 식탐을 부린다. 그럼 속이 더부룩해지고 기분이 나빠진다. 그래서 친구들을 만나도 떡볶이집이나 샤브샤브집은 잘 가지 않는다. 피치 못하게 커다란 음식을 함께 먹었을 경우 계산은 백 원 단위까지 정확하게 n분의 1로 나눠 처리한다.

또한 메일함에 쌓인 여러 제안들 중 '협업'이나 '콜라보레이션'이라는 말이 포함되어 있으면 의심부터 하고 본다. 애매모호한 그 단어들이 멋진 결과로 구현될 확률은 대체로 낮다. 제안서에 돈 얘기가 적혀 있지 않을 경우 더욱 그렇다. 업무를 어떻게 분배하여 수익을 어떻게 나눌지 이야기하지 않는 협업 제안은 몹시 사랑하는 작업자가 아닌 이상 응하지 않는다. 원고료나 강연료 얘기를 쏙 빼놓은 제안들은 말할 것도 없다. 노동료가 명시되어 있지 않아 진지하게 고려해보기가 어렵다고 정중하게 거절한다. 몇 번의 재능기부와 열정페이를 반복하다 심신이 지친 이후 나는 정확한 원고료가 명시된 청탁만 수락하는 연재 노동자가 되었다.

애초에 〈일간 이슬아〉는 그런 깍쟁이에게 제격인 프로젝트였다. 오직 나라는 일꾼만 잘 통제하고 관리하면 큰 문제없이 굴러갔다. 성공도 실패도 자업자득이고 많이 벌든 적게 벌든 아무와도 수익을 나눌 필요가 없었다. 매체에서 내 글을 실어주지 않아도 최소한의 생계를 유지할 수 있었다. 내가 쓰고 싶은 글을 상사나 동료와의 의논 없이 매일 쓸 수도 있었다. 무엇보다 상환해야 할 학자금대출이 태산 같아서 부업으로 뭐든 해야 하는 때였다.

동료작가 잇선 씨에게 초기 아이디어를 얻은 뒤, 포스

터를 만들어서 에스엔에스 계정을 통해 프로젝트를 홍보하고 구독자를 모집하고 이메일로 글을 연재했다. 날마다 쓰고 싶은 수필을 썼다. 픽션과 논픽션 사이의 이야기들이었다. 잘 쓴 날도 있었고 못 쓴 날도 있었다. 잘 쓰나 못 쓰나 쓰는 동안 힘든 건 마찬가지였다. 대출금을 갚기 위한 돈벌이기도 했고 독자에게 글을 직거래하는 실험이기도 했다.

일간 연재의 성과와 평가

실험 결과 〈일간 이슬아〉는 예상보다 빠르게 유명해졌다. 구독자도 많았고 이 프로젝트를 둘러싼 입소문과 평가들도 무성했다. 주요 언론사들의 취재 기사와 수많은 독자들의 리뷰가 하루가 멀다 하고 웹에 올라왔다. 연재 글은 여러 독자들의 에스엔에스 계정에서 수천 건 공유되었다. '월간 이슬아'나 '인간 이슬아'라고 잘못 소개되는 경우도 잦았으나 어쨌거나 커다란 관심을 일 년 내내 받았다. 그런 관심이 고맙고 벅차고 아리송했다.

어떤 네티즌들은 이슬아가 등단 제도를 향해 패기 있는 대안을 제시했다고 말했다. 혹은 문학계의 새로운 등용문을 창조하며 출판계에 한 방을 먹였다고도 말했다. 과연 그런가? 아니었다. 출판계는 내게 잘못한 게 없으므로 한 방을 먹일 이유도 없었다.

게다가 나는 능력이 된다면 등단을 하고 싶었다. 첫 번째 이유는 내가 좋아하는 한국문학 작품의 대다수가 등단한 작가들의 것이었기 때문이다. 평론도 마찬가지였다. 여러 문예지를 챙겨보며 배우는 독서가 나는 즐거웠다. 좋아하는 작가나 평론가의 새 글은 문예지 지면에 가장 먼저 소개될 때가 많았으므로 문학 시장에서만큼은 기꺼이 빠르고 적극적인 소비자가 되었다.

두 번째 이유는 등단이라는 타이틀이 주는 고급 인정의 느낌 때문이었다. 그것은 유명한 대학에 가는 것과도 비슷해 보였다. 등단 후에는 나를 구구절절 설명하지 않아도 될 것만 같았다. 멋진 등용문을 이미 통과했으니 말이다. 등단 없이 작가로 이름을 알릴 수 있는 방법을 영 모르기도 했다.

한동안은 등단이 하고 싶어서 여러 출판사들을 돌며 소설 창작 수업을 들으러 다녔다. 수업은 재미있고 어려웠다. 등단에 대한 희망과 절망과 야망 등으로 강의실은 후끈하고도 서늘하였다. 내가 쓰는 소설들은 별로였다. 오래전에 「한겨레21」 손바닥문학상에서 단편소설로 상을 받은 적이 있는데 그건 진짜 등단 같지 않았다. 손바닥문학상 수상자가 주요 문예지로부터 청탁을 받는 경우는 잘 없었다. 그러므로 나는 언젠가 훌륭한 데뷔작을 집필하여 꼭 커다란 문학상으로 등단하고 싶었다. 하지만 아직 못 했다. 앞으로도 못 할 것 같다. 안 한 게 아니고 못 한 것이니까 나는 등단 제도에 한 방을 먹인 적이 없다. 그저 열심히 생계를 궁리하던 중에 〈일간 이슬아〉가 얻어걸렸을 따름이다. 글쓰기 소상공인이 되자는 다짐 정도가 원대한 희망이라면 희망이었다. 월수입이 몇 만 원이라도 늘어야 하는데 언제까지 매체의 청탁만을 기다릴 순 없는 노릇이었다.

한편 언제부턴가는 내 글이 꼭 소설의 모양이 아니어도 좋다고 생각하게 되었다. 혹은 소설이더라도 문학상에 투고할 만한 분량이나 완성도가 아니어도 좋다고 믿게 되었다. 〈일간 이슬아〉 연재를 통해 나에게 맞는 장르와 호흡을 훈련하기로 했다.

편의상 수필이라고 이름 붙였으나, 〈일간 이슬아〉의 연재 글들은 대부분 가공된 이야기였다. 어떻게든 왜곡되고 변형되고 편집되는 건 모든 글의 숙명이다. 내 자아의 조각은 현실에도 있고 에스엔에스에도 있고 일간 연재에도 있다. 그 모든 모습을 단순하게 연결 지어 이해받는 건 난처하기도 했다. 그러나 내 글이 어떻게 읽히는지는 내 손을 떠난 문제이기도 해서 어쩔 수는 없었다.

혼자의 효율과 한계

펑크 내지 않고 매일 쓰는 것만큼이나 어려운 건 프로젝트 운영과 관리였다. 집필은 물론, 홍보와 유통과 회계와 구독자 응대와 피드백까지 혼자 죄다 처리하니 출퇴근하는 회사원 못지않게 바빠졌다. 처음 해보는 일이었고 참고할 만한 선례가 없었다. 어려웠지만 효율적이기도 했다. 혼자라도 부지런히 움직이기만 하면 모두 감당 가능했다.

하지만 구독자의 피드백(내 글에 대한 호평, 혹평, 질문, 불만, 비난, 제안 등)에 응답할 양이 너무 늘어나자 중간 관리자 고용을 고려하게 되었다. 피드백의 양도 양이지만, 무분별하고 폭력적이기도 한 모든 반응에 창작자 본인이 정면으로 맞서는 게 정신적으로 피폐해서였다. 현명한 중간 관리자를 둔다면 내가 꼭 결정하고 대답해야 할 업무만을 필터링해서 보여줄지도 몰랐다.

그러나 역시 혼자하기로 했다. 나만큼 성실하고 빠르고 친절하게 응대 업무를 할 사람이 없을 것 같았다. 일간 연재 운영 몇 달 만에 사장님 마인드가 된 것이다. 결국 1인 사업 유지를 계속 해나갔다. 몸과 마음과 영혼을 바쳐서 일했다. 완성도 있는 수필 한 편을 매일 쓰는 것만으로도 힘든데 그 외의 업무량도 만만찮았다. 선불로 구독료를 받았으니 어떻게든 해내야 했다. 〈일간 이슬아〉는 수많은 사람들과 돈을 걸고 한 약속 위에 창간된 일간지였다.

고민하다 '일간 이슬아 친구 코너'를 개설했다. 말 그대로 이슬아의 친구 작가들이 쓴 글을 소개하는 코너였다. 이 코너를 도입한 첫 번째 이유는 프로젝트의 지속가능성 때문이었다. 대표이자 필자이자 관리자인 내가 너무 지치면 절대로 계속할 수 없었다. 일주일에 한 편, 내 글 대신 친구 글을 연재한다면 난 적어도 하루는 쉴 수 있었다.

두 번째 이유는 친구들의 글을 소개하고 싶어서였다. 나처럼 이기적인 깍쟁이도 결코 혼자 자라오지 않았다. 읽고 쓰는 체력을 함께 기른 동료들이랑 같이 자랐다. 아무도 안 시켰는데 뭔가를 쓰는 사람들이 세상에는 있고 그들이 모이면 서로에게 크고 작은 영향을 미친다. 친구들은 나에게 독자이자 합평자이자 라이벌이자 스승이 되곤 했다. 나도 그들에게 마찬가지였을 테다. 내 글이 도달하지 못하는 수많은 시공간을 조명하는 친구들의 재미난 글을 연재에 포함한다면 〈일간 이슬아〉의 콘텐츠는 훨씬 더 풍성해질 게 분명했다.

친구 코너 개설 공지 메일을 보내자 구독자들로부터 항의 메일 수십 통이 날아왔다. 자신은 이슬아에 대한 호감이나 호기심으로 구독료를 낸 것이며, 잘 알지 못하는 아마추어 친구들의 글은 궁금하지도 않고 굳이 읽고 싶지도 않다는 내용이었다. 반면 이슬아가 소개할 다른 작가들의 글도 기대되고 궁금하다는 반응도 있었다.

어느 쪽 반응에도 크게 개의치 않고 친구 코너를 진행했다. 같은 그릇에 담긴 음식을 나눠먹는 것은 싫지만 친구들을 안 사랑하는 건 아니었다. 나만 잘 되면 재미없으니까 친구들도 같이 잘 될 기회들을 늘리고 싶었다. 친구들의 글이 좋다는 걸 결국 많은 이들이 알게 되리라는 확신도 있었다.

이때 〈일간 이슬아〉는 얼떨결에 플랫폼으로 도약했다. 이전까지는 개인 창작 지면이었으나 친구 코너 개설 이후로는 동시대 작가 생태계의 일부를 공유하는 장이 되었다. 필자로서의 훈련뿐 아니라 편집자로서의 훈련도 겸행하는 셈이었다. 편집자 훈련을 시작하며 가장 먼저 이렇게 다짐했다.

'작가들에게 돈을 잘 주자!'

좋은 글을 쓰거나 알아보는 일은 자신 없기도 했지만, 돈 주는 일에서만큼은 자신이 있었다. 왜냐하면 우선 내가 돈을 못 받으면 아주 분노하는 사람이기 때문이다. 그래서 동료작가들에게 청탁서를 보낼 때마다 정확한 원고료와 지급일을 명시했다. 마감일은 알리면서 원고료 지급일을 알리지 않는 것은 이상했다. 친구 코너에 글을 기고하는 작가들에게 매당 1만 원 이상의 원고료를 책정했으며 완성된 원고를 받은 당일에 꼭 돈을 송금했다. 작가들은 주로 개인으로 존재하지만 가끔은 서로의 뒤를 든든하게 받쳐주는 집단이기도 했다.

어떤 친구의 글은 내 글보다도 훨씬 반응이 좋았다. 친구도 뿌듯했고 그 글을 모셔온 나도 뿌듯했다. 매주 남의 글 중 어떤 것을 고를지, 어떤 언어들로 그 글을 소개할지도 열심히 생각했다. 나를 믿고 선불로 구독료를 내준 독자를 실망시키고 싶지 않았다.

플랫폼으로서의 〈일간 이슬아〉

〈일간 이슬아〉는 여느 뉴스레터와는 달리 수신자 개봉률이 100%에 달하는 메일링 서비스다. 한 달에 만 원씩 돈을 내고 구독하기 때문일 테다. 하루에 한 편 완독하기 딱 좋은 분량을 전송하기 때문일 수도 있다. 2018년 봄부터 가을까지 연재를 진행했고 쌓인 글을 100편 가까이 묶어 『일간 이슬아 수필집』으로 출간했다. 직접 제작하고 홍보하고 유통하고 배달한 『일간 이슬아 수필집』은 3개월 사이 7,000부가 팔렸다.

2019년 초, 나는 〈일간 이슬아〉 시즌 2를 준비하고 있다. 봄부터 다시 재개될 시즌 2 연재는 어떻게 더 좋아질 수 있을지 고민한다. 시즌 1을 통해 내가 매일 쓸 수도 있는 사람이라는 걸 처음으로 믿게 되었다. 윗몸 일으키기 횟수를 늘리듯 꾸준히 훈련하면 쓰는 근육도 늘고 키보드를 두드리는 손도 뜨겁게 달궈졌다. 매일 좋은 글이 완성되는 건 아니지만 적어도 좋은 글을 쓸 확률이 높아지기는 했다.

〈일간 이슬아〉는 이슬아라는 개인의 역량에 거의 모든 것이 달려 있다. 내 이름이 제목인 프로젝트라서 모든 책임이 나의 몫이다. 좋은 걸까, 나쁜 걸까? 개인주의적인 기질에 적합한 일이긴 하다. 나는 나를 제일 아낀다. 하지만 내가 나에게 배우는 것만으로는 충분치 않다는 느낌이 든다.

시즌 2에서는 더 다양한 창작자들을 나의 지면에 모실 것이다. 어떤 작가에게 돈을 내고 작품을 받아올지 나는 더 부지런히 탐색하고 결정해야 하겠다. 누구를 모셔오든 나의 필터로 통과시키는 것일 테니까 정말 좋은 필터가 되도록 애쓰겠다. 좋은 필터를 장착한 플랫폼으로 성장하기를 꿈꾼다. 내가 구독하는 문예지들의 훌륭한 점들을 닮아가고 싶다. 내가 읽는 작가들의 훌륭한 점들을 닮아가고 싶다. 여러 장르를 시도해보며 내가 잘 쓸 수 있는 영역을 넓혀가고 싶다. 나의 글쓰기를 열심히 수련하는 판이자 주

변의 탁월한 동료들도 함께 드러내는, 재밌고 멋진 시공간
을 마음속에 그리며 다음 연재를 준비한다.

「자음과모음」 2019년 봄호

거대한 인쇄기 앞에서

두 권의 책을 만들며 가을을 보냈다. 그동안 내 글과 그림은 디지털 데이터로만 존재했는데 이제 드디어 물성을 가지는 것이다. 데뷔한 지 5년 만에 책 제목과 함께 나를 소개할 수 있게 되었다.

한 권은 출판사와 함께 만들었다. 예전에 그린 모녀 만화를 글과 함께 엮은 책이다. 『나는 울 때마다 엄마 얼굴이 된다』라는 제목으로 문학동네에서 출간되었다. 서로를 선택할 수 없었던 두 사람의 우정에 관한 이야기다.

다른 한 권은 내가 직접 독립 출판한 책이다. 지난 반년 간 이메일로만 연재한 〈일간 이슬아〉의 글들을 묶어 『일간 이슬아 수필집』이라는 제목의 책으로 만들었다. 처음부터 끝까지 내가 관여하고 책임지는 독립 출판이었으므로 이 과정을 조금 말해보고 싶다.

『일간 이슬아 수필집』은 제작하는 데 한 달이 걸렸다. 한 달 전 제작을 시작할 때 처음으로 한 일은 교정교열자를 구하는 일이었다. 나에겐 6개월간 매일 쓴 글 뭉텅이가 있었다. 이 많은 양의 글을 처음부터 끝까지 꼼꼼히 읽어보고 오탈자를 찾고 윤문을 도와줄 전문가를 고용하고 싶었다. 내가 스스로 발견하지 못하는 아주 많은 문제를 교정교열자가 찾아내줄 것이기 때문이다.

몇 번의 통화 끝에 충청북도 옥천에서 포도밭출판사를 운영하는 최진규 선생님께 내 책의 교정교열을 맡기기로 결정했다. 나는 최 선생님을 만난 적이 없으나 그분이 만든 책을 몇 권 알고 있었다. 15년간 출판계에서 일해온 최 선생님은 〈일간 이슬아〉의 구독자이기도 했다. 그는 나를 이슬아 선생님이라고 불렀다. 우리는 서로를 선생님이라고 부르며 일했다. 최 선생님께 작업비를 보내드리고 원고지 매수로 2,000매에 가까운 글 뭉텅이를 전송했다. 이후 3주간 최 선생님과 나 사이에 여러 번 원고 파일이 오갔다. 그가 어떤 문장에 어떤 표시를 해놓았는지 유심히 보았다. 이 단어 말고 또 어떤 단어로 고칠 수 있는지 같이 고민해보는 시간이었다. 최 선생님은 늘 최종 선택권이 나에게 있음을 상기해주었다. 조심스럽고 섬세하게 내 문장을 다듬는 분이었다. 오랫동안 글을 읽고 다듬고 책을 만들어온 편집자에게 내 문장을 수정받는 동안 즐거웠다. 그와 함께 다시 써본 문장이 훨씬 좋은 문장으로 읽혔기 때문이다. 덜어내도 좋을 습관과 군더더기를 깨달을 때마다 속이 시원했다. 문장을 쓸 때 더 이상 하고 싶지 않은 실수들을 몇 가지 기억했다. 창피하지만 재미있는 배움이었다. 교정교열이라는 일이 아름답게 느껴지기도 했다.

최 선생님이 교정을 보며 본문을 다듬는 동안 나는 책을 감싸는 디자인을 구상하고 표지를 만들었다. 동료 작가인 이다울과 류한경이 표지 사진과 프로필 사진을 촬영해주었다. 한편 나는 외부 원고를 청탁하기도 했다. 책 후반부에 추천사와 작가론을 싣기 위해서였다. 요조, 이랑을 비롯한 동료 창작자들이 〈일간 이슬아〉와 이슬아에 관한 각자의 해석을 적어주었다. 그들이 덧붙인 글과 만화 덕분에 이 책의 후반부가 든든해졌다. 수필을 읽는 방식을 풍부하게 제시하는 글들이었다. 그들에게도 원고료를 송금했다.

백 편에 가까운 내 글과 동료 작가들의 헌사까지 모으자 이 책의 분량은 500쪽이 훌쩍 넘었다. 최 선생님과 여러 가지를 상의했다. 본문과 표지 종이의 재질, 인쇄 방식,

표지의 타이포그래피, 주요 색감, 가격과 유통 방법 등 결정할 내용이 많았다. 편집자이자 교정교열자인 최 선생님께 물어볼 것투성이였다. 그가 옥천에서 교정지를 들고 서울에 오실 때마다 내가 질문하고 그가 대답하느라 한나절이 쏜살같이 지나갔다. 나 혼자서도 어떻게든 책을 완성하긴 했겠지만 그랬다면 훨씬 더 많은 품이 들었을 것이다.

2018년 10월 첫 주에는 최 선생님과 함께 경기 파주에 갔다. 완성된 책의 데이터 파일이 본격 인쇄에 들어가기 직전에 표지 감리를 보기 위해서였다. 처음 가본 출판단지의 인쇄소에서 나는 너무나 놀라고 말았다. 인쇄기가 무지막지하게 웅장했기 때문이다. 그렇게 큰 기계에서 내 책이 아주 빨리 아주 많이 인쇄되는 걸 보고 무서움을 느꼈다. 출판이라는 건 두려운 일이었다. 물성을 가진 책에 내가 쓴 글이 인쇄되는 이상 이 물건은 빼도 박도 못하게 내 책임이었다.

거대한 인쇄기 앞에서 내가 무엇을 썼는지 다시 기억했다. 본문 안에 있는 타인들의 얼굴을 떠올렸다. 과슬이가 글쓰기로 죄를 짓지 않았는지 돌아보았다. 하지만 과슬이는 미슬이만큼이나 못 미더운 구석이 많았다. 이 가을에 만든 수필집이 누구에게 어떻게 읽힐지, 과슬이도 현슬이도 미슬이도 아직 아는 바가 없었다. 진한 잉크 냄새로 가득한 인쇄 공장에서 나와 최 선생님이랑 담배를 피웠다. 하늘에 철새들이 지나가고 있었다.

「채널예스」 2018년 11월호

독립 출판하는 마음

아빠의 트럭에 나의 수필집 1,000권을 처음으로 싣고 오던 날, 출판사에는 있고 내게는 없는 게 무엇인지 알게 되었다. 바로 창고였다. 대부분의 출판사에는 수많은 책을 보관해둘 공간이 있었다. 웹으로만 글을 연재해온 데다가 출판 경험도 없는 나는 책이 공간을 차지하는 물건이란 것에 대해 별생각이 없었다. 지게차에서 트럭 짐칸으로 옮겨지는 커다란 책 더미를 직접 보고 나서야 좀 심란한 마음으로 재고를 쌓을 장소를 걱정했던 것이다. 걱정을 언제하든 달라지는 건 없었다. 어차피 내가 가진 장소라곤 아담한 월셋집이 전부였기 때문이다.

　트럭을 집 앞에 대고 계단을 낑낑 오르내리며 책을 날

랐다. 나랑 엄마는 한 번에 이십 권씩, 아빠랑 동생이랑 애인은 한 번에 사십 권씩 들었다. 600페이지에 달하는 책이라 아주 무거웠다. 왜 이렇게 두꺼운 책을 만든 거냐며 다들 불평했다. 나는 그들처럼 땀에 젖은 얼굴로 "그러게!"라고 말했다. 1,000권의 책은 서재와 옷방과 침실과 복도 구석구석을 가득 채웠다. '독립 출판업자의 집'이라고 이름 붙여야 할 같았다. 못 보던 물건이 벽처럼 쌓이자 나의 고양이는 꼬리를 낮추고 경계했다. 책의 냄새를 킁킁 맡고 여기저기를 살폈다. 그러더니 며칠 뒤부터는 책 더미를 캣타워 삼아 놀았다. 책은 천장에 닿을 만큼 높이 쌓여서 고양이가 도달하지 못하던 높이까지 데려다줄 수 있었다.

다음으로 할 일은 판매였다. 10월 말에 열린 언리미티드 에디션에 『일간 이슬아 수필집』을 들고 나갔다. 〈일간 이슬아〉의 연재물들을 책으로 선보이는 최초의 자리였다. 이틀 동안 무려 600권이 팔렸다. 그 자리에서 나는 처음으로 독자들의 실체를 확인했다. 물성을 가진 책을 만드니까 실체를 믿을 수 없던 인터넷 독자들을 오프라인에서도 직접 만날 수 있었다. 아주 소중한 순간들이었다.

직거래 행사를 마치고 나서는 곧장 인쇄소에 발주를 넣고 온라인 판매를 시작했다. 지방에 사는 독자들이나 해외 독자들은 언리미티드 에디션에 오기 어려울 테니 말이다. 온라인에서도 책 주문이 아주 많이 들어왔다. 엄마와 아빠와 나는 집에서 1,000권 넘는 책을 포장했다. 택배 발송을 위한 안전봉투와 '뽁뽁이'와 박스와 테이프와 송장 등으로 내 집은 난리가 났다.

그다음으로 할 일은 독립 서점 입고였다. 가까운 편집 자님들과 독립서점 주인 분들께 자문을 구하며 거래 조건을 결정했다. 모든 독립 서점과 똑같은 약속을 하고 싶어서 동일한 공급률을 고집했다. 이메일로 여러 점장님께 입고 안내 메일을 보냈고, 열심히 영업하며 전국 방방곡곡에 책을 배달했다. 현재 80여 개의 독립 서점에서 『일간 이슬아 수필집』이 판매되고 있다. 여기저기에 저마다 다른 이름과 사연을 가진 서점이 아주 많다는 걸 알게 되었다. 지방일수록 더 열심히 입고했다. 내 책을 사려고 독립서점이라는 곳에 처음 가본 이들도 있다고 했다.

책을 출간한 지 두 달이 지났다. 『일간 이슬아 수필집』은 12월 15일에 5쇄를 찍었다. 집에 쌓아둘 수 있는 최대 재고가 1,000권이라서 늘 그만큼씩 주문한다. 출판사나 유통사나 대형 서점 없이 가내 수공업만으로 5,000부를 판매하는 중이다. 자려고 누울 때마다 그런 걱정이 든다. 아무래도 평생 써야 할 운을 올해 다 쓰는 것이 아닌가. 한편으로는 요즘이, 봄과 여름에 열심히 농사지어놓은 것을 추수하는 계절처럼 느껴지기도 한다.

2018년 상반기에는 스스로를 연재 노동자라고 소개했는데 하반기부터는 독립출판업자 혹은 가내수공업자라고 말하게 된다. 요즘 내가 일어나서 밥 먹고 하는 일은 독립 서점과의 거래, 점장님들과 연락, 입고 조건 합의, 택배 포장, 배송, 재고 관리, 수금, 장부 정리, 독자 문의 회신, 강연과 인터뷰, 굿즈 제작, 홍보 같은 것들이다. 출판사가 전문적으로 하는 일들을 혼자 직접 하려니 서툴고 버겁기도 하지만 난 이런 일들을 배우는 게 좋다. 책의 출발 지점부터 독자에게 도착하기까지의 모든 과정을 직접 감당하는 동안 내가 아는 편집자님들을 조금 더 존경하게 되었다.

이 시기가 지나고 봄이 오면 다시 일간 연재를 시작할 것이다. 부풀었던 마음도 가라앉고 익숙한 두려움 속에서 매일 뭔가를 쓸 것이다. 파는 시간보다 쓰는 시간이 더 길 것이다. 어려워도 그 일이 나에게 제일 잘 어울린다고 생각하며 용기를 낼 것이다. 그때 더 잘해보기 위해 지금은 많은 책을 파는 동시에 많은 책을 사고 읽는다.

「채널예스」 2019년 1월호

작가와 행사

사람들 앞에서 말을 많이 하고 집에 돌아온 날이면 내가 잘못 살고 있는 것 같은 기분이 들었다. 어떤 자리에서든 일방적으로 말하는 위치에 있으면 불안했다. 질문하거나 듣는 시간이 말하는 시간과 비슷해야 좋은 만남일 확률이 높았다. 발언의 지분이 균등한 대화에만 머물고 싶었다. 하지만 올겨울에 나는 아주 많은 말을 하며 지냈다. 책을 팔기 시작한 지난해 11월부터 1월까지 세 달간 열다섯 번의 인터뷰와 세 번의 라디오 출연과 열여섯 번의 북토크 행사를 치렀다. 하루가 멀다 하고 말하는 자리에 가기 위해 집을 나설 때마다 같은 말을 읊조렸다. "내가 뭐라고…"

그러다 막상 인터뷰 장소나 라디오 녹음실이나 행사장

의 토크 무대에 도착하면 그렇게 자조할 새가 없었다. 분명한 청자들이 기다리고 있었기 때문이다. 이렇게 추운 날에 다른 걸 할 수 있는 시간을 아껴서 내 앞에 온 사람들이었다. 그런 얼굴을 마주하면 성심 성의껏 내 소개를 하고 책 애기를 하게 되었다. 자리를 마치고 집에 돌아오면서는 어김없이 불안해졌다. 오늘도 혼자 떠들었구나! 저마다 유구한 역사를 가진 사람들이 무슨 생각을 하며 내 애길 들었을까. 말실수하는 나를 어떤 마음으로 바라보았을까.

역시 잘못 살고 있는 것 같아서 사주를 보러 갔다. 새해맞이 의식이기도 했다. 생년월일과 태어난 시각을 말한 뒤, 사람들 앞에서 마이크를 들고 말하는 순간이 많아 걱정이 된다고 토로했다. 명리학자 선생님은 대답했다.

"무대에 설수록 좋은 팔자예요. 큰 무대일수록 좋습니다."

나는 복잡한 기분으로 되물었다.

"정말요?"

선생님은 고개를 끄덕이며 덧붙였다.

"출판계나 교육계에 종사하시는 게 좋겠습니다."

"대충 그러고 있기는 한데… 계속 여기 종사해야 할까요?"

"네. 그리고 매일 일기를 쓰세요."

"일기요?"

"일기를 매일 쓸 경우 부적이 따로 필요 없는 팔자입니다."

그런 팔자라니…

여러 기쁨과 스트레스와 질병을 가져다준 일간 연재를 생각하며 거리를 걸었다. 하던 걸 계속하면 되는 것인가. 〈일간 이슬아〉가 일기는 아니지만 말이다. 무대에 서면 좋다는 말도 들었으니, 이왕 하는 거 모든 행사에 최대한 잘 임하기로 했다. 그런데·행사에 잘 임하는 건 무엇인가.

첫 번째로는 좋은 에너지를 품고 그 장소에 가는 것이었다. 일찍 자고 일찍 일어나고 규칙적으로 운동하고 일하고 읽고 쓰는 생활을 유지해야 그럴 수 있었다. 행사 전날 밤에는 심사숙고하여 옷을 골라놓았다. 옷으로 용기를 내는 부류이기 때문이다. 내 몸을 편안하게 감싸는 옷일수록 용기가 났다. 하루는 내 몸이 너무 왜소하고 초라해 보여서 어깨에 '뽕'이 들어간 가죽 재킷을 입고 북토크에 갔다. 지나치게 자신만만해 보이는 외투였다. 진짜 동물 가죽은 아니고 인조 가죽이라고 소심하게 강조한 뒤 강연을 시작했던 것 같다.

두 번째로는 같은 얘기를 반복하지 않는 게 중요했다. 같은 이야기를 자리만 바꿔서 몇 번이고 반복하는 내 모습은 상상만 해도 아주 가증스러웠다. 북토크 때마다 다른 주제로 이야기를 준비하고 자료를 만들어 가자 나의 편집자님은 조금 염려하셨다. "매번 새롭게 준비하려면 피곤하실 텐데요!" 그래도 피곤한 게 부끄러운 것보다 나았다.

두 시간 가까이 진행되는 행사를 낭독과 이야기로만 채우는 게 빈약하게 느껴져서 세 번째로 준비한 것은 6만 원짜리 중고 기타와 미니 앰프였다. 말이 지겨워질 즈음에 노래를 하기 위해서였다. 쉬운 코드만 쳐가며 내가 좋아하는 노래들을 불렀다. 내 글보다 좋은 가사가 세상엔 수두룩했고, 그 노랫말에 기대어 내 마음을 효과적으로 요약할 수 있었다. 사실 내 책에 관해서라면 덧붙이고 싶은 말이 딱히 없었다. 내 글과 그림이 지겨웠기 때문이다. 하지만 좋아하는 노래는 여러 번 불러도 지겹지 않았다. 어느새 나의 북토크 행사는 약간 디너쇼처럼 변해 있었다.

무대에서의 실수와 민망함을 추스를 새도 없이 책에 사인을 하다 보면 독자들은 어느새 멀어져 갔다. 고맙고도 두려운 사람들! 여전히 그들에 대해 알게 된 것 없이 열심히 나를 보여주기만 하다가 행사의 밤이 저물곤 했다. 역시 불안한 일이었다. 나는 또 같은 말을 읊조리며 집에 돌아갔다. "내가 뭐라고, 내가 뭐라고…"

「채널예스」 2019년 2월호

작가와 출판사

얼마 전 나는 한 출판사의 대표가 되었는데, 그 과정은 몹시 단출했다. 구청 가서 출판사 신고하고, 은행 가서 사업자 통장 개설하고, 세무서 가서 사업자 등록 하니까 끝이었다. 출판사의 구성원이라곤 나뿐이었다. 자동으로 대표가 되었다.

출판사를 만든 이유는 대형 서점과 거래하기 위해서였다. 나는 두 권의 책을 썼는데 문학동네와 함께 만든 『나는 울 때마다 엄마 얼굴이 된다』는 집필 이후에 크게 할 일이 없었다. 책을 독자에게 전하기까지의 모든 업무를 출판사의 전문가 분들이 맡아주셨기 때문이다. 반면 독립 출판한 책 『일간 이슬아 수필집』에 관한 모든 일은 직접 해야 했다. 제작, 편집, 홍보, 영업, 유통, 포장, 배송을 비롯한 전 과정을 알음알음으로 배웠다. 출판사 타이틀 없이 개인적으로 일하며 전국 100여 개의 독립 서점과 거래했다.

그런데도 많은 이가 여전히 내 책을 구하기가 어렵다고 말했다. 대형서점에는 책이 없기 때문이었다. 예스24, 교보문고, 알라딘과 같은 커다란 온라인서점에서 검색했을 때 책이 나오지 않으면 구매를 포기하는 독자가 많았다. 독립서점을 찾는 이들은 적극적인 독자에 속했다. 나도 그런 독자 중 하나지만 책을 지속적으로 판매하려면 적극적일 여유가 없는 독자도 쉽게 구매할 수 있도록 대형서점에도 책을 납품해야 했다. 그래서 출판사를 등록하고 내 책에 ISBN 바코드를 삽입했다.

이름은 '헤엄 출판사'로 정했다. 수영 강사이자 산업 잠수사였던 아빠로부터 헤엄을 배운 기억을 떠올리며 지었다. 넓고 아름답고 험한 바다와 힘을 뺀 채로 수면 위에 둥둥 떠 있는 사람들을 마음속에 그렸다. 조금 먼 미래도 생각했다. 당장은 내 책을 쓰고 팔기에 급급하지만 나중엔 작가로서의 훈련뿐 아니라 편집자로서의 훈련도 병행하고 싶었다. 나 아닌 다른 저자의 빛나는 글을 모셔 올 수 있도록 말이다. 애인이 아름다운 로고를 그려주었고 그 로고가 새겨진 명함을 팠다.

이렇게 헤엄 출판사가 설립되었으나 달라진 것은 서류 뿐이었다. 사무실 같은 건 없었다. 내 집의 서재가 곧 물류 센터였다. 10㎡(3평)짜리 물류센터에 나의 엄마를 정직원 으로 고용했다. 월급을 매달 주고 일을 맡겼다. 서점들로 부터 주문이 들어오면 그에 맞게 나의 책을 안전하게 포장 하고 발송하는 업무다. 시간 대비 고수익 임금이고 맘 편 한 노동 환경이므로 엄마는 점심때쯤 흔쾌히 내 집에 출근 한다. 나는 엄마를 위한 노동요로 이문세의 노래를 튼다. 물류센터에서 깔끔하게 포장된 책은 유통센터로 보내진 다. 유통센터란 내 아빠의 트럭을 말한다. 가까운 서점은 그 차로 배송하고 지방 서점에는 택배로 보낸다. 아빠는 일용직으로 고용했다. 일거리가 매일 있지 않은데다가 정 직원을 두 명이나 고용할 형편은 아니기 때문이다. 어쨌든 엄마의 직함은 물류센터장이고 아빠의 직함은 유통센터장 이다.

부모이자 직원에게 포장 및 배송 업무를 맡긴 뒤 나는 그 외의 모든 업무를 처리한다. 이른 아침부터 걸려오는 서점 발주 통화와 재고 관리와 장부 정리와 세금 처리 등 으로 나의 하루는 일찍 시작되고 늦게 끝난다. 홍보를 위 한 잡무와 행사와 각종 원고 마감도 병행한다. 내 연재와 출판사를 홍보하기 위한 홈페이지도 제작했다. 전문가에게 의뢰하려다가 비싸서 직접 만들었는데 생각보다 그럴싸하다.

하루는 책 몇 백 권을 실은 차의 조수석에 탑승했다. 경기 파주의 인쇄소로 가서 새로운 중쇄의 감리를 본 뒤, 처음 거래하는 대형서점의 본사로 가서 계약서를 쓰고, 또 다른 대형서점의 물류센터에 들러 책을 납품하는 일을 연이어 했다. 도서 유통의 핵심 단계에 해당하는 장소를 죄다 목격한 날이었다. 잉크 냄새와 기계 돌아가는 소리로 꽉 찬 인쇄소에서는 기장님께 큰 목소리로 요청 사항을 말씀드렸다. 대형서점 본사에서는 배송을 전문적으로 담당하는 배본사를 두지 않을 경우 계약이 어렵다는 조건을 들었다. 나는 헤엄 출판사의 틀림없는 배송 시스템을 최대한 어필하며 배본사 없이 계약을 설득했다. 수만 부의 책이 쌓인 물류센터에서는 책 더미를 나르는 지게차들이 빠르게 공장을 누비고 있었다. 하마터면 치일 뻔했다. 하루 만에 책을 배송하기 위해서는 아주 많은 사람이 서둘러야 했다. 이제 나도 그 과정에 속했다. 그렇지만 책이 왜 그렇게까지 빨리 배송되어야 하는지는 의문이었다. 책뿐만 아니라 많은 물건이 새벽에도 쉬지 않고 옮겨지는데 그 시스템도 다 사람이 하는 일이었다. 이 속도가 당연하게 여겨지는 게 이상했다.

일몰의 색깔로 뒤덮인 자유로를 달려 집으로 돌아오는 길에 꾸벅꾸벅 졸았다. 출판사 일을 해보지 않았다면 겨우 집필만 알았을 것이다. 한 권의 책이 제작되어 독자의 손에 쥐어지기까지는 집필 이후에도 아주 많은 과정이 필요한데 말이다. 내가 아는 모든 출판 노동자의 하루를 다시 생각하게 된다. 출판 시장이라는 커다란 바다에서 어떤 식으로든 계속하는 사람들을. 이제 막 물에 발을 담근 나는 그들의 행보를 바라보며 나의 헤엄을 배운다.

「채널예스」 2019년 3월호

모녀와 출판사

스무 살 때 나는 엄마가 차린 구제 옷가게의 일을 가끔씩 도왔다. 사장인 엄마가 바쁘거나 아파서 출근이 늦어질 때 대신 가게를 보는 일이었다. 손님들은 나를 좋아했지만 엄마를 향한 애정과 신뢰에는 비할 바가 못 됐다. 모두 그녀가 출근하기만을 기다리며 옷을 골랐다. 그녀의 덕과 품으로 굴러가는 가게이기 때문이었다. 작고 동그란 엄마 어깨 너머로 가게가 바삐 돌아가는 모습을 지켜본 시절이 내게 있다. 엄마가 몹시 많은 이들의 말에 응답하던 시절이다.

그로부터 8년이 지나 나는 이십 대 후반이 되고 엄마는 오십 대 중반이 되었다. 그녀가 몸과 마음과 시간과 영혼을 바쳐 운영하던 구제 옷가게는 이제 없다. 대신 내가 출판사를 차렸다. 나는 원고 집필과 출판사 운영을 병행하느라 매우 분주해졌다. 일손이 절실했다. 마침 이웃집에 엄마가 있었다. 그녀는 생활비에 보탬이 되고자 동네 기사식당에서 아르바이트라도 할까 고민하는 참이었다. 엄마처럼 다채로운 노동의 경험치를 쌓아온 유능한 일꾼이 겨우 최저시급을 받는다고 생각하니 아까웠다. 나는 엄마에게 소문만 무성하고 성의는 없는 그 기사식당에 가지 말고 내 출판사에서 일할 것을 권유했다. 최저시급보다는 나은 월급과 탄력근무제와 평안한 노동 조건을 약속했다. 세 자릿수를 겨우 넘긴 월급을 엄마 통장에 선불로 입금함으로써 우리는 같은 출판사의 노동자들이 되었다.

임시로 그녀를 '장 팀장님'이라고 호명하겠다. 장 팀장님의 첫 번째 업무는 택배 포장이었다. 『일간 이슬아 수필집』은 넉 달 사이 1만 부가 팔렸는데 그중 택배로 배송된 7,000부 가량은 모두 그녀가 포장했다. 주문이 들어온 권수에 맞게 책을 챙기고, '뽁뽁이'로 싸서 박스에 넣고, 남는 공간에 박스 조각을 채워서 책이 흔들리지 않게 하고, 배송지 주소와 연락처를 적어서 송장을 접수하고, 택배 기사님이 수거하실 수 있도록 포장 완료된 책을 1층에 내려다놓는 과정의 반복이었다. 영업일 기준 하루 평균 90권 가량을 포장한 셈이다. 배본사 없이 자체 인력만으로 1만

부 배송을 소화했다는 사실이 매우 놀랍다. 실로 장 팀장님이 해낸 일이다.

가끔 나의 아빠가 장 팀장님을 도우러 나타나기도 했다. 그도 장 팀장님 못지않게 유능한 일꾼인데 일하는 스타일이 매우 판이하다. 그래서인지 일하다 자주 싸운다. 나는 원고 마감과 메일 답장과 장부 정리를 하던 중 두 사람의 언쟁 소리를 듣고 정신이 산만해진다. 모든 게 서재에서 동시다발적으로 일어나고 있기 때문이다. 사무실을 차릴 돈이 없어서 나의 서재는 작업실이자 사무실이자 택배 포장소가 되었다. 바로 옆에서 티격태격하는 부모에게 나는 대표의 말투로 주의를 준다.

"소란스럽네요."

그러자 장 팀장님은 자신의 남편을 가리키며 내게 말한다.

"저 아저씨랑 같이 일하기 싫어."

그럼 나는 두 사람에게 각각 다른 업무를 배정해준다. 따로 일하는 동안 둘은 싸우지 않는다. 가족 기업이란 무엇인가…

1만 부를 넘기고부터는 큰맘 먹고 배본사에 배송 업무를 넘겼다. 장 팀장님에게 배송보다 더 중요한 업무를 맡기기 위해서다. 그것은 바로 회계다. 원래는 나 혼자서만 관리하던 내역이지만 나처럼 여러 일을 어수선하게 병행하는 사람이 회계를 쭉 책임진다면 장부는 결국 엉망이 될게 뻔했다. 그러기 전에 장 팀장님에게 인수인계를 진행했다. 그녀와 나란히 앉아 4개월간의 매출과 매입 내역을 처음부터 다시 정리했다. 제작비와 마진과 수금 내역도 재검토하고 월별 통계도 냈다. 장 팀장님은 소싯적에 경리 일도 했고 자신의 옷가게를 7년이나 굴려봐서 그런지 나보다 나았다.

하지만 그녀는 엑셀 프로그램을 쓸 줄 몰랐다. 몇 주간 그녀에게 엑셀과 구글 스프레드시트의 사용법을 알려주기 위해 애썼다. 하지만 장 팀장님은 매번 기상천외한 버튼을 누름으로써 자료를 삭제하거나 뒤섞어놨다. 아찔한 일이었다. 디지털 리터러시를 체화하지 않은 그녀가 컴퓨터로 어떤 실수를 저지르는지 볼 때마다 간담이 서늘했다. 어쩌면 내 맥북을 무심코 쟁반이나 도마로 쓸 수도 있는 사람이었다.

결국 우리는 장부의 전산화를 포기했다. 장 팀장님은 문구점에 가서 '金錢出納簿(금전출납부)'라고 적힌 구식 노트를 사왔다. 거기에 터프한 손글씨로 장부를 적어나갔다. 그녀에게 맞는 도구는 그것이었다. 그리하여 헤엄 출판사의 최종 장부는 모두 종이에 기록되어 있다. 일단은

장 팀장님이 일하는 방식을 따를 수밖에. 모르는 게 있으면 검색 대신 전화부터 걸고, 망원시장에서 과일 값 깎듯 종이 회사 사장님에게 에누리하며 종이 단가를 깎고, 거래처 직원과 금세 친해져서 고급 정보를 입수해내는 장 팀장님을, 실은 신뢰하는 것인가. 출판 일이 처음인 우리는 매일같이 실수하고 허둥지둥 수습하지만 어쩐지 이 사업 역시 그녀의 덕과 품으로 인해 굴러가는 듯한 기분이 든다. 부디 우리의 일이 계속되면 좋겠다.

「채널예스」 2019년 4월호

직장 동료

복희는 정기적으로 헤나 염색을 한다. 흰머리 때문이다.
그는 거울을 보며 푸념한다.

"이상하다. 염색한 지 얼마 안 된 것 같은데 벌써 새로
운 흰머리가 이만큼씩이나 보여~"

나는 스마트폰을 보며 말했다.

"그냥 아예 다 흰머리로 기르는 게 어때?"

메릴 스트립이나 문숙처럼 멋진 흰머리의 배우를 떠올
리며 건넨 권유였다.

복희가 중얼거렸다.

"참나. 지 머리 아니라고 아무 말이나 하네."

나는 킥킥댔다. 듣고 보니 정말 맞는 것 같아서다. 엄

마의 흰머리가 내게는 아직 얼마나 남 일인지. 내 머리칼은 온통 검고 숱은 비온 뒤 잡초처럼 풍성하며 트위스트 펌을 해도 모발이 끄떡없다. 내 아빠 웅이는 요즘 나를 보고 '올드보이'의 오대수 같다고 말한다.

복희는 물에 갠 헤나 가루를 모발 뿌리 부분에 도포한 채로 냉장고 정리와 설거지를 했다. 얼마 후 머리를 감고 나오자 희끗했던 모발 뿌리가 검게 물들어 있었다. 헤나 가루 특성상 살짝 붉은 빛도 돌았다. 드라마 '왕좌의 게임'에 나오는 붉은 마녀, 멜리산드레의 머리색과도 비슷했다. 물론 멜리산드레와 복희의 인상은 너무도 판이하다. 뾰족하고 얇고 서늘한 멜리산드레와 달리 복희의 신체에서는 어떤 각도 찾아보기 힘들다. 복희는 신기할 정도로 둥근 선으로만 이루어진 사람이다.

그렇게나 동그라미적인 인간이 나의 엄마이고, 그는 내가 만든 헤엄 출판사의 유일한 직원이기도 하다.

복희가 자주 다니는 수선집이 있다. 그 가게에서 벌써 몇 십 벌의 옷을 고쳐 입었다. 오십 대 중반의 수선집 아줌마가 어느 날 복희에게 물었다.

"근데 자기 무슨 일해?"

복희는 잠시 고민하다가 말했다.

"저 출판사 다녀요."

이전까지의 온갖 험난한 직업들을 생략한 대답이었다. 수선집 아줌마가 눈을 휘둥그레 뜨고 물었다.

"자기 출판사 다녀?"

"네…"

"어머, 그렇구나~"

수선집 아줌마의 놀라움에는 '자기 은근 지적이구나' 하는 의외의 발견이 섞여 있다. 적어도 대학은 나온 여자라고, 소위 '배운 여자'라고 새롭게 인식하는 듯했다. 놀라움을 못 박듯 "출판사 다니는구나. 몰랐네~" 하고 다시 한 번 읊조렸다.

어쩐지 민망해진 복희는 덧붙였다.

"딸이 만든 작은 출판사인데 그냥 좀 도와주고 있어요~"

조금이라고 하기엔 아주 많은 업무를 담당하고 있지만 복희는 그렇게만 말한다.

수선집 아줌마는 항암 치료를 하는 중이다. 그 와중에도 거의 매일 가게 문을 열고 저렴한 가격에 솜씨 좋은 수선을 해준다. 얼마 전 복희는 아줌마에게 화분을 하나 선물했다. 스킨답서스였다. 키우기도 쉽고 쑥쑥 잘 자라는 기특한 그 화초를 망원시장에서 하나 사갔다. 복희는 가게에 화분이 있는 것과 없는 것은 천지차이라고 생각한다.

단골 수선집의 주인이 화분에게서 좋은 생명력과 에너지를 받으며 일하기를 바란 듯하다. 가랑비 내리던 날 수선집 아줌마는 선물 받은 화분을 가게 앞에 살짝 내놓기도 했다. 복희 말로는 화분이 기분 좋게 물을 맞고 있었다고 한다.

밥하고 청소하고 시장 다니고 수선집 들르고 염색하고 화분 키우고 딸내미 출판사의 온갖 업무를 도맡느라 복희의 낮은 늘 분주하다. 나는 나대로 복희는 복희대로 바쁜 시절이다. 그래도 출판사와 관련된 일들을 둘이 나눠 해서 그나마 낫다. 하지만 둘 중 누구도 출판업을 어깨 너머로도 배워본 적이 없어서 자주 오리무중이 된다.

얼마 전에는 인쇄소에 항의를 하러 가야 했다. 10쇄를 찍은 내 책에 문제가 있었기 때문이다. 328쪽부터 약 10쪽 가량의 순서가 뒤죽박죽 인쇄되어 있었다. 제본 과정에서 종이가 잘못 들어간 것이었다. 파본 중에서도 심각한 파본이었다. 하필이면 복희와 베트남 여자 밍에 관한 소설인 「마담과 다이버」편에서 페이지가 뒤섞였다. 책의 중반부까지 재밌게 읽던 독자들의 항의 메일이 빗발쳤다. 알라딘과 교보와 예스24 등의 서점에서도 교환 요청이 들어왔다.

출판사 연락처와 이메일로 제보가 오기 시작했을 때

우리는 너무 미안해하며 사과 답장을 보내고 최대한 빨리 교환을 진행했다. 배송비가 몇 배나 더 들었다. 독자와 서점의 신뢰도 분명 깎였을 것이다. 조언을 구하기 위해 가까운 편집자님께 전화해서 이 사태를 설명했다. 그러자 이건 정말 대형 사고라는 대답이 돌아왔다.

"인쇄소에 가서 크게 화내셔야 돼요. 반드시 화내셔야 돼요."

편집자님은 당부했다. 나는 알겠다고 했지만 그는 내가 크게 화를 낼 수 있을 거라고는 믿지 않는 눈치였다. 걱정이 된 나머지 거의 인쇄소에 따라오실 것만 같았다. 안 그래도 바쁜 그 분께 신세를 지면 안 되기 때문에 나는 정말 꼭 잘 화를 내겠다고 약속했다. 하지만 나도 나를 믿을 수가 없었다. 복희 역시 크게 화를 내는 사람은 아니었다.

물러터진 모녀가 파주 외곽에 있는 인쇄소로 향했다. 소형 중고차에 문제의 책들을 싣고 자유로를 달렸다. 카오디오로 김광진의 '편지'를 들었다. (행여- 이 맘 다칠까- 근심은 접어- 두오- 오오 사랑한 사람-이여-) 목청껏 따라 부르다가 인쇄소 앞에 도착했다.

몇 번 와본 인쇄소는 역시나 거대했다. 거대한 인쇄기들과 무수한 책들을 보관해야 하니 당연했다. 3층 사무실로 올라갔다. 사무를 보던 여자 담당자분이 우리에게 물었다.

"어떤 일로 오셨죠?"

"저희 혜엄 출판사인데요. 파본이 많이 나와서 상의드
리러 왔습니다."

그는 잠시만 기다리라고 말한 뒤 우리를 테이블로 안
내했다. 비타500을 한 병씩 가져다주었다. 나는 그것을 홀
짝홀짝 마셨지만 복희는 손도 대지 않았다. 조금 긴장한
얼굴 같기도 했다. 곧이어 과장님이 나타났다. 오십 대 후
반으로 보이는 남자였다.

복희가 과장님께 자초지종을 설명했다. 책이 어떻게
잘못 인쇄됐는지. 파본이 얼마나 많이 나왔는지, 독자와
서점으로부터 어떤 항의를 받았는지 살짝 떨리는 목소리
로 말했다. 나도 말할 수 있었지만 그냥 가만히 있었다. 왠
지 복희의 턴이라는 생각이 들었다. 이야기를 들은 과장
님은 난처한 얼굴이 되었다. 예상치 못한 문제로 놀란 듯
했다. 그는 빠르게 파본의 수량과 정도를 파악하기 시작
했다.

복희는 어째서 이런 실수가 일어난 건지를 물었다. 과
장님이 곤란해하며 대답하시길, 인쇄가 다 기계 작업 같아
도 은근히 사람 손으로 하는 일이 많다는 거였다. 인쇄 자
체는 기계가 하지만 그 기계에 종이를 집어서 넣는 것은

아주머니 노동자들이었다. 십 년 가까이 일해온 숙련된 분들이지만 하도 서두르다보니 이렇게 종이 몇 백 장을 뒤집어 넣는 실수가 있었던 것 같다고.

복희가 당부했다. "저희한테 가장 중요한 건 이런 일이 반복되지 않는 거예요. 돈도 돈이지만, 독자 분들이랑 서점 분들께 믿음을 잃는 게 너무 치명적이어서…"

복희의 항의는 전혀 커다란 소리가 아니었는데 호소력이 엄청 짙어서 이상한 방식으로 강력했다. 내용은 전혀 달랐지만 항의의 음성 자체는 그가 노래방에서 노영심의 '그리움만 쌓이네'를 부르는 톤과도 비슷했다. 사태의 심각성은 복희가 충분히 전했으니 나는 돈 얘기를 꺼냈다.

"새 인쇄비는 물론이고, 파본 한 권당 추가로 물어야 했던 택배비를 꼭 지원해주셔야 할 것 같아요."

과장님이 말했다.

"인쇄는 하여튼 저희가 정말 이번엔 확실히 잘 할게요."

나는 다시 강조했다.

"인쇄뿐 아니라… 파본이 100권 가까이 나와서 추가 택배비도 꽤 많이 들었거든요. 정산 팀에 꼭 전달 부탁드려요!"

옆에서 복희가 가슴에 손을 얹고 말했다.

"이런 일 또 생길까 봐 저희는 정말 불안불안해요."

과장님이 두 배로 난처해하며 대답했다.

"이런 일 또 발생하면, 저희 인쇄소 문 닫아야 됩니다."

항의는 부드럽지만 확실하게 끝났다.

우리는 다시 소형 중고차를 타고 서울로 향했다. 조수석에 앉아 한 가지를 깨달았는데 인쇄소의 과장님이 나에게는 어떤 질문도 하지 않았다는 거였다. 그는 모든 질문을 복희에게만 했다. 대표는 난데 왜 그러셨을까? 나는 우리 둘을 마주본 과장님의 시선을 상상해봤다. 오대수처럼 부푼 곱슬머리를 한 이십 대 여자와, 멜리산드레처럼 검붉은 머리를 한 오십 대 여자. 한 명은 노브라에 등이 파인 민소매 나시를 입었고 다른 한 명은 호피무늬 블라우스에 딱 붙는 청바지를 입었다. 둘 중 누구도 딱히 출판 관련 종사자처럼 보이지는 않았을 것이다. 그는 복희만을 사장님이라고 불렀다.

아무래도 좋았다. 나는 복희를 엄마라고도 불렀다가 복희라고도 불렀다가 장 팀장님이라고도 불렀다가 인쇄소 이후로는 사장님이라고도 부른다. 복희는 나를 슬아라고 불렀다가 살짝 놀리고 싶을 땐 작가님이라고 부르고 많이 놀리고 싶을 땐 대표님이라고 부른다. 어떻게 불리든지 상관없는 직장 동료 두 명은 카 오디오에서 흘러나오는 노래를 따라 부르며 집에 돌아왔다.

2019.05.28.

여러 개의 자신

우리 집에 처음 컴퓨터가 생긴 건 내가 일곱 살이던 1998년 무렵이다. 인터넷을 사용하는 동안엔 집 전화를 쓸 수 없었다. 수화기를 들면 이상한 소리가 흘러나왔다. 우리 아빠 웅이는 나랑 찬이를 컴퓨터 앞에 불러서 인터넷 창을 켰다. 이제는 없어진 포털 사이트 '야후! 코리아'가 펼쳐졌다. 웅이는 우리에게 아이디라는 것을 만들자고 했다.

"왜?"

그럴 필요를 전혀 느끼지 못한 내가 묻자 웅이가 대답했다.

"아이디랑 비밀번호를 만들면 컴퓨터 안에 네가 하나 더 생기는 거야."

말도 안 된다고 생각했다. 게다가 아이디는 영어로만 만들 수 있어서 더욱 먼 얘기로 느껴졌다. 알파벳의 조합을 어려워하는 내게 웅이는 임의로 아이디를 지어주었다.

seula1

인생의 첫 아이디였고, 본격적인 기계기의 시작이었다. 인문학자 이영준의 책 『기계비평』에 따르면 인간의 성장 발달에는 기계기(machinic stage)라는 단계가 있다. 프로이트가 구강기, 항문기, 남근기, 잠복기, 생식기로 분류하며 사용한 정신분석학 용어를 이영준은 '기계기'라는 개념으로 패러디했다. "기계의 효용이나 매력이 인간의 심리적, 신체적 존재 속에 각인되어 인성의 중요한 부분으로 자리 잡는 기간"을 말한다.

나는 사춘기 훨씬 이전에 기계기를 겪었다. 거실 한 자리를 떡하니 차지한 커다란 데스크톱과 인터넷 모뎀과 프린터라는 하드웨어, 그리고 한컴타자연습과 한글97이라는 소프트웨어를 양손으로 활용하여 삶을 텍스트화하는 연습을 했다. 초등학교 선생님들은 날마다 일기를 써 오게 시켰고, 나는 반에서 컴퓨터로 일기를 써 가는 몇 안 되는 학생 중 하나였다. 프린터가 고장 난 날에는 디스켓에 한글 파일을 담아 제출하기도 했다. 기계들은 내 일기의 형식뿐 아니라 내용에도 알게 모르게 영향을 끼쳤을 것이다.

한글97 이후 애용했던 소프트웨어는 '버디버디'였다. 거기서 나와 친구들은 날마다 엄청난 양의 텍스트를 주고받았다. 하교하자마자 컴퓨터 앞에 달려가 버디버디에 접속한 채로 게임을 하거나 노래를 다운로드했다. 초등학교 3학년 무렵 내 절친의 이름은 소담이였다. 그때는 절친이라고 안 했고 베프라고 했는데 너무 베프인 나머지 나는 버디버디 아이디를 'forever소담'이라고 설정하기에 이른다. 소담이의 아이디는 물론 'forever슬아'였다. 두 개 다 끔찍한 아이디어였다. 아이디에 영어를 넣고 싶어 안달이 난 아이들이 우리 둘뿐은 아니었지만, 그중에서도 왜 하필 forever였을까. 2019년에 풍문으로 들려온 소식에 의하면 소담은 결혼을 앞두고 있다. 소담의 인생에서 영원한 것은 무엇일까 문득 생각해본다. 그게 내가 아닌 것만은 분명하다. 나는 forever소담과 슬아를 생각할 때마다 웃겨 죽겠다. 정말이지 무색하다. 소담을 만나면 서로 그저 웃기만 할 것 같다.

이후에도 몇 번의 새로운 아이디를 만들며 계속해서 흑역사를 써나갔다. 싸이월드 미니홈피도 꾸미고 이제는 웃음만 나오는 배경음악도 틀어놓았다. 거기에서 처음으로 '남들 보라고 쓴 일기'라는 장르를 학습했다. 좋아하는 언니나 오빠가 쓴 문장들을 참고하며 공개 다이어리를 썼다. 그 결과 어떤 우스운 순수함이 답습되었다. 다들 인터넷 안에서 혼잣말을 할 때 어떤 포즈를 취할지 소심하게 연구 중인 것 같았다.

나는 짬짬이 나모웹에디터를 배워서 직접 홈페이지를 만들며 웹상에 내 공간을 설계하는 일에 심취했다. 그러다가 중학생 때부터는 네이버 블로그에 정착했다. 이웃을 만들기도 쉽고 긴 글을 쓰기에도 적합한 공간이었기 때문이다. 이때는 블로그 글의 문법이라는 것을 체화했다. 싸이월드 미니홈피와는 또 달랐다. 블로그에 특화된 글을 청소년기 내내 쓰다가 이십 대가 되자 블로그 포스팅 같지 않은 글을 쓰기 위해 부단히 노력해야 했다.

지금은 인스타그램과 페이스북을 창구로 두고 글을 쓴다. 발표하는 매체는 신문과 잡지, 그리고 메일링 서비스인 〈일간 이슬아〉 지면이다. 오프라인에서도 내 글을 읽을 수 있지만 결정적인 연결감은 거의 온라인에 있다. 아주 편리하고 빠르고 비용도 덜 든다. 종이라는 물질 없이도 멀리까지 가며 재고도 남지 않는다. 누군가가 공유되거나 유명해지는 속도에 깜짝 놀라곤 한다. 그 확산력은 나에게도 좋은 일을 가득 안겨 주었다. 비슷한 크기의 불안과 혼란도 함께 찾아왔는데 아직도 이유를 잘 설명하지 못하겠다. 역시 너무 쉽게 복제되고 박제되는 게 문제일까. 이렇게나 불완전하고 수시로 변하는 나라는 인간의 조각을 인터넷 안에 여러 개 늘어놨다니 어리석고 간도 크다.

"컴퓨터 안에 네가 하나 더 생기는 것"이라던 웅이의 말이 이제는 내 마음을 아주 복잡하게 한다. 지금 남기는 모든 텍스트가 이전의 아이디처럼 부끄러워질 미래를 상상한다. 내가 어찌해 볼 수 없는 과거의 자료 때문에 속수무책으로 무너질 날도 그려본다. 그럼 seula1이라는 아이디를 만들기 이전을 떠올리게 된다. 최초의 아이디조차 없는 우주에서 살아가는 나를 생각하면 마음이 좋아진다. 그는 나보다 덜 여러 개의 자신을 겪을 것이다. 겪더라도 자기 자신과 사랑하는 사람 정도만이 알아챌 것이다. 웹의 불특정 다수와 함께 겪지는 않을 테고 기계가 그의 신체와 정신을 앞서가는 일도 잘 없을 것이다. 다른 종류의 혼란과 슬픔을 겪는 그겠지만 이 우주의 나라서 짐작도 못 하겠다. 적어도 seula1과 이슬아 사이의 괴리 같은 건 없을 그에게 안부를 전한다. 언젠가는 어떤 계정 없이도 잘 지내보겠다고 미래의 나에게 약속하고 싶다.

「채널예스」 2019년 7월호

고독의 매뉴얼

아이폰의 스크린 타임 분석 결과에 따르면 나는 하루 평균 무려 5시간 14분이나 스마트폰 화면을 들여다보는 사람이라고 한다. 그럴 리가 없다고 생각했다. 하지만 각 앱별 사용 시간 기록 자료가 정확히 증명하고 있었다. 인스타그램과 네이버 메일 앱이 1, 2위를 치열하게 다퉜다. 3위는 카카오톡, 4위는 페이스북, 5위는 메모장 앱이었다. 진짜로 그렇게나 오래, 스마트폰을 쥐고 있는 거다.

초연결 사회에서 에스엔에스를 기반으로 작가 생활을 영위하는 프리랜서에게 이러한 분석 결과는 놀라운 일이 아닐지도 모른다. 하지만 여가 중에도 내 인생은 인스타그램과 페이스북과 트위터 정보들로 빽빽하다. 끊임없이 접속된 채로 살아간다. 그러므로 나는 아주 오랫동안 혼자가 아니었다. 혼자 있을 때조차 누군가와 반쯤 연결되어 있었다. 이 사실을 알아차릴 때면 작은 수치심이 든다. 왜일까. 이 수치심의 정체는 무엇일까.

길을 걸으며 음성 방송을 듣는다. 아무것도 안 들으며 걷는 게 허전해서다. 마음이 심산한 날에는 네이버 오디오 클립에서 요조의 방송을 재생한다. 그렇게 조심하며 말하는 진행자는 흔치 않다. 그는 청취자에게 어떤 기분도 강요할 생각이 없는 듯하다. 가끔 나는 그게 그렇게 고마울 수가 없다. 하루는 그가 이런 이야기를 들려주었다.

현대인의 리액션에 관한 글이 있더라고요. 요약하자면 이래요. "현대인은 하루 종일 리액션이라는 것을 하면서 산다. 리액션이라는 것은 '타인의 욕망에 응하는 행위'이다. 따라서 이 행위에 몰두하면 할수록 나 자신의 욕망은 점점 거부되고 잊힐지도 모른다."
그래서 저자는 리액션하지 않는 시간을 꼭 확보해야 한다고 말하고 있어요. 리액션하지 않는 시간. 타인의 욕망에 응하지 않는 시간.'

요조의 말소리를 들으며 내 수치심과 피로감의 정체를

조금 알게 되었다. 스마트폰으로 하는 일의 대부분은 리액션이다. 수신된 카톡과 메시지와 디엠에 응답하는 일. 새로고침할 때마다 새롭게 쌓여 있는 메일에 답장하는 일. 타인들의 게시물을 구경하고 좋아요를 누르거나 안 누르는 일. 자기도 모르는 새 그 모든 결정을 하는 일. 반대로 나 역시 남에게 리액션을 요청한다. 메시지와 메일을 보내고 나의 계정에 글과 사진을 올린다. 그게 누군가한테 크고 작은 영향을 준다. 이 연결감은 나를 활기차게 만들기도 하지만 문제는 끊임없이 연결됐다는 점이다. 심지어 유의미한 연결인지도 의심스럽다.

언젠가 우리 엄마 복희는 이런 말을 했다.

"난 남들이 알아주는 게 너무 싫어."

나는 이해하지 못하고 되물었다.

"무슨 소리야?"

"나한테 일어난 중요한 일은, 그냥 가까운 한두 사람 정도만 알았으면 좋겠어. 자랑할 만한 것이든 슬픈 것이든 간에 말이야."

그러고 보니 복희는 자신에 대해 딱히 알리지 않으며 살아간다. 자랑할 일이 있어도 잘 안 한다. 자랑 뒤에 되돌아올 축하의 피드백도 낯간지러워서 못 견딘다. 누가 자길 부러워하면 그냥 얼른 방에 쏙 들어가고 싶어진다고 말하며 웃는다.

그는 소통과 연결의 대가이기도 하지만 고독과 고립의
시간을 꼭 확보하는 외톨이기도 하다. 사실 두 가지는 충
돌하지 않는다. 고립과 연결은 서로를 지탱하기 때문이다.
복희 덕분에 나는 『고독의 매뉴얼』이라는 책의 한 구절을
떠올렸다.

'바디우와 라깡이 말하는 주체의 순간이 바로 이것이
다. (…) 타자의 음성에 사로잡혀 들을 수 없었던 나 자
신의 목소리를 듣게 되는 순간, 타자의 응시에 사로잡
혔던 시선이 감았던 눈을 뜨고 비로소 허무를 정면으
로 바라보게 되는 순간이다.'

허무를 정면으로 바라보는 복희를 나는 옆에서 종종
지켜보았던 것 같다. 그때 복희는 내 엄마도 아니고 웅이
아내도 아니고 심지어 복희도 아니고, 그냥 인간이라는 종
의 한 찰나처럼 보였다.

혹시 나는 허무를 정면으로 바라볼 자신이 없어서, 고
독과 고립의 기술을 배우지 못해서 하루 5시간도 넘게 스
마트폰을 바라보고 있는 것인가. 누군가가 나를 알아주기
를 바라며, 듣기 편한 타인의 목소리로만 하루를 꽉 채우

며 말이다. 하지만 스마트폰과 나의 생계는 아주 긴밀하게 연결되어 있어서 이 일상을 크게 바꾸기란 어려워 보인다. 이 현재를 유감스러워 하는 나에게 한 친구가 앱 하나를 알려주었다. 'Forest'라는 앱이다.

사용 방법은 간단했다. 지금부터 스마트폰을 몇 분간 안 볼지 설정한 뒤 손에서 내려놓는 것이다. 예를 들어 30 분을 설정하고 내려놓으면 그때부터 타이머가 작동되는 동시에 나무가 자란다. 당연히 실제로 자라는 건 아니고 화면 속 나무 그래픽 이미지가 30분간 서서히 자라는 거다. 스마트폰을 자주 내려놓을수록 여러 그루의 나무를 키울 수 있고 그렇게 자란 나무들이 모여서 숲(forest)을 이룬다. 만약 30분 이내로 다시 스마트폰을 만지면 이런 메시지가 뜬다.

'당장 포레스트에 돌아가십시오! 나무가 곧 죽을 것 같습니다!'

나는 아차 싶어서 다시 포레스트 앱으로 돌아가고 스마트폰을 내려놓는다.

무사히 30분간 다른 일을 마치고 오면 이런 메시지가 뜬다.

'30분간 집중했습니다.'

이때 뿌듯함이 내 마음에 차오른다. 스마트폰을 덜 쓰

기 위해 스마트폰 앱을 이용해야 한다는 점이 매우 이상하지만, 이걸 손에서 30분 떼는 것도 어려워하게 된 나에게 좋은 치료가 된다. 이 앱은 내 고독의 매뉴얼 중 하나가 되었다. 가장 큰 변화는 책 읽는 시간이 늘었다는 점이다.

전날에 아주 무리하지 않은 이상 요즘엔 아침 7시에 일어난다. 대충 옷을 입고 책이랑 독서대를 백팩에 챙긴 뒤 자전거를 타고 카페에 간다. 차를 주문하고 간단히 몸을 푼다. 그리고 포레스트 앱을 켠다. 50분 정도로 맞춰놓고 책을 읽는 것이다. 그사이 스마트폰에서는 나무가 자라고 있다. 이 시간은 엄청나게 황금 같다. 믿기 어렵지만 아침이 오는 게 기쁠 정도다. 중간에 메일 도착 알림이 오면 초조해서 스마트폰을 들여다보고 싶어질 때도 있다. 그때 앱이 이런 알림을 준다.

'포기하지 마세요!'

맞아. 포기하지 말아야지. 모든 연락에 실시간으로 대답할 필요는 없는 거야.

그렇게 마음을 고쳐먹고 다시 책을 읽는다. 쇄도하는 메일들에 답장하기를 미루며, 그래픽 나무를 키우며, 오늘 아침 읽은 것은 플로베르의 『보바리 부인』이었다. 이 책이 어째서 몇 백 년이나 살아남았는지 짐작할 수 있었다. 너무나 재밌는 소설이었다. 하지만 번역이 별로였다. 원서를 읽지 못해도 알 수 있었다. 외국어 실력 때문이 아니라 한국어 실력 때문에 거슬리는 거니까. 소설이 명작이란 걸 실감할수록 이 번역서가 아쉬웠다. 출판사와 번역가를 유심히 살피지 않고 그냥 중고서점에서 싸게 팔길래 구매한 것을 후회했다. 자리에서 일어나, 더 신뢰할 만한 출판사의 『마담 보바리』를 사러 중고서점에 갔다. 책을 사는 것은 미루지 않는다. 이 지출은 스스로를 위한 복지 중에서도 필수 사항에 해당한다. 같은 소설을 다른 버전으로 두 권 사면서 망설이지 않았다. 사자마자 두 권의 중고 책을 나란히 놓고 비교하며 읽었다. 역시나 차이가 어마어마했다. 거의 다른 작품처럼 읽혔다. 두 번역가는 플로베르를 존중하는 방식이 서로 달랐다. 그들이 얼마나 다르게 문장을 조립하는지 나는 연필로 표시해가며 읽었다. 어느새 두 시간이 훌쩍 지나 있었다. 그렇게 보낸 시간은 오랜만에 내 것 같았다.

쉴 새 없이 연결된, 정보가 범람하는, 모두가 서두르는, 이런 세상에서는 무엇과 연결되느냐 보다도 무엇을 차단하느냐가 더 중요한 정체성일지도 모르겠다.

2019.04.18.

혼자가 되는 책상

안 하는 게 점점 늘어난다. 예전에는 자주 했는데 지금은
안 하는 것들 말이다. 정신 차려보니 담배를 안 산 지 한
달이 넘었고 술도 한 잔 이상은 안 마시게 되었다. 뿐만 아
니라 노래방도 안 가고, 친구 집에도 안 가고, 틴더도 안
하고, 인터뷰와 강연 요청도 거절하고, 고기도 안 먹고, 해
산물도 우유도 버터도 계란도 안 먹고, 커피도 안 마시고,
야참도 참고, 거나한 유흥의 시간도 없다. 카톡도 전보다
덜 한다. 수신한 카톡에는 느리게 대답하거나 간단히 대답
한다. 모두 그러려던 건 아닌데 어쩌다 보니 그러고 있는
것들이다.

매일 하는 일은 운동과 독서와 원고 마감과 메일 답장

이다. 애인과 부모 다음으로 자주 만나는 사람은 헬스 트레이너다. 월수금 아침마다 그 사람이 시키는 대로 운동하며 몸을 갈고닦는다. 트레이너보다 자주 만나는 친구는 없다. 물론 친구들을 여전히 좋아한다. 두 달에 한 번쯤 만나는 게 제일 적당한 빈도로 느껴질 뿐이다.

친구 중 한 명인 양과 오랜만에 카톡을 주고받았다. 나의 단조롭고 별일 없는 일상을 전하며 말했다.

"나는 갈수록 지루한 사람이 되고 있어."

그러자 양이 대답했다.

"유랑하는 삶이구나, 친구야."

맨날 집에만 있는데 웬 유랑이냐고 묻자, 몸이 한 곳에 있어도 인생은 어디로든 갈 수 있는 법이라고 양은 말했다. 그건 꼭 페르난두 페소아가 했을 법한 말이었다. 멀리 가지 않고도 멀리 가는 법을 아는 자들이 있다. 여행 없이 여행하는 이들이기도 하다. 내가 그럴 수 있는지는 모르겠다. 그냥 웬만해선 어디 잘 가지 않는다는 것만 알겠다.

무언가를 안 함으로써 아낀 힘으로 일을 한다. 일을 하기 위해 인생의 다른 요소를 대폭 축소한 것 같기도 하다. 첫 번째로는 잘 하고 싶은 일이기 때문이고 두 번째로는 이 노동이 아주 다양한 힘을 필요로 하기 때문이다. 커피와 담배와 만남과 유흥을 어느 정도 포기하지 않으면 내

신체는 이 노동량을 지탱하지 못한다. 몇 번의 크고 작은 병치레 이후 겸허한 마음으로 규칙적인 일과를 반복하게 되었다. 일찍 자고 일찍 일어나며 제 시간에 밥을 먹고 혼자서 일을 한다.

불행인지 다행인지 헷갈리는 것들이 있다. 글을 누군가랑 같이 쓸 수 없다는 사실이 그렇다. 피아노 연탄곡을 치듯 키보드에 손 네 개를 올려서 함께 쓸 수는 없는 노릇이다. 글쓰기는 참으로 혼자의 일이다. 남이 정한 출퇴근 시간이 없다는 것 또한 좋은 건지 아닌지 헷갈린다. 프리랜서 작가 생활의 달콤한 점이긴 하지만 그렇다고 할 일의 양이 변하지는 않으므로 어쨌든 스스로를 노동 모드로 엄격하게 밀어붙이는 것은 비슷하다.

나에게 긴장감을 불어넣는 방식은 청소다. 프리랜서 선언은 누군가에게 고정적으로 고용되지 않고도 잘 지내보겠다는 다짐 같다. 스스로를 나약하게 두지 않기 위해 청소를 한다. 공간이 좋은 긴장감을 품도록 정돈하는 것이다. 쉼터였던 집을 일터 모드로 바꾸고 깨끗한 바닥 위에서 맨손체조를 한다. 이 모든 건 차분한 마음으로 책상에 가기 위한 준비 과정이다. 주어진 원고 마감을 펑크 내지 않을 미래의 나를 믿으며 일을 시작한다. 원고를 무탈히 완성한 경험이 축적될수록 매체 혹은 독자와의 약속을 지킬 나를 신뢰하게 된다. 하지만 완벽하게 미덥지는 않다. 지금 쓰는 이 글의 마감도 이미 하루 늦었다. 〈일간 이슬아〉의 원고 마감도 자정을 넘기곤 한다. 그럴 땐 미안함으로 쩔쩔매며 완성을 향해 간다. 가슴 떨리는 불안의 시간 역시 자업자득이다. 지각한 나를 스스로 실컷 혼내며 그리고 독자나 편집자님께 사과를 하며 완성본을 발송한다. 이런 날들의 반복이다. 절대 펑크 내지는 않지만 날마다 다른 컨디션으로 다른 결과물을 완성한다. 그 기복을 최대한 줄이며 안정적인 평타를 치는 것이 목표다. 평타라는 말을 우습게 생각했는데 2년째 일간 연재를 해보니 날마다 평타라도 치는 게 얼마나 어려운지 모른다. 〈전국노래자랑〉의 송해 선생님이나 별 관심 없던 라디오의 오래된 DJ의 꾸준함 같은 것을 존경하게 된다.

내 친구 양은 내가 사는 집을 두고 모델하우스 같다고 말했다. 불시에 방문해도 늘 정돈되어 있어서다. 사실은 이 집에 안 살고 진짜 생활은 딴 데서 하는 거 아니냐고 묻기도 했다. 우리 엄마 복희는 내 집을 두고 정 없다고 말했다. 간식거리가 별로 없기 때문이다. 복희네 집에는 언제나 간식거리가 있으며 금방이라도 메인 요리를 만들 수 있는 재료도 냉장고 안에 구비되어 있다. 눕기 좋은 소파와 텔레비전도 있다. 나는 쉴 때만 복희네 집에 간다. 일이 많을 때 그 집에 가면 큰일 난다. 무심코 늘어지기 전에 밥만 얻어먹고 황급히 내 집으로 돌아와야 한다.

내 집의 가구 대부분은 원목으로 만들어졌다. 퀸 사이즈의 침대 빼고는 죄다 중고로 싸게 구해서 우리 아빠 웅이의 트럭으로 옮겨온 것이거나 그가 직접 만들어준 가구들이다. 연한 갈색의 책장과 수납장과 선반은 몇 년을 써도 질리지 않으며 시간과 함께 근사하게 낡아간다.

그중에서도 특히 근사한 건 서재의 놓인 기다란 소나무 책상이다. 웅이의 작품이다. 그는 내 집에서 가장 좋은 가구는 책상이어야 한다고 말하며 휴일에 공방에 가서 직접 나무를 손질하여 만들어왔다. 내 작은 서재에 완벽하게 들어맞는 폭과 길이였다. 웅이는 누구보다도 바쁘니까 바니시는 내가 직접 칠했다. 네 번이나 칠했더니 맨들맨들해졌다. 책상에 빨간 국물 같은 걸 흘려도 행주로 훔치면 자국이 안 남는다.

이 책상에서 많은 일을 하며 살아간다. 잘한 일 말고 못한 일도 많다. 쓰다가 막힌 글도 많다. 답답해서 멍하니 책상을 볼 때면 웅이를 떠올린다. 아무도 글을 대신 써주지는 못하지만 이 어려움을 알아주는 사람이 있는 것이다. 웅이가 내 일을 얼마나 응원하고 존중하는지를 튼튼한 책상에서 본다. 사랑한다는 말 없이도 그냥 알아진다. 책상은 나에게 무소의 뿔처럼 혼자 일할 용기를 준다. 약속을 거절할 용기와 미움 받을 용기와 빈 화면을 마주할 용기와 남에게 자질구레한 하소연하지 않을 용기를 말이다.

나를 몹시 사랑하는 사람과 적당히 사랑하는 사람들을 기억하고 의지하며 나는 자주 혼자가 된다. 메이 사튼의 『혼자 산다는 것』에는 이런 문장이 쓰여 있다.

"혼자 여기서, 마침내 다시 나의 '진짜' 삶을 시작하려고 하고 있다. 그것이 이상한 점이다. 무엇이 일어나고 있는지 혹은 무엇이 일어난 것인지 캐보고 알아보는 혼자만의 시간이 없는 한, 친구들 그리고 심지어 열렬한 사랑조차도 내 진짜 삶은 아니라는 것이다."

메이 사튼과 비슷한 모습으로 늙어간 내 모습을 상상해본다. 소중한 사랑과 우정을 진짜 내 삶으로 만들려면 꼭 혼자의 시간이 있어야 한다는 건 이상하고도 가혹하고도 재미있는 진리다. 더 제대로 연결되기 위해 차단하는 연결도 있는 것이다. 나는 많은 것을 안 하며 점점 지루한 사람이 되어가는 동시에 소나무 책상에 기대어 어디로든 가는 유랑을 연습하며 지낸다.

「VOSTOK」15호 (2019년 5월)

하루에 한 번 웃긴 얘기

대학에서 신문방송학을 전공하고 졸업했지만 나는 신문도 방송도 잘 모른다.

부전공은 영어학이었다. 내가 영어학과에서 학위를 땄다는 사실이 가끔 우스꽝스럽게 느껴진다. 할 줄 아는 영어라곤 간단한 회화가 다니까. 잡지사 기자나 누드모델이나 만화 연재를 하면서 대학을 다니느라 돈벌이를 방해하지 않는 선에서만 학교생활에 충실했다. 전공과 부전공 수업에서 모두 D를 맞으며 학기를 마쳤다. 영어학과와 나는 별로 안 어울리지만 이제와 생각해보니 그 과의 수업들을 좀 좋아했던 것 같다. 영어는 내 귓가 바깥만을 흐릿하게 맴돌았다. 정신을 마음껏 딴 데로 유영시키는 시간이었다.

잘 알아들을 수 없는 외국어의 소리로 청각이 이완되었다. 수업 내내 쉬는 기분으로 한글로 된 글을 여러 편 썼다. 어딘 글방이라는 글쓰기 모임에 가져갈 글들이었다. F를 맞지 않을 정도로만 수업 내용을 주워듣고 나머지 정신으로는 딴 생각을 했다.

그 와중에 딴 생각을 할 수 없던 강의가 하나 있었는데 '영미문학의 이해'라는 수업이었다. 내용이 흥미롭기도 했지만 교수님의 억양에 찰떡같은 힘이 있었다. 교수님은 구수한 전라도 사투리로 수업을 진행했다. 그의 입에서 흘러나오는 영어 문장은 정겨운 방식으로 예상을 비껴나갔다. 예상치 못했지만 왠지 익숙한 영어였다. 그게 재밌어서 귀가 자동으로 열리고 말았다. 교수님이 언급하신 샤를 페로, 루이스 캐롤, 그림 형제, 안데르센, 오스카 와일드, 디즈니와 톨킨 같은 이름과 몇몇 원서에서 인용한 문장들은 지금도 기억한다. 문자가 보급되기 이전에 사람들 사이를 돌았던 구전 문학에 관한 이야기도 떠오른다. 입에서 입으로 전해지는 오랄 트레디션. 문맹률이 높은 시대에도 널리 공유된 서사.

교수님 말에 의하면 그 이야기에는 반복되는 대사들과 문장들이 많았다. 책처럼 다시 앞으로 돌아가서 읽을 수가 없기 때문이다. 이전의 이야기를 까먹어도 자주 다시 상기

시켜주는 친절함이 구전 문학에는 있었던 것이다. 그 시대를 살아보지 않아서 모르지만 이야기꾼 앞에 앉은 청자들의 귀가 어쩐지 현대인들보다 더욱 쫑긋할 것만 같다.

문자로 기록된 책이라는 매체는 배울 여유와 읽을 여유가 있는 계층을 타깃으로 보급되기 시작했다. 17세기 프랑스 작가들이 주로 쓴 건 동화 같은 이야기였다고 한다. 살롱에서 차 한 잔 마시며 수다 떨 여유가 있는 어른들과 그들의 자녀가 읽었다. 주로 도덕성이 강조되는 이야기였는데 심지어 책의 마지막에는 'moral'이라는 항목도 덧붙어 있었다. 이 책에서 배울 교훈을 작가가 확실하게 강조해주는 페이지였다.

이를테면 샤를 페로의 『빨간 망토』에도 그러한 moral 페이지가 이어진다. 쓰여 있는 내용이란 대략 이런 것이다. '늑대한테 빨간 망토가 잡아먹히는 결말은 하나도 이상하지 않다. 조심하지 않으면 누구나 늑대한테 봉변을 당할 수 있기 때문이다.' 사실 그건 진짜 늑대보다도 근처 사는 이웃 집 남자를 경계하라는 암시였다고 한다. 그 시대 부모들은 가정교육의 일환으로 딸들에게 『빨간 망토』를 읽히기도 했다. 당시의 윤리상을 동화책 뒤에 딸린 moral에서 짐작할 수 있다. 이후 그림 형제가 쓴 『빨간 망토』는 비교적 전복적이지만 어쨌든 성인 남자의 결정적 위협이

나 도움이 이야기를 장악한다는 점은 비슷하다.

이와 같은 이야기들을 영미문학 교수님이 전라도 사투리로 들려주셨고, 학부생이었던 나는 딴짓을 하며 그 얘기를 주워듣다 말다 했다. 이야기가 달라져온 역사에 관해 쓰려면 세상에 나온 이야기만큼의 분량이 또 필요할 것이다. 어쨌든 어느 시대의 누가 읽느냐에 따라 이야기는 변해왔고, 변한 이야기가 새 시대와 새 사람을 만들기도 했다. 2019년의 나는 오랄 트레디션이 아닌 이메일로 이야기를 쓴다. 내 글에는 뚜렷한 도덕적 방향 같은 건 없으며 있다고 해도 티 나지 않게 다듬을 것이다.

이메일이라는 유통 방식은 글의 내용에도 영향을 미친다. 하루에 한 편 읽기에 적절한 분량이어야 하고 스마트폰으로 읽기에 편안한 호흡의 문장이어야 한다. 또한 이번 달에 구독한 사람이 다음 달에도 구독할 마음이 들만큼 재밌는 이야기여야 한다.

그런데 재밌는 이야기가 도대체 뭔지 알다가도 모르겠다. 박상영의 소설 『알려지지 않은 예술가의 눈물과 자이툰 파스타』에는 이런 문장이 쓰여 있다.

제제가 우리집에 살기로 했을 때 내가 말한 조건은 하나였다. 하루에 한 번, 잠들기 전까지 웃긴 얘기를 해줄 것.

약속대로 제제는 밤마다 혹은 잠든 주인공을 깨워가며 새벽마다 웃긴 얘기를 들려준다. 그러고는 "오늘의 웃긴 얘기 끝." 하고 돌아서서 코를 골거나 출근을 한다. 그 농담들이 매일 웃기지는 않다. 화가 날 만큼 안 웃기고 허무한 얘기를 하는 날도 있다. 하지만 주인공은 제제의 웃기거나 안 웃긴 얘기에 조금 기대어 살아간다.

핵심은 '웃긴'이 아니라 '얘기'일지도 모른다. 자기가 자신에게 들려주는 이야기로는 충분치 않은 날이 인생에는 많기 때문이다.

혹시 나의 일간 연재 독자들도 누군가가 이야기를 들려주려는 의지 자체에 시간과 마음과 돈을 지불하는 것일까. 그래서 안 웃긴 글을 쓴 날도 몇 번은 너그럽게 넘어가주는 것일까.

〈일간 이슬아〉와 비슷한 형식의 구독 모델이 점점 늘어나고 있다. '이메일 연재 글'이라는 장르가 만들어지고 있다는 생각이 든다. 분량이 곧 장르이기도 하듯, 유통 매체가 곧 장르이기도 하기 때문이다. 수많은 일간 연재자들이 다들 어디서 무슨 얘기를 지어내고 있을지 궁금하다. 최대한 재밌는 이야기를 준비할 테니 자정 즈음 만나자는 약속을 건네 놓고는, 나처럼 초조한 하루를 보내지는 않는지도 궁금하다.

웃긴 얘기를 굳은 얼굴로 완성하고 있을지 모르는 그들에게 건투를 빈다.

2019년 6월

게으르고 성실한 프리랜서

비밀인데 사실 나는 거의 매일 잠깐씩 낮잠을 잔다. 집 밖으로 출근하는 날엔 어쩔 수 없이 못 자고 넘어가지만 재택근무를 하는 날엔 필사적으로 낮잠을 챙긴다. 여태까지 왜 비밀로 했느냐면 낮잠을 자고 싶어도 못 자는 사람이 세상에 많기 때문이다. 그게 나 때문은 아닐지라도 굳이 떠들 필요는 없는 것이다. 어떤 고단한 사람들 앞에선 웃음소리를 낮춰야 한다. 내 작은 기쁨을 구석에서 혼자 조용히 누리는 게 예의일 때도 있다.

하지만 오늘은 낮잠을 잔다고 고백할 용기가 났다. 촉촉한 눈망울을 가진 내 친구도 사실은 날마다 조금씩 낮잠을 즐긴다는 사실을 알게 되었기 때문이다. 눈망울의 적정

습도 유지 비결은 그 잠 덕분이었던 건가. 하지만 그는 엄밀히 말하면 낮잠이 아니라 초저녁잠을 잔단다. 나는 걱정스레 물었다.

"초저녁잠은 위험하지 않아? 일어나 보면 어느새 해가 져 있어서 잠 때문에 하루를 허비한 느낌이 든다고."

친구는 잠시 고민하다 대답했다.

"음, 확실히 주의해야 하지만… 모르겠어. 어쨌든 하루야 항상 허비하는 것 같기도 하고."

그러자 새삼 내가 '허비'라는 것을 얼마나 무서워하는지 실감났다. 시간이든 돈이든 뭐든 헛되이 쓰는 느낌을 아주 불안해하는 인간인 것이다. 그런데 헛된 구석이 하나도 없는 하루가 가능하기나 한가.

나는 아침 일찍 일어나 청소를 한다. 깨끗해진 집에서 급한 메일에 답장을 하고 업무의 우선순위를 정리한 뒤 헬스장에 갔다가 '아점'을 먹는다. 어느새 해가 중천에 뜬다. 일을 가장 열띠게 해야 하는 오후가 시작된다. 바로 그때 한 시간 정도를 낮잠으로 허비해버린다.

프리랜서는 자신의 근무 시간을 스스로 조정할 수 있다. 언제든 쉴 수 있고 언제든 일할 수 있어서 좋고도 나쁘다. 근무 시간이 유동적이어도 근무량이 많은 건 마찬가지니까, 결국 언제 고생할지를 선택할 자유가 있다는 말이겠다. 붐비는 지하철 출퇴근은 안 해도 되지만 일과 생활이 딱 분리되지 않아서 곤란하기도 하다. 낮에도 밤에도 새벽에도 일과 연결되어 있다는 느낌은 피로하다.

노트북과 와이파이라는 노동의 도구가 늘 내 곁에 있다는 걸 실감한다. 언제 어디서나 업무와 관련된 연락을 받는 건 다행이자 불행이다. 일로부터 완벽히 퇴근한 기분이 드는 시간이 거의 없는 듯하다. 저녁 이후부터는 일부 알림을 꺼두는데, 그럼에도 불구하고 신경 쓰이는 실시간 연락들이 속속 도착한다. 문의 메일, 항의 메시지, 원고 지적 메일, 청탁서, 제안서, 인터뷰 요청서, 출판사 투고 메일, 도서 입고 메일, 독촉 메일, 하소연 메일, 무례한 댓글, 광고 문의, 협찬 문의, 원고 리뷰, 각종 부탁 전화 등… 그런 연락들 속에서 자정까지 마쳐야 하는 원고 마감이 기다리고 있다.

낮잠은 이런 모든 것으로부터 잠시 스위치를 내리는 순간이다. 요즘 같은 계절엔 더위에 한 방 맞은 것처럼 소파에 쓰러지곤 한다. 내가 쓰러지면 고양이 탐이도 폴짝 올라와서 내 가랑이 사이에 엎드린다. 활짝 열어 둔 창밖으로 골목을 지나는 사람들의 목소리와 자전거 소리가 들려오다가 희미해져 간다. 그렇게 탐이랑 낮잠에 빠져든다.

꿈속에서 나는 혜엄 출판사의 대표가 아니라 사실은

낮잠 출판사의 대표다. 낮잠 출판사는 너무 게으른 출판사라 결과물이 하나도 없다. 아무래도 좋다는 입장이다. 어쨌든 나른하고 행복하다. 낮잠 출판사의 대표는 믿는다. 꿈밖의 헤엄 출판사의 대표를. 그는 6년차 프리랜서다. 그건 그가 아무리 게을러도 결정적인 순간에는 늘 부지런했다는 증거다.

나는 깨어나서 다시 헤엄 출판사의 대표가 된다. 다들 각자의 방식으로 몰래몰래 게으름을 피우며 살아갈 것이다. 그러므로 근무 시간만큼이나 쉬는 시간에 대해서도 망설이지 않고 말하고 싶다. 내일도 잠깐 낮잠을 자겠다.

「채널예스」 2019년 8월호

돈 얘기

지난 몇 년간 가장 많이 반복해서 쓴 메일은 그래서 얼마를 주실 거냐고 묻는 답장이었다. 숱한 원고 청탁이나 강연 제안 메일이 오는데, 열어 보면 돈 얘기는 쏙 빠진 경우가 허다하다. 잡지의 취지와 운영진의 큰 뜻과 강연의 중요성 등 온갖 구구절절한 얘기는 다 써놨으면서 돈 얘기만 생략되어 있다.

추천사 청탁이나 광고 제안에서도 그런 일은 잦다. 메일은 나의 수락 여부를 물으며 끝난다. 하지만 대가가 얼마인지 알지 못하는 채로 일을 맡을지 말지 어떻게 결정할 수 있나. 사랑과 우정 때문에 자발적으로 하는 일이 아닌 이상 말이다. 영리를 목적으로 하는 단체로부터 돈 얘기

빠진 제안이 왔을 때 나는 몇 번이고 이런 답장을 쓴다.

안녕하세요. 이슬아입니다. 보내 주신 메일 잘 받았습니다. 제 작업에 관심 가져 주시고 제안서를 적어 주셔서 고맙습니다. 준비하고 계신 기획에 대한 설명도 꼼꼼히 읽어 보았습니다. 그런데 고료에 관해서는 어떠한 언급도 없네요. 이 일을 맡으려면 제 시간과 몸과 마음을 써야 할 텐데요. 저는 일간 연재를 하는 중이고 부업으로 여러 수업과 행사를 뛰고 신문과 잡지에 글을 기고하며 생계를 유지합니다. 다른 일을 추가로 맡으려면 조금 무리해야 합니다. 그래도 괜찮을 만큼 합리적인 수준의 임금이 책정되어 있는지 궁금합니다. 첫 메일에 원고료나 강연료 등의 돈 이야기가 적혀 있지 않으면 일을 맡을지 말지 제대로 고려하기가 어렵습니다. 시급을 모르는 채로 아르바이트를 시작할 수 없듯, 혹은 월급을 모르는 채로 직장 생활을 시작할 수 없듯, 원고료와 강연료도 마찬가지입니다. 금액뿐 아니라 지급일도 명시해주시면 감사하겠습니다. 원고 마감일을 알려주신 것처럼 돈이 지급되는 시기도 알려주시는 게 공평한 약속일 듯합니다. 수년간 프리랜서로 지내오면서 돈 얘기를 얼렁뚱땅 넘기는 경우를 자주 겪은 터라 확실하게 힘주어 적어봅니다. 서로에게 좀 더 명확한 청탁 메일을 쓰는 문화로 바뀌기를 소망하기 때문입니다. 메일 작성에 소모되는 에너지를 아끼기 위해서라도 첫 메일에 꼭 임금을 밝히는 게 중요하다고 생각합니다. 그건 서로의 시간을 존중하는 일이기도 하겠습니다. 좋은 오후 보내시기를 바랍니다.

이슬아 드림

이렇게 메일을 보내면 다양한 답장이 돌아오는데 유형은 다음과 같이 분류할 수 있다.

1. 죄송하지만 재능 기부로 운영되는 행사라 예산이 책정되어 있지 않다. 교통비 정도만 지급된다.

→ 이 경우 더 이상 답장을 하지 않는다. 몸과 마음의 체력은 한정적이며 열정 페이 노동보다 더 절실한 일들이 코앞에 쌓여 있기 때문이다.

2. 돈 얘기는 두 번째 메일에서 하려고 했다. 첫 메일부터 돈 얘기를 하는 게 터부시되어 있기 때문이다. 특히 중견 작가들에게는 돈 얘기를 먼저 하는 게 실례다.

→ 중견 작가가 아니라서 그런지 잘 이해할 수 없지만

나는 생계형(대출금 상환형) 연재 노동자임을 강조하고 고료가 얼마인지를 재차 묻는다. 돈 얘기를 두루뭉술하게 넘기는 게 더 터부일 것이다.

3. 그제야 원고료(강연료)를 밝힌다. 하지만 터무니없이 적다.

→ 이 경우엔 다른 일들이 우선순위라 못 하겠다고 다시 답장한다. 원고 청탁의 경우 200자 원고지 기준 매당 1만 원 이하면 맡지 않는다. 강연이나 북토크는 특별한 동기가 없으면 대부분 거절한다. 여러 사람 앞에서 많은 말을 하는 건 아슬아슬한 일이다. 그런 일방적인 말하기 시간마다 나는 몹시 송구스러워진다. 무대가 전장처럼 느껴지는 날도 있다. 질의응답 시간에 어떤 뾰족한 질문이 누구에게서 날아올지 몰라서 염려하는 마음으로 강연을 진행한다. 집에 돌아오면 젖은 빨래처럼 축 늘어진다. 수십 명을 의식하느라 기가 흩어지고 마감을 위한 체력 또한 바닥난다. 그런 소진을 감수할 만큼의 강연료가 책정되어 있을 때에만 강연을 수락한다. 물론 고마운 사람들 혹은 미안한 사람들이 있는 자리는 적은 강연료로도 흔쾌히 일을 맡는다. 영리 목적이 아닌, 내가 소중히 여기는 주제로 기획된 행사 역시 시간과 마음을 내어 참여한다.

이런저런 사정과 정성이 담긴 메일에 날마다 답장을 하며 지낸다. 돈 얘기가 없을수록 구체적으로 정확하게 묻는다. 메일을 쓰느라 심신이 지칠 때면 필사적으로 예전을 기억한다. 아무도 일을 제안하지 않아서 힘들었던 시절을 말이다. 어쨌든 일이 있다는 것에 감사하며 힘을 내서 답장을 적는다. 프리랜서 생활을 무사히 지속하고 싶기 때문이다. 그리고 다짐한다. 나는 돈 얘기를 확실히 하는 출판사 대표가 되자! 송금을 빨리 하는 사람이 되자!

「채널예스」 2019년 9월호

대표님 어떻게 지내세요

친구들과 목욕탕에 갈 때마다 왠지 청소년의 마음이 된다. 발가벗고 탕에 들어가기만 하면 꼭 중학생 때처럼 장난을 친다. 냉탕에서 어푸어푸 수영을 하거나 사우나에서 깔깔 웃으며 떠든다는 뜻이다. 혹은 비너스 흉내 따위를 낸다는 뜻이다. 온탕 중앙에는 물거품이 올라오는 자리가 있는데 거기 서서 친구들을 내려다보고 손끝을 우아하게 처리하면 꼼짝없이 비너스다. 이제 막 거품에서 태어난 것만 같다. 미의 신이 따로 없다. 그러고서 냉수마찰을 하고 샤워를 시원하게 마치고 친구의 로션을 빌려 찹찹찹 바르고 음료수를 마시며 수다를 떨다가 집에 돌아온 작년 어느 날 저녁에 구독자로부터 메시지가 왔다.

"작가님, 낮에 목욕탕에서 뵀었는데 부끄러워서 인사를 못 했어요…" (중략)

생각해보니 아까 비너스 흉내를 낼 때 탕의 한쪽 구석에 몸을 담근 채 조용히 우리를 바라보는 여자 분이 계셨던 것도 같았다. 서울 외곽의 오래된 목욕탕에서 〈일간 이슬아〉의 구독자를 마주칠 확률은 얼마큼인가. 서울은 왜 좁은가. 구독자님은 왜 하필 나랑 같은 온도의 탕을 택하셨나. 나는 왜 비너스를 따라 했나. 내 친구들은 왜 한술 더 떠서 포세이돈까지 따라 했나.

복희는 나보고 이제 출판사 대표도 되고 했으니 조금 더 조심히 지내는 게 어떻겠느냐고 말했다. 이 출판사의 유일한 직원의 권유여서 나는 알겠다고 했다. 그나저나 조심히 지낸다는 건 뭘까. 복희가 말했다. "데이팅 앱도 그만해야 돼." 나는 대답했다. "진작 끊었어." 하지만 사실 아직도 깔려 있다. 접속하지 않을 뿐이다. 나중에 데이팅 앱을 배경으로 한 소설을 쓰기 위해서라고 핑계를 대 보지만 그 앱에서의 대화들은 소설이 되기엔 너무 후지다.

친구들은 놀리는 용도로만 나를 대표님이라고 부르고 나도 내가 대표인 걸 늘 까먹고 지내는데, 가끔 '헤엄 출판사 대표님께'라고 시작되는 이메일을 받을 때마다 화들짝 놀라며 기억해내곤 한다. '맞다, 나 사업자 냈지' 하고 말이다. 언제부턴가 헤엄 출판사의 계정으로 다양한 투고 메일이 도착한다. 거기엔 책을 내고 싶어 하시는 중년 분들의 인생 요약본 파일이 첨부되어 있다. 처음엔 나를 진짜 출판사 대표로 생각한다는 사실에 놀랐다. 물론 진짜 출판사가 맞긴 하지만 누군가가 자신의 소중한 원고를 묶어서 보낼 만큼 진지한 대상이 된 줄은 몰랐던 것이다. 나는 자세를 고쳐 앉고 원고를 훑어본 뒤 정중한 거절 메일을 보낸다.

선생님, 소중한 원고를 보내주셔서 고맙습니다. 그런데 현재는 제 코가 석자인 데다가 출판사가 영세하여 새 책을 작업할 여력이 없습니다. 다른 작가들의 책도 출간할 수 있도록 얼른 좋은 편집자로 성장하겠습니다!

하루는 내 휴대폰으로 전화가 걸려 왔다. 작년엔 별생각 없이 책 뒤편에 내 전화번호를 적어 놓았다. 판권면에 출판사 전화번호가 적혀 있어야만 서점에서 입고를 해준다는 얘길 들어서였다. 출판사 사무실도 없는 마당에 번호가 따로 있을 리는 만무하니까 그냥 내 번호를 적고는 잊어버린 터였다. "여보세요" 하고 전화를 받자, 낯선 아주머니가 사투리 억양으로 "여보세요?"라고 하셨다.

"네, 말씀하세요."

"거기 출판사예요?"

나는 당황스러움을 추스르며 대답했다.

"네. 출판사 맞습니다. 무슨 일이시죠?"

그는 잠시 망설이더니 물었다.

"출판사 맞아요? 가정집같이 전화를 받으셔서…"

나는 사실대로 말했다.

"아, 네. 가정집이기도 합니다."

아주머니와 나 사이엔 잠시 침묵이 흘렀다. 그는 아리송한 말투로 『일간 이슬아 수필집』 얘기를 꺼내며 물었다.

"이 책의 작가가 직접 출판사 대표 일도 하신다는 거예요?"

"네. 그렇게 됐어요."

"잘됐네요. 제가 도서관에서 이걸 빌려서 읽어봤는데 너무 재밌더라고요."

"아이고, 너무 고맙습니다!"

이때부터 아주머니는 호기로운 목소리로 이야기를 이어 가셨다.

"근데 딱 보니까 저도 쓸 수 있겠더라고요~"

"그러시구나!"

"저도 이슬아 대표님처럼 일기를 맨날 쓰거든요?"

"와, 맨날 쓰신다니 대단하네요. 그런데 저는 일기는 아니…"

"저는 밤마다 일기를 그냥 엄청 많이 써요. 우리 아들이 썩을 놈인데 아유, 그 새끼 얘기만 써도 하루에 다섯 장이야."

"다섯 장이나요…? 저보다 많이 쓰시는데요?"

"쓸 말이 넘쳐나니까요. 애가 고등학생인데 사고를 너무 많이 쳐."

"어떤 사고를 치는데요?"

"술! 담배! 여자!"

"근데 저도 고등학생 때 술 마시고 담배 피우고 연애했는데…"

"도박!"

"아, 도박은 안 했어요."

"걔는 마약도 해요!"

"아드님께서 마약도 하시는구나… 네… 힘드시겠어요."

"암튼 걔만 보면 내가 울화통이 터져. 어디 말할 데도 없고 그래서 밤마다 나름대로 일기를 쓰는 거예요."

"쓰고 나면 좀 괜찮으세요?"

"속이 시원하죠. 감정을 그냥 다 배출하니까."

"다행이네요!"

"암튼 그렇게 쌓인 게 벌써 몇 십 장인데 어떻게 출판을 좀 해 보세요. 『일간 이슬아 수필집』처럼 딱 묶으면 될 것 같은데."

"아… 저희 출판사가 겨우 시작 단계여서 아직 다른 책 출판은 못 하고 있어요."

"그래요? 난 이걸 책으로 내면 딱 좋을 것 같은데."

"다른 출판사에 원고를 보내보시거나, 아니면 저처럼 직접 독립출판하시면 어떠세요?"

"그건 어떻게 하는 건데요?"

"쓰신 글을 문서로 옮겨서 편집을 해서 디자인을 해서 인쇄소에 맡기고 서점에 입고를 하시면 돼요."

"그래요? 너무 귀찮을 것 같은데."

"아무래도 수고스러운 일이긴 하죠."

"대표님이 대신해 주시면 안 돼요?"

"아이고, 선생님. 제 코가 석자예요."

"그러면 내년에는요?"

"내년에는… 어…"

"내년에라도 내 책 좀 내줘요. 내 인생도 보면 소설보다 더해요. 산전수전 다 겪고 장난 아니야."

"아마도 그렇겠지요…?"

"그래 가지고 내가 밤마다 울분에 차서 글을 쓴 거 아니에요. 내 아들, 그 썩을 놈의 새끼한테 화가 너무 나가지고."

"그러셨군요, 선생님! 그렇지만… 너무 화가 난 분의 글은 출판하기가 어려울 것 같아요."

"왜요?"

"화는 물론 소중하지만… 작가가 너무 화난 채로 쓴 글은 독자가 읽기에 버거울 때가 많아서요."

"그래요?"

"네, 혼자 보시는 일기는 아무렇게나 써도 좋은데, 책으로 나올 글이라면 역시 화를 조금 다스리신 다음에 써야 하지 않을까요? 근데 책을 출간하는 게 아드님한테 과연 괜찮을지 잘 모르겠어요. 공개적으로 욕을 하는 모양이라면요."

"그 생각은 안 해봤네요."

"저도 그 부분이 늘 어려워요."

"대표님 아니 작가님은 그럼 어떻게 했어요? 사람들한테 허락받고 썼어요?"

"아뇨… 저는 그… 거의 다 지어낸 얘기예요."

"어머나, 진짜요?"

"네…"

"세상에 상상력이 장난이 아니네요."

"네…"

"아무튼지 내가 화를 좀 가라앉혀 볼게요."

"너무 힘드시면 안 가라앉히셔도 돼요. 사실 출판만 안 하셔도 그냥 지금처럼 자유롭게 쓰실 수 있을 텐데요."

"그럴까요?"

"네. 혼자만 보는 일기도 얼마나 소중한데요. 아무 말이나 맘대로 써도 되고, 화도 마음껏 낼 수 있고요."

"아유, 그러니까 내가 화풀이할 데가 일기 말고는 없어. 썩을 놈의 새끼 땜에 가슴에 열불이 나고 속이 터져가지고 진짜…"

통화는 30분이나 더 이어졌다. 나는 아주머니 아들이 친 사고들에 관해 상세히 듣게 되었다. 아주머니는 말했다. "말하니까 속이 다 시원하네! 종종 이렇게 또 전화해서 하소연하고 싶네!" 나는 속이 시원하시다니 다행이라고, 책을 읽어 주셔서 감사하다고만 대답했다.

그 통화 이후로는 더 이상 책에 내 전화번호를 쓰지 않는다.

다른 출판사의 대표님들은 어떻게 지내고 계실까? 분명 나보다 많은 투고를 받으며 지내실 것이다. 어쩌면 목욕탕에 갔다가 독자를 만나고 지방에 사는 아주머니로부터 걸려온 울분의 전화를 받으실지도 모를 일이다. 손쓸 수 없이 심각한 통화도 겪어보셨을 테고 말이다. 그러므로 나처럼 번호를 아무 곳에나 적는 실수 같은 건 안 하실 것이다. 그래도 언제나, 좋은 이야기를 기다리고 계실 것이다. 그분들에게 어떻게 지내시느냐고 묻고 싶은 밤이다.

「채널예스」 2019년 10월호

명랑한 이사

몇 해 전이었나, 한 번은 가을의 초입에서 탐이가 눈에 띄게 시큰둥한 적이 있다. 그런 탐이에게 복희가 말했다.

"탐이야, 혹시 너도 가을을 느끼니? 그런 거야?"

탐이는 복희를 힐끔 쳐다보았다. 복희는 탐이의 등을 쓰다듬으며 말했다.

"할머니도 가을이 되면 기분이 이상해. 이 계절에는 왠지 어떤 이야기를 만들어야만 할 것 같거든. 삶의 중요한 이야기 같은 거 있잖아. 그래서인지 기분이 울렁거리고 좀 슬퍼지고 그렇더라, 할머니는."

탐이는 복희에게 등을 맡기고 창밖을 바라보았다. 꼬리로 뭔가 말을 하는 것 같기도 했지만 무슨 말인지 우리는 알 수 없었다.

올 해의 가을이 시작되었고 나는 복희네와 살림을 합쳐 커다란 집으로 이사를 왔다. 이것은 좋은 선택일까? 아직은 모른다. 내가 아는 건 서울을 조금만 벗어나면 마당이 있는 집에 살 수 있다는 점이다. 그리고 월세보다 전세자금대출 이자가 훨씬 싸다. 또한 비건은 혼자 사는 것보다 다른 비건과 함께 사는 게 더 좋다. 특히 그 비건이 복희라면 말할 것도 없다.

하지만 나처럼 연애를 열심히 하는 애가 부모랑 한 집에 살아도 괜찮을까. 층이 나뉜 넓은 집이라면 괜찮을지도 모르지만 역시 안 괜찮을 수도 있다. 안 괜찮으면 2년 뒤 전세 계약이 끝날 때 미련 없이 헤어지기로 했다. 그때면 나는 서른이다. 평생 여행하듯 살아온 나의 친구 유성용 씨는 말했다. 스물여덟이면 어디에서 몇 년을 살다가 돌아와도 늦을 거 하나 없다고.

이삿날에는 하늘이 높았다. 오랫동안 따로 살던 두 집의 살림이 한데 모이는 어마어마한 이사였는데 복희도 웅이도 나도 일을 빨리 해서 집이 금방 정리되었다. 그들은 1층에 나는 2층에 짐을 풀었다. 서로의 주방 살림만은 완전히 섞기로 했다. 맛있고 간소하고 비건적인 끼니가 날마다 차려질 주방이었다.

널찍한 1층 거실은 혜엄 출판사의 사무실이 되었다. 내 작은 월셋집에 꾸역꾸역 떠안았던 책 몇 백 권과 박스와 뽁뽁이와 테이프와 포장봉투 등의 잡동사니를 드디어 여유 있게 배치한 것이다. 가슴이 뻥 뚫리게 시원했다. 거실 창으로는 마당의 벚나무와 단풍나무와 자두나무와 능소화가 보였다.

그래도 이 집은 내 것이 아니니까 섣불리 새로운 가구를 들이지 않기로 했다. 2년 뒤엔 이보다 작은 집으로 이사 갈 확률이 크기 때문이다. 이사를 하며 새로 산 가구는 딱 하나였다. 출판사 사무 공간에 놓을 책상인데 꼭 거문고처럼 멋진 모양이다. 이 우드슬랩 책상은 내게 어떤 기운을 주는 것만 같다. 필요한 의자들은 아는 카페에서 버리는 걸 받아오거나 길에서 주워왔다.

새집에 온 탐이는 너무 놀란 나머지 나의 옷 속으로 숨어들어가 한참을 나오지 않았다. 새 공간에 충격을 받느라 가을을 느낄 새도 없는 것 같았다. 해가 지고 나서야 슬슬 어슬렁대며 새로운 창문들을 살피기 시작했다. 새 창에서 보이는 새로운 풍경을 바라보느라 여념이 없었다. 나도 탐이 등을 쓸어주며 같이 밖을 바라보았다. 파주의 밤은 풀벌레 소리로 꽉 차 있었다.

침실 창문을 열고 잤다가 오늘 아침엔 재채기를 하며

잠에서 깼다. 쌀쌀해지고 건조해진 공기가 코와 목으로 훅 들어왔다. 몸에 이불을 걸친 채로 일어나 커튼을 걷으면 저 멀리 임진강이 보인다. 임진강과 나의 새집 사이에는 낮은 건물들과 마당, 커다란 무덤, 텃밭, 논밭, 빈 땅, 동산, 그리고 아주 많은 나무들이 있다.

새집의 옆 땅은 비어 있어서 어느 할아버지가 작은 농사를 짓는다. 땅주인은 아니지만 그 땅을 놀리지 않고 부지런히 옥수수와 파와 열무와 호박과 가지와 고추와 토마토를 심어두셨다. 아주 이른 새벽부터 나와서 밭을 예쁘게 손보신다. 그 모습을 본 복희는 커피라도 타드릴까 싶어서 부엌 뒷문을 열고 명랑한 목소리로 할아버지를 불렀다.

"어르신!"

그러나 그는 듣지 못했다.

"어르신! 어르신~~!"

아무리 크게 불러도 못 들었다. 결국 복희가 커피를 들고 텃밭에 들어가 할아버지에게 인사를 했다. 귀가 안 좋으셔서 가까이 다가가야만 이야기를 나눌 수 있었다. 할아버지는 커다란 목소리로 커피를 안 좋아하신다고 말했다. 그래서 복희는 다시 부엌에 들어가 산야초 효소를 한 잔 타서 가지고 나왔다. 그가 재차 손사래를 쳤다.

"이거 커피 아니에요, 효소에요~"

복희가 정정해도 할아버지는 못 알아듣고 커피는 싫다고 했다. 얼굴 앞에 가까이 컵을 가져다대고 나서야 효소임을 알고 드셨다.

다음날 이른 아침 그는 우리에게 공룡 알 같은 애호박 두 개를 가져다주었다. 몹시 크고 동그랗고 실한 애호박이었다. 파도 두 단 뽑아오셨다. 고추도 필요하면 언제든지 몇 개 뜯어라는 말과 함께였다. 우리는 그의 채소들을 된장국에도 넣어먹고 볶아서 비빔밥에도 넣어 먹었다. 조만간 복희도 할아버지 옆에서 텃밭을 일굴 것이다.

나는 2층에 건반과 앰프와 마이크를 설치해 큰 소리로 노래를 불러보았는데 아무도 뭐라고 하지 않았다. 누구라도 뭐라고 하기에는 이 동네에 사람이 별로 없고 집과 집 사이의 거리가 먼 것 같았다.

낮에는 봉만이가 다녀갔다. 봉만이는 이웃집에 사는 내 친구 류가 키우는 노견인데 머리가 크고 다리가 짧고 허리가 길다. 그는 시종일관 혓바닥을 내밀고 있어서 그런지 정말 실없어 보인다. 실없어 보이는 와중에도 다양한 표정이 있다. 반가움, 궁금함, 귀찮음, 기대됨, 피곤함 등의 정서가 그의 눈썹 쪽 근육으로 표현된다. 봉만이와 탐이를 번갈아보며 개와 고양이가 얼마나 다른지 실감했다. 그 둘의 차이에 비하면 나랑 탐이의 차이 정도는 사소하다는 느낌이 들 정도였다. 봉만이가 우리 집 마당에서 잠깐 쉬는 동안 류는 나와 담배를 한 대 피운 뒤 산책을 마저 하러 갔다.

이런 일이 일어나는 며칠 사이 웅이는 마당에서 내 책 꽂이를 직접 만들고 원목 테이블에 다리를 달고 탐이 화장실을 짓고 커튼을 다는 등의 잡다하고 중요한 일을 했다. 그가 담배를 물고 공구를 다루는 모습은 아주 익숙하다. 그를 위해 마당용 스탠드 재떨이를 하나 사서 설치해 두었다.

해질 무렵엔 복희가 운전하는 차를 얻어 타고 가다가 나는 조수석 거울로 내 얼굴을 보며 중얼거렸다.

"예쁘네."

핸들을 쥔 복희가 눈을 동그랗게 뜨고 물었다.

"나?"

내가 어림없다는 얼굴로 대답했다.

"아니, 나."

그러자 복희는 클랙슨에 침을 살짝 뿜으며 웃었다. 나는 이 사람의 명랑함이 날마다 놀랍다. 웃다만 복희가 말했다.

"하늘 좀 봐."

우리는 차창을 내려 넓게 뻗은 하늘을 보았다. 연두색

에서 노란색으로 물들어가는 논 위로 다홍색 노을이 한가
득이었다. 우리 얼굴 말고 하늘을 보니까 되게 행복했다.
사방에서 가을이 느껴졌다. 복희가 탐이에게 말했듯 삶의
중요한 이야기를 쌓아가고 싶었다.

2019.09.03.

내일의 침실

하마가 우리 집에서 처음 자고 가던 날이었다. 그로서는
예상치 못한 외박이라 갈아입을 옷을 챙겨오지 못했다. 나
는 옷장에 개어진 반바지 중 가장 큰 것을 골라 건넸다. 하
마는 바지를 들고 작은 화장실에 들어갔다. 얼마 후 그 안
에서 웃음소리가 들려왔다.

"왜? 바지가 웃겨?"

"아니, 내가 웃겨."

꽉 끼는 바지를 무릎쯤에 걸치고 있을 하마를 상상하
며 나는 화장실 밖에서 깔깔댔다.

"사이즈가 작구나."

"응. 안 들어가."

결국 그는 팬티 위에 티셔츠만 걸치고 나왔다. 처음 보는 개 허벅지가 낯설고도 좋아서 잘 못 쳐다봤던 생각이 난다. 벌써 꽤 예전의 일이다.

하마의 아빠는 하마에게 무언가를 놓치지 말라는 조언을 자주 한다고 했다. 꼭 뭘 자주 놓치며 살아온 사람처럼. 이 기회를 놓치지 마. 일자리를 놓치지 마. 슬아를 놓치지 마.

막상 우리는 서로의 얼굴을 보며 어깨를 으쓱할 뿐이었다. 놓치지 않는다는 건 뭘까. 자주 만나거나 손을 포개거나 꽉 껴안아도 진짜로 잡은 느낌 같은 건 들지 않는데. 들더라도 아주 찰나이고 말이다. 우리 몸의 세포는 계속 태어나고 어제의 마음과 오늘의 마음이 다르고 날마다 새로운 바람이 분다.

하루는 내 집의 변기 청소를 하마랑 같이 했다. 같이 쓴 화장실이기도 해서 각자 솔을 하나씩 들고 변기 전체를 닦았다. 비데도 다 뜯어서 분해한 뒤 더러운 자국을 죄다 지웠다. 여느 화장실 청소처럼 좀 역겨운 일이었다. 평소 손이 닿지 않던 자리에 낀 분홍색 때를 꼼꼼히 헹궈내며 하마는 말했다.

"이러니까 너랑 더 가까워진 기분이야."

다른 곳도 아닌 화장실에서 들은 얘기라 나는 그 말이

믿어졌다. 더러운 것을 같이 봐서 속이 시원했다. 말끔히 청소를 마치고 사이좋게 잠들었다. 그렇게 박박 닦은 화장실도 보름만 지나면 또 여기저기 새로운 때가 끼기 마련이었다. 완벽하게 똑같은 하루란 없지만 삶의 대부분은 유사한 일을 반복하며 흘러간다.

반복할 때마다 좋은 일들도 있었다.

일을 일찍 마친 저녁이면 복싱장에 하마를 데리러 갔다. 체육관 문을 열면 여러 사람의 땀 냄새가 코에 훅 들어왔다. 퍽퍽퍽 샌드백 치는 소리, 코치들의 기합 소리, 링 옆에서 3분에 한 번씩 울리는 라운드 벨 소리. 그 사이로 빠르게 슉슉슉 섀도복싱을 하는 하마가 있었다.

내가 왔단 걸 알리지 않은 채로 걔가 연습하는 모습을 한참 구경하곤 했다. 예상했던 것보다 늘 더 리드미컬했다. 내키는 대로 치고 빠지는 것 같아보여도 두 다리가 계속해서 어떤 리듬을 가지고 스텝을 밟고 있었다. 번갈아 뻗는 두 팔뿐 아니라 어깨와 등과 허리와 옆구리의 근육도 계속해서 쓰는 듯했다. 복싱장의 하마는 단순해보였다. 그 단순함 덕분에 훈련을 반복하며 민첩해질 수 있는 것 같았다.

복싱이 끝나면 땀에 젖은 하마가 모는 자전거 뒷자리에 앉아 집에 돌아왔다. 내가 거기 앉아 노래를 부르기 시작하면 하마는 일부러 자전거를 천천히 몰며 동네를 몇 바퀴 돌아주었다.

샤워를 하고 원고도 마감하고 침대에 누운 뒤엔 각자 다른 생각을 했다. 자기 전에 나는 주로 회상을 하는 반면 하마는 주로 공상을 하는 편이었다. 그는 겪지 않은 일과 만나보지 않은 사람과 가보지 않은 시공간을 머릿속으로 생생하게 시뮬레이션 하다가 잠든댔다. 일종의 생체 VR 인 셈이었다. 그 공상 덕분에 하마는 아주 어릴 적부터 혼자 자는 게 딱히 무섭지 않았다고 한다.

낮에는 회사에 있는 하마로부터 종종 전화가 걸려왔다. 내가 전화를 받으면 개는 천연덕스럽게 물었다. "무슨 일이야?" 자기가 걸어놓고 꼭 그렇게 물었다. 그럼 나는 즉석으로 용건을 지어내며 통화를 이어갔다. 그런가 하면 시끄러운 곳에서는 둘 다 말을 잃었다. 한국의 식당들은 대부분 음악을 지나치게 크게 틀어놓는다. 한 번은 왕가위 영화의 배경처럼 멋진 바에서 술을 마신 적이 있다. 인테리어는 완벽하게 〈화양연화〉인데 스피커에서는 한국 멜론 탑10 순위에 오른 정신없는 노래들만이 커다랗게 재생되는 중이었다. 하마가 말했다. 인테리어 업자랑 주인이랑 다른 사람인가 봐. 우리는 서둘러 잔을 비우고 집에 왔다.

돌아오면 익숙한 침실이 있었다. 삽입할 때에만 섹스

인 경우도 있지만 너무 좋아하는 사람이랑 할 때는 방에서의 모든 게 섹스처럼 느껴지기도 한다. 그런 다음에만 빠져드는 숙면도 있다.

침실에서는 아주 여러 편의 넷플릭스 드라마를 함께 보았다. 어떤 날의 드라마에서는 미지근한 부부가 등장했다. 중년의 두 사람이 섹스를 시작하려다가 아무래도 애매해서 관두는 장면이었다. 하마랑 나는 누가 먼저랄 것도 없이 눈을 질끈 감았다. 그 장면에 곧바로 자신들을 넣어 보았기 때문이다. 민망하고 유감스러운 분위기가 너무도 잘 상상되어서 우리는 순식간에 팔자눈썹이 되었다. 그 장면을 아무렇지도 않게 넘기기엔 섹스에 관해 아직 너무 부지런한 것이었다. 그때 불현듯 사노 요코의 문장이 떠올랐다. 사노 요코는 말년에 이런 글을 쓴 적이 있다.

섹스라면 지긋지긋하다. 남편뿐 아니라 그 누구와도 자기 싫은 것이다. 설령 잔다 하더라도 앞으로의 전개를 꿰뚫어볼 정도의 지혜는 지녔다. 몸이라면 더 이상 안 써도 괜찮다. 귀찮고 성가시다.

나는 젊은 하마의 옆에서 젊은 몸으로 누워 사노 요코와 닮은 할머니가 된 나를 상상했다. 누구와도 자기 싫은 미래가 걱정되면서도 기대되었다. 실은 그 때의 내가 조금 부럽기도 했다. 좀 우아한 데가 있었다. 성욕이나 몸에 대한 과시나 자격지심 때문에 숱한 삽질을 하는 나의 이십대는 어떤 점에서 정말 모양 빠진다. 사노 요코처럼 늙는다면 모든 걸 섹스와 연결시키는 지루한 함정에도 빠지지 않을 수 있을 것이다.

그런데 우리가 무사히 노인이 될 수 있을까? 지구가 갈수록 더워지고 아마존이 한 달 넘게 불태워졌는데 말이다.

나이를 먹어도 모르는 것을 계속 배우고 살고 싶다고 하마는 말했다. 그런 말을 들으면 계속해서 겸손하고 씩씩하게 살아가고 싶어진다. 내가 모르는 것과 배워야할 것이 세상 천지에 널려있으니까. 편견도 잘 갈고닦고 싶었다. 사실 꽤 많은 편견이 우리를 돕는다. 판단의 시간을 단축해주기 때문이다. 그러나 어떤 일들은 시간이 오래 걸리더라도 판단을 좀 미루고 볼 필요가 있다. 세상이 간단하지 않으므로 편견도 뭉툭해서는 안 된다. 차라리 이제 막 태어난 사람처럼 무구하게 세계를 감각하는 게 나을지도 모른다. 우리가 마지막으로 함께 본 영화에서는 이런 내레이션이 흘러나왔다.

다만 나쁜 일들이 닥치면서도 기쁜 일들이 함께한다는 것
우리는 늘 누군가를 만나 무언가를 나눈다는 것

깜깜한 영화관에 나란히 앉아 그 말을 들었다. 하마도 울고 있다는 걸 알 수 있었다.

사랑을 하는 동안에는 나쁜 일이 자신을 온통 뒤덮도록 내버려두지 않았다. 나쁜 일이 나쁜 일로 끝나지 않도록 애썼다. 우리가 모든 것으로부터 배우고 어떤 일에서든 고마운 점을 찾아내는 이들임을 기억했다. 사랑은 불행을 막지 못하지만 회복의 자리에서 우리를 기다린다. 사랑은 마음에 탄력을 준다. 심신을 고무줄처럼 늘어나게도 하고 돌아오게도 한다.

내일의 침실에는 하마가 함께하지 않을 거라는 상상을 한다. 하마가 내 옆에 있는 건 당연하지 않기 때문이다. 여전히 무서운 게 많아도 나는 점점 혼자 잘 자는 사람이 되어온 느낌이다. 그건 하마 덕분이라는 확신이 든다. 그동안의 침실에서 하마는 내 몸과 마음에 여러 용기를 심어주었다. 두려움이 엄습할 때 떠올리면 좋을 이야기도 들려주었다. 그 용기로 나는 어떤 일에서 더 이상 물러서지 않는다. 미안하지 않으면 사과하지 않고 웃기지 않으면 웃지 않는다. 웃길 때 웃음을 참지 않듯 가슴이 아플 때 충분

히 운다. 하마 눈에 비친 내 모습이 얼마나 나약하고도 강인했는지 까먹지 않는 한 쭉 그럴 수 있을 것 같다. 우리는 서로를 놓치고 나서도 서로에게서 배운 용기를 가지고 살아갈 것이다.

2019.09.13.

매일매일의 이슬아

금정연(서평을 쓰지 않는 서평가)

2019년 4월 1일부터 9월 13일까지 일간 이슬아 두 번째 시즌을 구독하며 내겐 이슬아의 일상과 나의 일상을 비교하는 버릇이 생겼다. 이런 식이다.

올해 이슬아가 한 것 중에 나도 한 것 :
경조사 참석, 병원에 입원한 연인(배우자) 간병, 금연, 절주, 원고 마감

올해 이슬아는 했지만 나는 하지 않은 것 :
이사, 운동, 대출금 상환, 비건 되기, 출판사 운영, 매일매일의 원고 마감

왜 나는 비교가 안 되는 것을 비교하는가? 비교는 자유라서다. 나는 가끔 제프 베조스와 나의 자산을 비교하거나 류현진과 나의 야구실력을 비교하기도 한다.

이쯤에서 내 소개를 하자면 나는 십 년차 프리랜서 서평가, 라고는 하지만 서평보다 서평 아닌 글을 더 많이 쓰는 사람. 누구라도 청탁을 하지 않으면 아무것도 쓰지 않는 사람. 마감이 코앞에 닥친 후에야 겨우 쓰기 시작하는 사람. 글쓰기가 싫어서 종종(실은 자주) 울면서 쓰는 사람. 그렇게 완성한 원고를 보내고 난 다음 거의 언제나 후회하는 사람. 매번 똑같은 후회를 반복하는 사람…

말하자면 나는 '청탁이 없어도' 쓰고 '매일' 쓰며 '의젓하게 원고를 마감'하는 이슬아와 정반대에 있는 사람이다. 내가 게으름이 가득 담긴 찻잔 바닥의 움푹하게 패인 공간에 낀 오래된 물때 같은 종류의 작가라면, 이슬아는 근면과 성실이라는 이름을 가진 두 개의 태양이 뜬 언덕 위에서 남보다 두 배의 햇살을 받으며 재바르게 몸을 놀려 열매를 모으는 다람쥐류의 작가라고 할까(그의 할아버지가 '도봉산 다람쥐'라는 사실을 기억하라).

상황이 이렇다 보니 내가 이슬아의 두 번째 수필집 『심신 단련』의 짧은 추천사를 청탁받고 무척 놀랐다는 소식은 하나도 놀랍지 않을 것이다. 지금 내가 꽤나 초조하다는 소식도 딱히 놀랍지 않기는 마찬가지다.

언젠가 이슬아는 이렇게 썼다.

가장 먼저 시급히 처리해야 할 일은 추천사 원고 마감이었다. 좋아하는 작가의 책에 짧은 추천사를 쓰기로 했는데 나는 그 책의 원고를 그저 감명 깊게 읽기만 하느라 뭐라고 추천해야 할지 말을 준비하지 못했다. 좋은 게 왜 좋은지 잘 말하는 것은 어려운 일이었다.

−「소진된 하루」, 『일간 이슬아 수필집』, 517쪽

내 말이.

좋은 게 왜 좋은지 잘 말하는 일에 언제나 서툰 나는 좋다, 라는 한마디를 쓰기 위해 여백을 포함한 1998자 혹은 2998자 혹은 그 이상을 추가로 써야 하는 무의미한(내게는 자주 그렇게 느껴지는) 노동에 지쳐 어느 순간부터 서평을 잘 안 쓰게 됐다. 물론 싫은 책에 대한 서평을 쓸 수도 있겠지. 분량 채우기는 확실히 쉬울 것 같다. 좋은 사람을 칭찬할 때는 몇 마디면 족하지만 싫은 사람을 험담할 때면 몇 시간도 부족한 것처럼. 무엇보다 다들 좋다고 말하지만 나는 좋지 않았던 책에 대해 조목조목 쓰는 것은 여러모로 유익할 수 있다는 생각이다. 그러니까 다양한 시각… 주류에 반하는 목소리를 낼 수 있는 용기… 건전하고 발전적인 토론문화… 뭐 그런 것들 말이다. 하지만 그럴만한 체력과 성의가 내게 더는 남아 있지 않았다. 십 년 동안 프리랜서로 일하는 동안 조금씩 조금씩 닳아버린 것이다. 그렇게 닳아버린 것들은 여간해서는 다시 채워지지 않는다. 나는 그것을 시간을 통해 알게 되었다.

하지만 오늘 나는 운이 좋은 편이다. 당신이 책을 사서 본문 대신 맨 뒤에 실린 추천사부터 읽기 시작하는 사람이 아니라면, 다시 말해 이슬아의 글을 읽고 시간이 남아서, 달리 할 일이 없어서, 페이지를 넘기다 보니 어쩌다 이 글을 읽게 된 대다수의 평범한 독자라면, 나는 당신에게 이슬아의 글이 왜 좋은지 설명할 필요가 없기 때문이다. 당신도 이미 읽었으니까. 아마 당신이 나보다 더 잘 알고 있을 테니까. 반면 본문보다 이 글을 먼저 읽기 시작한 평범하지 않은 독자가 세상에 존재하며 그게 바로 당신이라면, 미안하지만 뭐라고 말해야 할지 도무지 모르겠다. 이제라도 본문을 읽는 게 좋겠다는 말밖에는…

물론 이렇게 덧붙일 수도 있다. 『심신 단련』에 실린 이슬아의 글들은 『일간 이슬아 수필집』과 성격이 좀 다르다고. 후자가 자신과 자신을 둘러싼 인물들의 이야기를 가까운 곳에서 포착한 일반적인 의미의 '수필'(혹은 일종의 '오토픽션')에 가깝다면 전자는 약간의 거리를 둔 채 더 넓은 구경의 렌즈로 세계와 (다른)인간을 포착하고 있는 것처럼 보인다고. 그럼 그게 뭔데요? 누군가 묻는다면 이슬아의 수필이라는 말밖에 적당한 말을 찾기는 힘들겠지만.

그래서 나는 그냥 당신이 잘 모를 수도 있는 이슬아의 좋음에 대해 이야기하고 싶다. 나는 이슬아가 돈 이야기를 하는 게 너무 좋다. 첫 번째 책에 실린 「원고료에 관한 생각들」 같은 글들이 그런데, 이번에는 아예 「일과 돈」이라는 꼭지가 있을 정도다. 야호! 거기서 이슬아는 원고나 강연 등을 청탁하면서도 돈 이야기를 꺼내지 않는 업계의 풍토를 에두르지 않고 이야기한다. 그런 관행을 싸잡아 비판하거나 비난하기는 쉬운 일이다. 하지만 그런 청탁을 받을 때마다 상대방에게 매번 단정하고 힘센 언어로 정확한 원고료와 강연료를 알지 못하면 자신이 일을 할 수 없는 이유를 답장하는 것은 어려운 일, 나로서는 거의 불가능에 가까운 일이다.

내가 갖지 못한 체력과 성의를 가진 이슬아는 글의 마지막을 이렇게 쓴다.

돈 얘기가 없을수록 구체적으로 정확하게 묻는다. 메

일을 쓰느라 심신이 지칠 때면 필사적으로 예전을 기억한다. 아무도 일을 제안하지 않아서 힘들었던 시절을 말이다. 어쨌든 일이 있다는 것에 감사하며 힘을 내서 답장을 적는다. 프리랜서 생활을 무사히 지속하고 싶기 때문이다. 그리고 다짐한다. 나는 돈 얘기를 확실히 하는 출판사 대표가 되자! 송금을 빨리 하는 사람이 되자!

–「돈 얘기」, 『심신 단련』, 281쪽

그래서 이슬아는 그렇게 했다. 돈 얘기를 확실히 하는 출판사 대표가 되었고, 송금을 빨리 하는 사람이 되었다. 심지어 그는 내가 원고를 보내기도 전에 원고료를 입금했는데, 십 년 동안 이 일을 하면서 그런 일은 처음이었다.

원고도 안 보냈는데 저 사람은 뭘 믿고 나한테 돈을 주지? 라는 의문이 드는 한편, 왜 이제껏 아무도 내게 원고료를 선금으로 주지 않았을까? 하는 의아함도 덩달아 생겼다. 생각해보면, 프리랜서들은 내가 원고를 주면 회사에서 원고료를 주겠지, 라는 암묵적인 믿음으로 돈을 받기도 전에 원고부터 보낸다(그리고 종종 떼먹힌다). 그런데 왜 회사에서는 원고료를 주면 작가들이 원고를 주겠지, 라는 암묵적인 믿음으로 원고를 받기 전에 원고료부터 보내지 않는 건지. 모든 회사가 그럴 수는 없다고 해도 지난 십 년 동안 그런 일이 한 번도 없었다는 건 좀 이상하지 않나. 지난 십 년 동안 일을 하며 한 번도 그런 의문을 갖지 않았 다는 것도 이상하기는 마찬가지다. 이슬아에게 원고료를 선불로 받기 전까지 나는 그런 상상조차 하지 못했다. 나는 그게 이슬아의 힘이라고 생각한다. 내가 상상 못한 것은 그밖에도 많다. 나는 일간 이슬아 같은 형태의 연재 노동이 가능할 거라고 상상하지 못했고, 그것이 단순한 개인의 연재 노동을 넘어 픽션과 논픽션의 경계에 있는 글과 인터뷰와 다른 이들의 글과 그림과 책에 대한 이야기가 있는 플랫폼이 될 거라는 상상도 물론 하지 못했다. 모두 이슬아의 힘이다.

지금도 내가 상상할 수 없는 것은 매일매일 원고를 새롭게 마감하고 메일을 발송하는 이슬아의 마음이다. 아무리 그와 내가 다른 타입의 작가라고 해도 하얀 백지를 마주할 때의 공포가, 마감 시한이 다가올수록 커지는 불안감이, 꾸역꾸역 원고를 발송한 다음 느끼는 자괴감이 크게 다를 것 같지는 않다. 다만 그는 그것들이 자신을 흔들어대도록 놓아두지 않을 뿐, 머리를 세차게 흔들어 툭툭 털어낼 뿐이다. 그가 즐겨 쓰는 표현대로 결정적인 순간에 좀 더 부지런할 뿐일 것이다. 그러기 위해서는 아주 많은 체력이, 아주 많은 성의가 필요하다. 아주 많은 성의가, 아주 많은 체력이 필요하다.

나는 그가 닳지 않기를 바라지만 누구도 닳음을 피할 수 없다. 그렇다면 늘 새롭게 채워져야 한다. 그는 어떻게 하면 그럴 수 있는지 본능적으로 아는 것 같다. 『심신 단련』이라는 제목이 그 증거다. 하지만 동시에, 바로 그렇기 때문에, 그 제목은 내게 조금은 애틋하게 느껴지기도 한다.

나는 이슬아가 부자가 되었으면 좋겠다. 매일매일 마감을 하는 이슬아가 매일매일 조금씩 더 부자가 되어, 급기야는 아주 큰 부자가 되었으면 좋겠다. 언젠가 공연히 내가 이슬아와 나의 자산을 비교하고 헛웃음을 터뜨릴 수 있도록.

심신 단련

이슬아 산문집 2019

이슬아 지음

초판 1쇄 발행 2019년 11월 13일
초판 11쇄 발행 2024년 2월 5일

펴낸곳 헤엄 출판사
펴낸이 이슬아
등록 2018년 12월 3일 제2018-000316호
팩스 050-7993-6049
전화 010-9921-6049
전자우편 hey_uhm_@naver.com

아트디렉션 이슬아
디자인 최진규
교정교열 최진규
사진 류한경
로고디자인 하마
제작·제책 세걸음

ISBN 979-11-965891-3-4 03810